NATHALIE
SCHMID

Lass es gut sein

NATHALIE
SCHMID

Lass es gut sein

ROMAN

Geparden
Verlag

Autorin und Verlag danken für die Unterstützung:

AARGAUER
KURATORIUM

Nathalie Schmid
Lass es gut sein

Lektorat: Bettina Spoerri
Gestaltung und Satz: Nadja Zela
Umschlaggestaltung unter Verwendung
eines Fotos von Miklós Klaus Rózsa.

www.gepardenverlag.ch

Druck und Bindung:
Gyomai Kner, Gyomaendrőd
Printed in Hungary

ISBN 978-3-907406-01-4
1. Auflage 2023

Es ist nicht der Staat, nicht die Schule,
nicht etwas anderes des Lebens Fundament,
das Haus ist es.

Nicht die Lehrer bilden das Leben,
Väter und Mütter tun es.

Nicht das öffentliche Leben ist die Hauptsache,
das häusliche Leben ist die Wurzel von allem.

Jeremias Gotthelf

1

In der Landschaft des Mittellandes gibt es Täler und Seitentäler wie in den Bergen, aber wenn man zum Horizont blickt, sieht man lediglich die Juraausläufer, bewaldete Hügel mit Anhöhen, von denen aus man bei geeigneter Witterung die Ketten der Alpen sehen kann, das Weiß der Drei- und Viertausender. Man ist umgeben von Feldern, die das Licht der Jahreszeiten einfangen und wieder abgeben, Felder, an denen man abends entlang spaziert, den Blick auf die Hügel richtet oder über die Dörfer schweifen lässt.

Autobahnen und Bahnlinien durchschneiden die Landschaft.

Immer kreisen Rotmilane über den Feldern, seit ich denken kann, sehe ich ihr Kreisen und höre ihr Kreischen, diese kurzen, spitzen Schreie. Alte Obstbäume, vorwiegend Kirschbäume mit ihren dunklen, splittrigen Stämmen stehen auf den Wiesen und entlang der Wege.

Der Boden mit seinen Steinen, Mergel- und Tonsplittern ist unberechenbar, an manchen Stellen wächst der Lauch, an anderen wachsen die Karotten besonders gut. An Orten wie dem Fuchswäldchen sind noch immer Versteinerungen von Schnecken und Fischen zu finden, sie liegen nicht weit unter der Oberfläche, und an bestimmten Stellen werden sie von der Erde hochgeschoben und wieder ausgespuckt, als wollte sie sagen: »Hier war einmal das Meer, vergesst das nicht.«

Und natürlich gibt es noch den Wald mit seinem Dickicht und den Wildschweinen, seinen Rehen und Dachsen, Eicheln und Haselnüssen, abgebrochenen Ästen und Schichten aus Laub.

Am Waldrand wuchsen in meiner Kindheit büschelweise Schlüsselblumen so dicht, wie man es heute nicht mehr sieht. Wir pflückten damals oft Sträuße für Mutter. Sie stellte sie in kleinen Vasen auf den Esstisch oder auf den Fenstersims in der Küche, neben ihre Sammlung von Salzen und verschiedenen Pfeffersorten. Wir pflückten Schlüsselblumen und alle möglichen Arten von Klee, Hornklee und Rotklee, oder auch Butterblumen, die wir uns immer zuerst gegenseitig ans Kinn hielten, um zu sehen, ob sich das Licht der Blütenblätter auf unserer Haut spiegelte. Mutter freute sich über die Sträußchen, dennoch hatte ich den Eindruck, sie freue sich vor allem uns zuliebe, damit wir, mit unseren erwartungsvollen Gesichtern und ausgestreckten Armen, nicht enttäuscht wären.

Wir pflückten die Blumen, ohne uns ins Innere des Waldes zu wagen. Ich fürchtete mich vor den Stellen, an denen es dunkler wurde, weil die Bäume so dicht beieinanderstanden, dort, wo das Dickicht begann und die Wildschweine tagsüber schliefen. Ich wusste nicht, wie es meinen Schwestern damit ging, aber weil ich die Älteste war, bestimmte ich den Radius, in dem wir uns bewegten, und meine Schwestern folgten mir.

Erst viel später, als ich anfing zu joggen, wagte ich mich auf den Waldwegen etwas weiter in die Dunkelheit hinein.

Erst seit ich selbst Mutter bin und mir meine eigenen Kinder mit erwartungsvollen Augen Blumensträuße und Zeichnungen entgegenhalten, verstehe ich den Impuls, kindliche Zuneigung mit gespielter Freude zu belohnen. Man täuscht ihnen etwas vor und belügt sie, um sie zu beschützen. Man denkt, wenn man nur eine Glasglocke voller Licht über sie stülpt, wird alles gut.

Seit ich eine eigene Familie habe, besuche ich meine Eltern wieder regelmäßig. Einmal im Monat fahre ich auf der Autobahn durch Tunnels und an den bewaldeten Hügeln vorbei, passiere einen Golfclub und eine Anlage mit Hirschen. Das alles sehe ich natürlich nicht, weil ich mich auf die Fahrbahn konzentriere, aber ich kenne die Gegend gut. Ich weiß, dass sich über den Feldern die Rotmilane von der Thermik in die Höhe schrauben lassen, um dann aus dem Gleitflug seitlich in einen Sturzflug zu kippen, bevor sie eine größere Strecke zurücklegen.

Nach einer halben Stunde verlasse ich die Autobahn und fahre über Landstraßen in das Dorf meiner Kindheit. Das Haus meiner Eltern liegt auf einem Grundstück hinter der ehemaligen Uhrenfabrik, in der Nähe des Waldrandes. Die Uhrenkrise begann 1976, in dem Jahr, in dem ich geboren wurde, und sechs Jahre später, kurz nach der Geburt meiner jüngsten Schwester Marion, wurde die Fabrik geschlossen.

Bis vor kurzem habe ich immer alles aufmerksam betrachtet: den alten Kindergartenweg, die Ochsenbrücke, die stillgelegte Fabrik mit den dunklen Kellerfenstern, in die wir als Jugendliche heimlich eingedrungen sind. Ich sah den Dorfbach und erinnerte mich, wie Peter und ich die Eiszapfen unter der Brücke holen wollten und ich dabei in den Bach fiel. All diese Dinge waren mir immer irgendwie bedeutungsvoll erschienen, wie Spuren, die mir versprachen, mich zu mir selbst zu führen.

Aber jetzt ist das nicht mehr so. Ich betrachte die Gegend und fühle nichts mehr dabei. Ich sage mir: Das hier ist nicht mehr mein Zuhause, ich bin kein Kind mehr.

Ich parke immer an derselben Stelle, knapp vor Vaters Rosenbeet, am Rand der Hecke, die das Haus meiner Eltern vom Grundstück der Nachbarn trennt. Über all die Jahre ist sie zu einem perfekten Sichtschutz gewachsen.

Ich warte noch einen Moment im Auto, bevor ich aussteige, streiche mir die Bluse glatt, die ich für den Besuch angezogen habe, und kontrolliere im Rückspiegel meine Frisur. Mutter sagt schon seit Monaten, ich solle mir endlich die Haare schneiden, diese Frisur lasse mich alt aussehen, wie eine alte Frau, so ein aufgetürmter Dutt mitten auf dem Kopf. Seit Monaten denke ich, Mutter kann sagen, was sie will. Aber heute blicke ich in den kleinen Spiegel und denke, dass kurze Haare vielleicht doch ganz gut aussehen würden.

Sie hat Fisch in Kokosmilch für mich gekocht, ein einfaches, aber wirkungsvolles Rezept, das sie mir nachher mitgeben will. Sie wird mir bestimmt auch die Reste vom Essen, Feldsalat aus dem Garten und selbstgemachten Bärlauchpesto mitgeben, alles sorgsam in kleine Behälter aus Alufolie oder Gläser verpackt.

Wir sitzen am Esstisch und ich betone, wie zart der Fisch und wie erstaunlich dieses neue Rezept sei, ja, ich wolle es unbedingt haben. Nach dem Essen trinken wir Kaffee und essen Pralinen von der kleinen Glasplatte auf Stelzen. Durch die bodentiefen Fenster sieht man in den Garten. Der heftige Regen hat erste Blütenblätter von der Forsythie gefegt, und auf der Abdeckung des Swimmingpools sammelt sich das Wasser in großen Pfützen. Die Gartenstühle lehnen am Tischchen, die Frühlingsblumen wirken blass im trüben Regenlicht.

Plötzlich steht Mutter auf.

»Ich hab' noch was für dich.«

Sie holt ein in weißes Seidenpapier gewickeltes Päckchen und legt es vor mich auf den Tisch. Ich blicke sie erstaunt an.

»Los, mach es auf.«

Sorgfältig öffne ich das Papier, in dem ein Paar lilafarbene Filzpantoffeln liegt. Zwei gefilzte Blüten in einem etwas helleren Farbton sind auf die Schuhspitzen genäht.

»Oh …«

»Sie gefallen dir nicht.«

»Doch … klar, sie sind hübsch … – vielen Dank.«

Ich stehe auf, um ihr drei Küsschen zu geben, aber ich kann es nicht mehr retten, ich habe mich verraten.

»Ich dachte, dass ich dir damit eine Freude machen würde. Die waren nicht billig, weißt du, es ist hervorragendes Material, fass mal an.«

Sie nimmt mir einen der Pantoffeln aus den Händen und reibt den Filz zwischen Zeigefinger und Daumen.

»Sie sind aus einer neuen Geschenkboutique in Basel, die haben da nur ganz ausgewählte Sachen.«

»Ja, klar. Vielen Dank.«

»Du musst sie nicht nehmen, wenn sie dir nicht gefallen.«

Schnell nimmt sie mir auch den anderen Schuh aus der Hand.

»Ich kann sie auch Jana schenken.«

»Nein, nein, ich nehme sie gerne, Mutter. Vielen Dank. Ich freue mich.«

»Ich finde schon eine Abnehmerin.«

»Ich freue mich wirklich, dass du an mich gedacht hast. Sie geben bestimmt sehr warm.«

»Schon gut, Larissa.«

Sie wickelt die Pantoffeln wieder in das Seidenpapier ein, ihre Lippen fest aufeinandergepresst.

Ich blicke zu Vater, der inzwischen auf dem Sofa liegt und in der Zeitung liest, ich glaube, er hört uns nicht. Ihn geht das alles nichts an, von ihm ist keine Hilfe zu erwarten.

Ich seufze und bleibe neben Mutter stehen. Sie geht an mir vorbei in Richtung Badezimmer.

»Ich muss mich langsam zurechtmachen, in einer halben Stunde beginnt meine Französischlektion.«

Das Päckchen mit den Pantoffeln lässt sie auf dem Tisch liegen.

Ich blicke mich ratlos um. Pippa, der kleine Yorkshire Terrier, den Mutter sich letzten Herbst gekauft hat, schläft seelenruhig im Körbchen am Fenster. Vaters Handy vibriert. Er hat es neben seine Kaffeetasse gelegt, mit dem Display nach unten, gleich fällt es von der Tischkante, ich bringe es ihm. Er setzt sich schnell auf und wischt ungeduldig über das Display. Es ist eine Nachricht von Marion. Sie hat ihm ein Foto von ihrem neuen Pferd geschickt, eine junge Stute, prächtig gebaut, ein edles Geschöpf, ich habe schon viel von ihr gehört. Er strahlt, zeigt mir das Foto, sucht nach seiner Brille und tippt dann konzentriert eine Antwort. Ich setze mich wieder an den Esstisch. Ich bekomme nie eine Nachricht von ihm, aber ich schicke ihm auch keine. Wovon auch, von meinen Kindern?

Mutter kommt zurück, sie hat sich wieder gefangen, hat ihr Make-up aufgebessert und noch einmal Parfum nachgelegt. Sie wolle nicht unhöflich sein, jetzt, wo ich einmal da sei, aber sie müsse jetzt wirklich los, es sei noch ein Rest vom Mittagessen da, sie habe schon alles für mich eingepackt, ich solle ruhig noch einen Kaffee mit Vater trinken. Sie schiebt mir die Glasplatte mit den Pralinen zu, räumt ihre Espressotasse in die Küche und schickt Küsse durch die Luft, während sie sich noch einmal entschuldigt, dass sie jetzt schon losmüsse, ausgerechnet, wo ich einmal da sei. Das Päckchen mit den Pantoffeln schaut sie nicht mehr an.

Ich sage: »Macht doch nichts.«

Ich würde sie gerne noch einmal umarmen, aber sie will sich nichts mehr anmerken lassen, sie hat es weggesteckt, wie sie immer sagt, es ist schon vergessen. Dinge wegzustecken ist eine Kunst, die sie gut beherrscht.

Sie ruft noch einmal »Tschü-üss« von unten, dann höre ich, wie der Motor ihres Mercedes aufheult und sie langsam aus der Garage fährt.

Inzwischen hat es aufgehört zu regnen. Ich frage Vater, ob wir ein Stück spazieren gehen wollen, wir könnten Mutters Hund mitnehmen. Zuerst gehen wir durch den Garten, über die nassen Steinplatten, er zeigt mir die Stelle, wo er gerne einen neuen Brunnen bauen würde, und ich zeige auf einzelne Pflanzen, die mir besonders gut gefallen, den Farn zum Beispiel, und dass er vor dem

Küchenfenster dieses hohe Gras gepflanzt hat. Ich frage ihn, welche der Kübelpflanzen überwintert werden müssen und wieviel das kostet. Ich zeige auf die umliegenden Hügel, bemerke, was für eine schöne Landschaft das ist, diese Landschaft meiner Kindheit, das betone ich immer wieder, ich weiß, dass er das gerne hört, schließlich hat er sein ganzes Leben hier verbracht, er liebt diese Gegend. Wir verlassen den Garten und gehen auf einem Feldweg Richtung Waldrand.

Ich zeige ihm, wo ich früher gejoggt habe: »Weißt du noch, das war, als ich so viel abnehmen wollte.«

Ich blicke ihn dabei von der Seite an, ich weiß nicht, ob er das mitbekommen hat damals, er zeigt keine Reaktion. Schließlich stellt er mir noch einmal dieselben Fragen wie Mutter vorhin im Haus, ob es allen gut gehe, ob es mir gut gehe, den Kindern, Nico – so, als ob ich jetzt vielleicht andere Antworten hätte. Aber ich merke schnell, dass er einfach nicht zugehört hat. Mutter war für das Gespräch verantwortlich gewesen und er muss jetzt einen eigenen Anfang finden. Ich versuche noch einmal, etwas zu finden, was ihn interessieren könnte, aber ich sehe an seinem eiligen Nicken, dass er nicht mehr wissen will, also höre ich auf und wir gehen eine Weile schweigend nebeneinanderher. Er zeigt mir, wo er seine erste Wildsau geschossen hat, ich deute auf eine Pflanze am Wegrand, deren Namen ich zufällig weiß. Dann fragt er mich, ob wir wieder umdrehen sollen, pfeift den Hund zurück, der irgendwo unter den

Bäumen schnüffelt. Den Rest des Weges gehen wir wieder schweigend nebeneinanderher.

Zurück im Haus, wird es Zeit für mich loszufahren. Ich hole die Pantoffeln vom Esstisch und kraule die Hündin zwischen den Ohren, die dabei die Augen schließt. Vater begleitet mich zum Auto, bleibt auf dem Hausplatz stehen und winkt. Während ich wende, gibt er mir mit seinen Händen Zeichen, damit ich keine von Mutters Steinfiguren umfahre, dann winke ich noch einmal und sehe im Rückspiegel für einen kurzen Moment die Erleichterung in seinem Gesicht. Er wartet nicht, bis ich aus seinem Blickfeld verschwunden bin, er hat sich bereits abgewandt, um die Türe schnell hinter sich zu schließen.

»Da bist du ja«, sagt Nico und umarmt mich. »War's schön?«

»Sie hat mir lila Filzpantoffeln geschenkt.«

»Die wirst du nicht anziehen, schätze ich.«

»Nein. Ich überlege, wem ich sie weiterschenken könnte. Deiner Mutter vielleicht?«

Nico grinst, ohne mich anzusehen. Er hat sich bereits wieder in seine Arbeit vertieft.

»Ich bin so undankbar«, murmle ich, während ich die Pantoffeln weit hinten im Schuhkästchen verstaue, »und gekränkt.«

Ich räume die Taschen aus und stelle die Behälter aus Alufolie auf die Küchenablage. Wenn Flynn aus dem

Handballtraining und Nora von der Fahrstunde zurückkommen, werde ich die Essensreste aufwärmen. Dafür bin ich Mutter dankbar: Dass sie uns mit Essen beschenkt, mit all diesen kostbaren Gaben, damit ich nicht kochen muss.

2

Vielleicht bin ich Restauratorin geworden, weil ich lieber einen Weg zurückverfolge, als mir einen neuen auszudenken. Weil ich es mag, Schichten zu lösen, auf Spuren zu stossen, eine Karte anzulegen und wieder sichtbar zu machen, was die Zeit verborgen hat. Vielleicht glaube ich, dass man ein Verfahren braucht, das sich spiralartig nach innen und erst danach wieder nach aussen bewegt.

Als ich früher von zu Hause losging, drehte ich mich immer noch einmal kurz um und winkte meiner Mutter, die meistens am Fenster stand, bis ich um die Ecke von Ramseiers Haus verschwunden war. Ich bückte mich unter dem mit Strom geladenen Draht hindurch und lief auf dem schmalen, ausgetretenen Pfad mitten durch Wüthrichs Weide. Wüthrich sah das nicht gern, es war sein Weideland und er besaß das Wegrecht, aber er wollte keinen Streit mit meiner Familie, nicht mit Großmutter, die seine Nachbarin war, seit er denken konnte, und schon gar nicht mit Vater, dem Dirigenten der Blaskapelle, in der Wüthrich die dritte Trompete blies.

Nachdem ich die Weide überquert hatte, war es nur noch ein kurzes Stück bis zur Ochsenbrücke, die ich liebte, denn unter ihr floss der Dorfbach, der jeden Tag anders aussah. Manchmal war er wie ein reißender, gefährlicher Fluss, mit Strudeln, die mich sofort verschlingen würden, das Wasser schäumend und voller Äste, die wirbelnd auf- und untertauchten. Manchmal glitzerte das Sonnenlicht im ruhigen Wasser, auf dem sich weiter vorne zwei Enten treiben ließen. Ich blieb immer am Geländer stehen und beobachtete den Bach, während ich auf Ivo und Peter wartete.

Ivo und Peter wohnten auf der anderen Seite der Hauptstraße, und wir trafen uns jeden Morgen auf der Ochsenbrücke. Ivo wohnte in der obersten Wohnung des neuen Blocks, der hinter der Schreinerei Gerber gebaut worden war. Bevor ich Ivo kannte, war ich noch nie in einer Blockwohnung gewesen. Ich war fasziniert davon, dass alle Zimmer im selben Stock lagen, vom Geruch des Treppenhauses, dass es einen Hauswart gab, der Zettel an ein Brett im Eingangsbereich hängte und das Treppenhaus putzte. Ich war auch ein bisschen verliebt in Ivo, aber eher so, dass ich ihn beschützen wollte, ihn an der Hand nehmen und von allem wegführen, was ihn traurig machte, denn er war schnell traurig und sehr still.

Sein bester Freund Peter war ganz anders. Peter war laut, frech und in mich verliebt. Später machte ich für ihn die Hausaufgaben, weil er von der Schule von Anfang an nichts mitbekam. Während der Primarschule waren wir drei unzertrennlich, wir gingen den Schulweg gemeinsam, obwohl jeder seine eigenen Dinge aufsammelte und an unterschiedlichen Orten stehen blieb. Wir erzählten uns, was wir am Abend im Fernsehen gesehen hatten, die neueste Folge von »Bonanza« oder »Ein Colt für alle Fälle«, wir erzählten uns die Episode noch einmal, und Peter machte Schießbewegungen in die Luft, drehte an einem unsichtbaren Steuer, ahmte die Quietschgeräusche der Reifen nach. Wenn einer von uns krank war, brachten die anderen die Hausaufgaben nach der Schule vorbei, wir saßen auf Sitzsäcken oder auf dem Boden und bestaunten die neuen, eben erst aufgehängten Poster, stellten die Sammlung Schlümpfe auf oder hörten die neusten Kassetten mit den Aufnahmen der Hitparade von Sonntag, bevor wir wieder nach Hause gingen. Bevor wir auf andere Schulen kamen und uns für immer aus den Augen verloren.

Als wir noch unzertrennlich waren, fror auch der Dorfbach noch jeden Winter zu, und unter der Brücke bildeten sich riesige Eiszapfen.

Peter und ich wollten uns welche holen, wir waren auf dem Nachhauseweg von der Schule. Ivo ging weiter, ihn interessierten die Eiszapfen nicht genug, um seine Mutter noch einmal zu verärgern – wir waren gestern schon zu spät nach Hause gekommen.

Neben Suters Haus führte eine kleine Treppe hinunter zum Bach.

»Komm, wir stellen uns auf die unterste Stufe, ich halte dich fest und du greifst nach den Zapfen.«

Peter stand schon bereit. Seine Wangen glühten, er hatte eine blauweiß gestreifte Mütze vom Skiclub Davos auf dem Kopf und schlug die Hände ungeduldig aneinander. An meinen Fausthandschuhen klebten kleine Klumpen Schnee, die später zu Hause zu kleinen Pfützen tauen würden, denn die Handschuhe waren aus Angorawolle, und ich trug weiße Ohrwärmer aus synthetischem Fell, die meine Schwestern und ich zu Weihnachten bekommen hatten. Ich schob sie mir zurecht.

»Ok, los. Aber du musst mich gut festhalten, sonst falle ich rein.«

»Klar.«

Peter hüpfte von einem Bein aufs andere.

Die Stufen waren vereist und an der Stelle, wo der Bach unter der Brücke durchfloss, war die dünne Eisdecke aufgebrochen, ich konnte das weiße, sprudelnde Wasser sehen. Ich kam nicht an die Zapfen ran.

»Du musst dich weiter raushängen lassen.«

Peters Stimme krächzte.

»Ganz nahe der Mauer entlang.«

»Ich versuch's ja.«

Der Zapfen brach etwas weiter unten, als ich es wollte, ein helles, kurzes Knacken, er war glitschig wie ein Fisch. Ich wollte ihn Peter geben, aber der hatte keine Hand frei, weil er sich am Geländer und mich mit der anderen Hand festhalten musste. Also verlor ich das Gleichgewicht und fiel. Ich erinnere mich gut an die Kälte des Wassers und wie schnell es in meine Kleider drang, wie es von allen Seiten hineinströmte, von unten durch die Stiefel und von oben durch den Kragen des Wintermantels, den mir meine Mutter die Woche zuvor aus Basel mitgebracht hatte. Wie schwer die Kleider wurden und wie sie mich runterzogen. Wie es mir für einen Moment den Atem verschlug, so dass ich wieder Luft holen musste und dann der Atem erneut wegblieb.

»Larissa!«, rief Peter, während ich davontrieb, unter die Brücke durch, an den Eiszapfen vorbei. Der Bach war nicht tief und ich wusste, dass ich eigentlich stehen konnte, dass mich die Strömung nicht mitreißen würde, ich musste einfach wieder Halt finden, ich musste meine Füße aufsetzen irgendwo, aber das war plötzlich viel schwieriger, als es sein sollte, und Peter stand immer noch am selben Ort und rief meinen Namen.

»Hat Peter wenigstens seinen Eiszapfen bekommen?«

Großmutter hatte meine Strümpfe zum Trocknen über den Ofen gehängt, und aus dem Inneren des Ofens nahm sie ein Kirschstein-Säckchen, das sie mir auf den Schoß legte. Sie hüllte mich in eine ihrer selbstgestrickten Wolldecken und kochte Tee. Sie hatte auch Mutter angerufen, ich käme später heute, es sei ein kleines Missgeschick passiert, aber sie solle sich keine Sorgen machen.

Durch ihre dicken Brillengläser sah sie mich an, auf einem Auge war sie fast blind, schon lange, seit ich mich erinnern konnte, und ich wusste nie, was sie über eine

Sache dachte, auch über diese nicht. Ob sie es dumm fand, Eiszapfen am Bachufer holen zu wollen, oder ob sie es verstehen konnte. Ich konnte mir nicht vorstellen, wie sie als Mädchen gewesen war, ja, dass sie überhaupt jemals ein Mädchen gewesen war.

Sie war die Mutter meines Vaters und in jedem ihrer Zimmer hing ein Kreuz mit Jesus, im Flur ein kleines Gefäß für Weihwasser. Immer wenn sie wegging und immer, wenn sie wieder nach Hause kam, tunkte sie kurz zwei Finger hinein und fuhr sich damit über die Stirn.

So sah ein weinender Jesus mir dabei zu, wie ich trocknete. Sein Einfluss war groß in diesem Haus, das wusste ich, so groß, dass Vaters jüngste Schwester Rosemarie ins Kloster eingetreten war. Sie hatte einen neuen Namen angenommen, aber meine Schwestern und ich nannten sie trotzdem noch viele Jahre lang Tante Rosemarie. Irgendwann bat sie uns, sie nur noch Schwester Magdalena zu nennen.

Manchmal kam der Pfarrer auf eine Tasse Kaffee bei Großmutter vorbei, dann verscheuchte sie uns wie Hühner. Sie holte ihr bestes Porzellan aus der Glasvitrine und schickte mich noch schnell zum Krämer auf der anderen Seite der Hauptstraße, um eine Packung Kekse zu holen.

Später würde ich zu diesem Pfarrer in den Religionsunterricht gehen, und einmal würde er mich dort zum Weinen bringen, würde mich anschreien, feuerrot im Gesicht und mit kleinen Schweißperlen auf der Stirn, weil ich zu viel schwatzte. Ich würde erschrocken über meine eigene Unartigkeit in Tränen ausbrechen. Ich würde sehen, wie hilflos und ängstlich ihn meine Tränen machten, wie er nichts anderes wusste, als mir die Packung mit Bonbons entgegenzustrecken, die er in der obersten Schublade in seinem Pult auf Vorrat hielt. Ich würde erstaunt sein über die Macht meiner Tränen, und gleichzeitig würde mir der alte Mann in seiner großen, fetten Hilflosigkeit leidtun. Also würde ich meinen Rotz hochziehen, die Tränen mit den Fingerspitzen wegwischen und sagen: »Schon gut, ist alles wieder gut«, damit er sich schnell beruhigte.

Pfarrer Kaiser war auch derselbe Pfarrer, der uns zu beichten lehrte, im Rahmen des Religionsunterrichtes und zur Vorbereitung auf die Erste Kommunion. Ich erzählte ihm, dass ich mich mit meiner Mutter stritt, dass ich sie jeden Tag anschrie und vom Tisch weg in mein Zimmer rannte, dass ich sie nicht leiden konnte und dass ich wusste, dass es ihr mit mir genauso ging. Er seufzte und schüttelte den Kopf, während ich spürte, dass er von dieser Art Sorge nichts verstand, dass er überhaupt keine Ahnung hatte. Auch deshalb tat er mir leid. Er sagte: »Aber Kind, die eigene Mutter soll man achten«, aber damit konnte er mir nicht helfen, und vielleicht wollte er das auch gar nicht, vielleicht wollte er einfach in Ruhe gelassen werden, so lange seine Köchin für ihn kochte, so lange er im Dorf Kaffee und Kuchen bekam, so lange seine Kirche stand und ihm jemand die violetten und weißen Bänder in der Sakristei über den Schultern zurechtrückte, so lange er genug Hostien in offene Münder legen durfte, sanft und mit Bedacht machte er das.

Ich erinnere mich gut an seine Hände, an die Haut, die im Vergleich zu der meines Großvaters milchig weiß und ohne Risse geblieben war, ich erinnere mich, wie er im Beichtstuhl seufzte und sagte, ich sei doch ein gutes Mädchen, ich solle aufhören, mit meiner Mutter zu streiten. Ich solle fünf Vaterunser beten, vorne in der Kirche, kniend, dann würde alles gut. Und während ich das tat, hoffte ich auch wirklich, das Beten mildere etwas von meiner Schuld und von dem Leid, welches ich meiner Mutter immer wieder zufügte. Ich stellte mir vor, ich sei in den Worten aufgehoben und müsste nicht mehr selbst herausfinden, ob ich böse war oder nicht.

3

Nico und ich wohnen in einem kleinen Dorf, das noch kleiner ist als die Dörfer, in denen wir aufgewachsen sind. Unser Haus liegt in der Nähe des Friedhofs, umgeben von Feldern, über denen Milane und Bussarde ihre Kreise ziehen. Es gibt auch Fischreiher, die bewegungslos auf den Äckern stehen, und manchmal sieht man einen einzelnen Storch, als hätte er sich verirrt.

Von unserem Haus hat man einen guten Überblick über das Dorf. Man sieht die Dächer in ihren verschiedenen Braun- und Rottönen, die Kräne einzelner Baustellen, vereinzelt sieht man Fahnenstangen mit den rotweißen Flaggen, die sich bauschen oder schlaff herabhängen, wild flattern oder elegant bewegen, je nach Windstärke. In der kalten Jahreszeit steigen Rauchfahnen in den Himmel, im Sommer brummen die Rasenmäher.

Mitten im Dorf steht die Schule mit dem ausgebauten Dachstock für die neue Schulleiterin, die nun nicht länger eine Abstellkammer als Büro nutzen muss. Durch ihr Fenster sieht sie auf einen der letzten Misthaufen des Dorfes, er gehört demselben Bauer, der auch den letzten Osterapfelbaum besitzt, mit Äpfeln, deren weißes Fruchtfleisch leicht nach Rosen duftet. Meistens liegt jedoch der Mistgeruch in der Luft. Fremde, die aus dem Postauto steigen, riechen ihn sofort.

Nico und ich sind wegen der Kinder in diese Gegend zurückgekommen. Wir hatten diese Vorstellung, mit ihnen am Waldrand Schlüsselblumen zu pflücken, den Bach zu stauen und in Talsenken nach Versteinerungen suchen. Wir stellten uns vor, wie unsere Kinder uns mit strahlenden Augen abgebrochene Keile von Belemniten entgegenhalten und wie wir uns mit ihnen darüber freuen würden. Inzwischen sind sie zu groß dafür, so wie auch wir irgendwann groß geworden sind und aufgehört haben, den Waldrand entlangzustreifen, um nach etwas zu suchen, was wir nach Hause bringen können.

Auf meinem Schulweg habe ich immer mit mir selbst gesprochen. Ich habe mir Interviews gegeben in einer anderen Sprache, etwas, das entfernt wie Englisch klang, obwohl ich zu jenem Zeitpunkt noch kein Englisch konnte. Ich kannte es nur von der Elvis-Presley-Platte, die ich immer hörte, während ich neben dem Plattenspieler auf dem Boden saß und das Coverfoto abknutschte. Es war nicht wichtig, wer meine Interviewpartner waren, sie hatten kein Gesicht. Wichtig war nur, dass sie mir Fragen stellten und sich für mich interessierten.

Jana war damals meine Komplizin. Marion war dieses wütende, dickköpfige Kind, das mich nicht interessierte, es sei denn, sie traute sich, mir die Fernbedienung zum Fernseher streitig zu machen. Wenn wir stritten, rannte sie in ihr Zimmer und band die Türe mit Tüchern zu, sie lief mit trotzig verschlossenen Lippen durch die Gegend und weigerte sich, zu duschen oder zu baden. Ich wollte mit ihr nichts zu tun haben, und sie sagte mir ins Gesicht, dass sie mich nicht leiden konnte.

Mit Jana war es anders. Mit ihr rannte ich durch die Maisfelder, fuhr stundenlang Rollschuh und studierte Choreografien ein. Wenn Besuch kam, musste er geduldig mit großen Rotweingläsern in den Händen und zusammengepressten Knien dasitzen und zusehen, wie wir Szenen aus Fünfziger-Jahre-Filmen nachspielten oder Lieder aus Musicals vorsangen. Mit Jana unternahm ich geheime Streifzüge um die Häuser der Nachbarschaft, sie machte alles, was ich wollte und zweifelte keine meiner Ideen an. Wenn ich von den Hexen und Räubern erzählte, die unter unseren Betten hausten, war sie es, die mir ihre Hand entgegenstreckte, damit ich einschlafen konnte.

Später, als Vater genug Geld verdiente, um die Größe des Hauses zu verdoppeln, bekam ich ein eigenes Zimmer und begann, mich darin einzuschließen. Aus Stalldraht baute ich ein Gitter um mein Bett, saß stundenlang auf dem Boden, zeichnete, hörte dazu Platten und übersetzte die Liedtexte, während der Rest der Familie sich vor dem Cheminée »Wetten, dass…« ansah. In dieser Zeit fanden sich Jana und Marion. Ich bemerkte, dass sie in etwas Geheimes verschwanden, sah sie flüsternd in Marions Zimmer eilen, irgendwelche Codes austauschen, kichern. Aber es war mir egal, ich dachte nicht weiter über sie nach. Ich hatte vorläufig keinen Platz mehr für sie, war zu beschäftigt mit meinen Tagebüchern und Songtexten, mit dem Umfang meiner Oberschenkel und dem träumerischen Nachdenken über Jungs.

Sehr viel später erzählten sie mir, dass sie sich damals in mein Zimmer geschlichen, meine Sachen durchsucht und in meinen Tagebüchern gelesen hatten. Dass die Stellen, an denen ich über Selbstbefriedigung schrieb, sie besonders heftig zum Kichern gebracht hatten.

Mutter sagte immer, drei sei keine gute Zahl. Sie hätte lieber vier gehabt, aber weil die Schwangerschaft mit Marion so eine Qual gewesen sei, ganz zu schweigen von Marions Kleinkindzeit, wäre keine Kraft mehr für ein viertes Kind geblieben. Marion habe sie schon im Bauch gekickt und geboxt und ihr in den Jahren danach mehr Arbeit bereitet als Jana und ich zusammen. Vor Marion sei nichts sicher gewesen, keine Flüssigkeit, kein Werkzeug, keine Möbel.

Im Gegensatz zu Marion sei ich ein Klammeräffchen gewesen.

»Über ein Jahr habe ich dich auf meinen Hüften getragen«, sagt Mutter immer, »ich habe staubgesaugt mit dir auf meinen Hüften, ich habe gekocht mit dir auf meinen Hüften, und wenn ich dich einmal abgesetzt habe, hast du geschrien. Wenn ich einmal abends weg war, hat Vater dich stundenlang rumgetragen und manchmal hätte er dich am liebsten aus dem Fenster geworfen, glaub mir, weil du erst still wurdest, wenn ich unten zur Haustüre reinkam.«

Also blieben wir drei. Drei Schwestern.

4

Als Nico und ich heirateten, war ich im achten Monat schwanger. Ich konnte den Brautstrauß auf meinem Bauch ablegen, und wir waren allein auf dem Standesamt. Am Abend vorher hatte ich ihm ein Loch in die Frisur geschnitten, weil ich sie noch etwas verbessern wollte. Er trug diesen weißen Kaschmirpullover, ein Geschenk meiner Mutter, der ihn bleich und fremd aussehen ließ.

Erst wollten wir überhaupt nicht heiraten. Wir wollten diesen ausgetretenen Pfaden nicht folgen, weder Staat noch Familie sollte uns vorschreiben, was wir zu tun hatten. Schließlich überredete mich Nico, weil es doch einfacher war, alles vertraglich geregelt zu wissen, das Kind abgesichert, und Geld würden wir auch noch sparen, bei der Steuer. Also beschlossen wir, ganz nebenbei zu heiraten. Ohne es jemandem vorher zu erzählen, ohne Gäste und ohne Feier.

Nicos Eltern schickten uns danach eine Karte mit dem Foto von einem verblühten Löwenzahn. Auf der Rückseite stand mit Bleistift geschrieben, wie traurig es sie mache, dass wir ohne den Segen Gottes den Bund der Ehe geschlossen hätten. Mein Vater gab uns seine Kreditkartennummer durch, damit wir nach dem Standesamt mit unseren Trauzeugen im besten Chinarestaurant der Stadt essen gehen konnten.

Als drei Jahre später Flynn geboren wurde, kauften wir das kleine Haus am Dorfrand. Wir zogen an meinem neunundzwanzigsten Geburtstag ein, Flynn war drei Monate alt und es war einer der ersten Sommer, in denen die Feuerwehr den Bauern beim Bewässern ihres Gemüses helfen musste. Ich weiß noch, wie ich damals dachte, dass wir von hier wieder weg gehen würden, in ein anderes Land, eine andere Wohnform, eine andere Sprache.

»Es ist einfach ein erster Schritt«, sagte ich zu einer Freundin, während wir gemeinsam die Küche einräumten, »wir müssen ja nicht immer hier bleiben, wir werden die Kinder in den Kindergarten schicken, dann in die Schule, sie werden sich an den Weg gewöhnen, an das Haus, die Nachbarschaft, aber wir können auch jederzeit wieder weg ziehen, nicht?«

Ich war damals immerzu müde, Dinge verschwammen vor meinen Augen und fielen mir aus den Händen, ich nähte Gardinen und gab ungewohnt große Summen für Einrichtungsgegenstände aus, ich versuchte, eine neue Rolle zu spielen, aber ich wusste nicht wie. Nico und ich wussten nur, wie wir es nicht haben, wie wir nicht sein wollten. Wir benahmen uns wie Waisenkinder, die sich ihren Weg selber suchen müssen, als tasteten wir uns durch den Nebel, als gäbe es keinerlei Spur, der wir folgen, niemanden, den wir fragen konnten.

In unseren ersten Urlaub mit zwei Kindern fuhren wir einfach los. Wir wollten im Süden Frankreichs herumreisen, von Ort zu Ort fahren, bleiben, wo es uns gefiel. Aber nichts war so, wie wir es uns vorgestellt hatten. Die meisten Unterkünfte waren ausgebucht, und was noch frei war, waren muffige, feuchte Zimmer im Kellergeschoss. Flynn wachte nachts jede Stunde auf, und wenn wir die Kinder endlich wieder zum Einschlafen gebracht hatten, starrten Nico und ich wund und erschöpft aus dem Fenster in die Dunkelheit.

Nach einer Woche rief Mutter an. Sie fuhren gerade die Côte d'Azur entlang, waren auf einer spontanen Sommerreise mit ihrem Sportwagen. Ob wir uns treffen wollten, fragte sie.

Ich versuchte, nicht zu weinen. Neben mir wickelte Nico Flynn auf dem Bett und Nora sah fern. Ich erzählte, dass es gerade aufgehört hatte zu regnen, dass Nora auf der alten Hollywoodschaukel vor unserem Motel das erste Mal das »S« ausgesprochen hatte, dass man hinter uns die Hügel von Südfrankreich sehen konnte, die wir nicht erkunden würden, weil es mit zwei kleinen Kindern zu anstrengend war. Von dem Loch, das wir in letzter Minute noch gefunden hatten, sagte ich nichts.

»Kommt zu uns! Wir sind morgen in San Remo. Es gibt da ein wunderschönes, altes Hotel, eines dieser letzten, unvergleichlichen Grandhotels. Wir möchten euch gerne ein paar Nächte zu uns einladen.«

Ich zögerte. Meine Eltern durften mich nicht mehr retten, jetzt, da ich eine eigene Familie hatte, wo ich doch selbstständig und erwachsen sein musste. Es war beschämend, aber ich wollte dorthin. Ich liebe diese Art von Hotels, diesen Hauch von altehrwürdiger Dekadenz und Luxus, und ich wollte mich wieder wie ein kleines Mädchen fühlen, wie ein Kind, das sich einfach fallen lassen kann, zu dem die Eltern sagen: »Komm, wir helfen dir, wir halten dich, bei uns ist alles gut.«

Nico willigte zögernd ein, er war krank geworden, die Nacht davor hatte er Fieber bekommen. Er kapitulierte.

In unserem Hotelzimmer standen die Balkonflügeltüren weit offen, obwohl es immer noch regnete. Man sah direkt auf das Meer, Himmel und Meer hatten dieselbe Farbe, ein graublaues Band zog sich über den ganzen Horizont. Meine Eltern hatten den Kindern Spielzeug vom Antiquitätenmarkt mitgebracht und Nico saß mit ihnen im anderen Zimmer auf den Teppich. Ich setzte mich in den dunkelroten, samtenen Ohrensessel am Fenster und fühlte, wie die Anspannung langsam von mir abfiel. Dieser Fehlstart, die Suche nach einer Unterkunft, die schlaflosen Nächte. Nico und ich hatten uns auf der Fahrt nach San Remo geschworen, dass wir nie wieder spontanen Urlaub mit zwei kleinen Kindern machen würden. Wir konnten einander nicht retten, die Tage nicht stemmen, das Licht nicht finden.

Beim gemeinsamen Abendessen trugen wir dann abwechselnd das weinende Baby durch den Speisesaal und Mutter fragte mich immer wieder, warum ich nicht endlich abstillen wolle. Es würde mich richtiggehend auszehren, und der Junge sei offenbar auch gequält. Ich biss mich an den Krabbenbeinen fest, fingerte an den Muschelschalen rum, spürte die tiefen Furchen auf meiner Stirn und die zwei dunklen Flecken vorn auf meinem Kleid. Ich wollte sie anschreien, dass sie endlich damit aufhören solle, dass es sie nichts angehe und nicht zu kümmern brauche, wie lange ich meine Kinder stillte. Aber ich durfte nichts sagen, schließlich war ich dank ihr hier in diesem schicken Restaurant mit frischen Meeresfrüchten, dem großen Zimmer mit den Flügeltüren, dem weichen, sauberen Teppich.

Ich weiß, wie sehr Intimität Mutter befremdet, vielleicht sogar ekelt. Ich weiß, dass sie glaubt, dieses ganze Getue ums Stillen sei nur eine Modeerscheinung, und selbst Studien, die besagen, dass Muttermilch das Immunsystem des gestillten Kindes verbessert, überzeugen sie nicht. Sie hat keine von uns gestillt, hat uns in einer Zeit bekommen, als Babys in separate Bettchen neben die Mutter gelegt wurden und nach einem festen Zeitplan das Fläschchen bekamen. Eine Zeit, in der es als unhygienisch galt, das Neugeborene zu sich ins Bett zu nehmen. Und meine Stillerei führt nur die lange Liste dessen an, was ich besser machen werde als sie, das weiß sie auch. Ich werde mich bei meinen Kindern entschuldigen, wenn ich einen Fehler gemacht habe, ich werde nicht schlecht über ihre Freunde sprechen, ich werde sie weinen lassen, ohne dabei wütend zu werden, ich werde ihnen zuhören, wenn sie etwas erzählen, ich werde, ich werde.

Am nächsten Morgen war ich sanfter gestimmt. Das Meer verschwand im hellblauen Regenlicht, und die Luft roch nach Salz. Der Kellner brachte für alle frisch gepressten Orangensaft aufs Zimmer und ich saß wieder in diesem Sessel, der mich umgab wie schützende Arme. Für einen kurzen Moment konnte ich alle dort lassen, wo sie waren, es brauchte mich nicht, für einen köstlichen Moment war ich ganz allein.

Nachmittags trafen wir meine Eltern am Pool, ein Gebilde aus den sechziger Jahren mit nierenförmigen Becken und dunkelroten Fliesen. Exotische Pflanzen ließen ihre langen Blätter aufs Wasser fallen. Wir lagen auf Liegestühlen mit großen, gestreiften Kissen, Mutter lief mit Flynn auf den Armen um die Palmen und zeigte ihm die Orchideen, dann löste ich Nico ab und plantschte mit Nora im Becken, bis Vater seine Zeitung gelesen hatte und mich ablöste, damit ich mir einen Acapulco oder einen French 45 bestellen konnte. Ich musste nichts weiter tun, als die Augen zu schließen und zu spüren, wie sich der Alkohol in meinen Blutbahnen ausbreitete, eine kostbare, glitzernde halbe Stunde lang.

Nach drei Tagen fuhren meine Eltern wieder los, weiter der Küste entlang. Wir fuhren zurück nach Hause. Die Nächte waren immer noch unruhig, die Kinder riefen abwechselnd nach mir, und bei jedem Wimmern durchzuckte mich wie ein Stromstoß die Angst, erneut aufstehen zu müssen. Flynn weinte oft, er schien Krämpfe zu haben, vielleicht hatte ich doch etwas gegessen, was er nicht vertrug. Noras Husten wurde noch einmal stärker und Nico hatte dunkle Ringe unter den Augen. Auch das Grandhotel konnte daran nichts ändern.

Ich verabschiedete mich vom Meer, den Palmen vor dem Fenster, den alten italienischen Häuserfassaden mit ihren angerosteten Balkonen. Ich entschuldigte mich, dass ich keine Zeit gehabt hatte, richtig hinzuschauen, mir die Kirchen anzusehen, alles in mich aufzunehmen. Ich sagte zu den Häuserfassaden und dem Strand, dass Nico und ich wiederkommen würden, aber dass wir gerade mitten in einem Ozean schwammen, mit dem Kopf knapp über dem Wasser, dass uns jeder Sinn für die Himmelsrichtungen abhandengekommen war.

Ich habe mich damals oft gefragt, ob es an uns fehlte, an der Kraft unserer Seelen, ob wir nicht fantasievoll genug waren, nicht belastbar genug. Ständig waren wir in einem Dämmerzustand, schlummernd oder betäubt, ständig war alles zu viel, unsere Nerven lagen blank. Damals war es mir unvorstellbar, wie man mehr als zwei Kinder bekommen konnte.

Auf der Rückfahrt sagte ich zu Nico: »Wenn wir sechzig sind, werden wir all diesen kleinen Kirchen in den Hügeln am Meer nachreisen, ja?«

Er sah mich kurz an und versuchte zu lächeln.

5

In der Gegend, in der ich aufgewachsen bin, hat es einmal Dinosaurier gegeben. Man hat ihre Knochen in Tongruben gefunden, in diesem lehmigen, schweren Boden voller Kalk. Verbringt man seine Kindheit hier, verbringt man Stunden damit, Ammoniten oder Belemniten zu suchen. Man bohrt mit der Fußspitze in der Erde, gräbt mit Holzstöcken oder den bloßen Händen tiefer, bis man auf Versteinerungen stößt, die man später vergleicht und tauscht, drei Belemniten für einen kleinen, runden Ammonit, dessen Einkerbungen noch gut sichtbar sind und dem nur ein kleines Stück am Rückgrat fehlt.

Seit Flynn in die Schule geht, miete ich in einer alten Gießerei am Fluss eine kleine Werkstatt. Dort habe ich meine Sammlung von Pigmenten nach Farben aufgereiht, meine Pinsel hängen an der Wand und alles, was ich brauche, um Muster anzufertigen, Vergoldungen oder Abgüsse herzustellen liegt geordnet in Kisten und Schubladen. Auf dem Fenstersims stehen Versteinerungen und Negativformen von Stuckrosetten, die ich während der Ausbildung fabriziert habe, es gibt einen alten Sessel, daneben ein selbstgebautes Regal für meine Bildbände von verschiedenen Gesteinsarten, Bücher mit alten Farbrezepte und Listen von Malmaterialien.

Mitten im Raum steht ein großer Arbeitstisch, den ich mit Packpapier überzogen habe, damit ich die Arbeitsfläche auswechseln kann, wenn ein Auftrag abgeschlossen ist.

Aber ich habe keine Aufträge.

Neben dem Backsteingebäude der Fabrik stehen zwei alte Mirabellenbäume, mit Ästen, die sich wie ein Torbogen über den schmalen Uferweg biegen und bis aufs Wasser reichen. Im Hochsommer hängen sie voller Früchte, von denen sich die Spaziergänger oder die Leute in Badehosen und Bikinis eine Handvoll in den Mund stecken. Die meisten Früchte fallen irgendwann einfach ins Wasser und vermodern dort auf dem Grund.

Wäre ich eine Künstlerin, würde ich das Fallen der Mirabellen festhalten, ich würde darstellen, wie die Suchbewegung geht. Aber ich bin eine Handwerkerin. Ich lege die Schichten frei, bis ich unter den Ablagerungen und Partikeln Farbe und Form der Frucht wiedergefunden habe. Meine Arbeit besteht darin, die Mirabelle vom Grund heraufzuholen, sie wieder zusammenzusetzen und zurück an den Baum zu hängen.

Die Aufträge gehen an ein Atelier für Restaurierungen, das einer Frau gehört, die zehn Jahre jünger ist als ich. Sie hat keine Kinder, dafür drei Angestellte und bekommt von der Stadt alle Aufträge für historische Häuser und Deckenmalereien von Hotels und Kirchen.

Letztes Jahr wurde sie in die Kommission für Denkmalpflege gewählt, sie ist eine Expertin für handwerkliche Restauration, arbeitet zuverlässig und hart, sie steht morgens als erste auf der Baustelle und bleibt abends am längsten dort. Sie ist sehr begabt. Und sie lebt für ihr Geschäft.

Nico hat mir immer wieder vorgeschlagen, mich bei ihr um eine Teilzeitstelle zu bewerben, damit ich mir die Miete für meine Werkstatt finanzieren kann. Vor einem Jahr habe ich sie endlich gefragt. Sie hat den Kopf schief gelegt und gesagt:

»Begleite mich zwei Wochen auf die Baustelle, dann werden wir sehen.«

In der ersten Woche hielt ich keinen Pinsel in der Hand und sah kein einziges Pigment. Wir wuschen die Fassade eines alten Hauses, reinigten die Untersichten von Malereien unter dem Dach und schleiften Fenstereinfassungen ab. Jeden Abend legte ich mich zerschunden ins Bett und stand am Morgen noch erschöpfter auf, um in meinen Arbeitskleidern um halb sieben wieder vor der Werkstatt zu stehen. Nach einer Woche gab ich auf.

Ich werde oft gefragt, was ich in meiner Werkstatt so mache. Ich weiß, dass die Leute denken, Restaurieren sei mein Hobby, so wie andere Frauen Seide bemalen oder intensiv Sport treiben. Sie denken, erst wenn man

Geld verdient und Aufträge einholt, hat man einen Beruf, und ich bin es müde geworden, mich zu erklären. Ich antworte nie, dass es einfach das ist, was ich gelernt habe, das Einzige, was mich neben meiner Familie interessiert, dass das der Ort ist, an dem ich eine Expertin bin. Ich erkläre jedes Mal brav, dass ich Pigmente zu neuen Farbmustern mische, Ornamente skizziere oder einen Ausschnitt von einem Gemälde kopiere. Meistens stockt das Gespräch an dieser Stelle und ich lenke mit einer Gegenfrage ab, anstatt zu sagen, dass es dabei natürlich nur um mich geht.

Mittags wärme ich auf einer kleinen Herdplatte mein mitgebrachtes Essen und koche Kaffee, später lese ich über die Herstellung von natürlichen Pigmenten oder historische Materialien oder repetiere Architekturstile. Ich habe mich auf barocke Imitationstechniken spezialisiert und ich glaube, dass ich ganz gut geworden bin, meine Linienführung ist ruhig und genau, ich kann meine Handschrift verschiedenen Stilen anpassen und ich habe schon viele Steine imitiert. Zurzeit übe ich den Gotthard-Serpentin, ein massiger Stein von dunkelgrüner Färbung, der für Portale, Taufsteine und Altäre benutzt wird.

Das Marmorieren ist eine merkwürdige Arbeit, man muss sich entspannen und treiben lassen, um die Struktur des Gesteins mit lockerer Hand zu imitieren. Dabei muss man aufpassen, dass man keinem gleichmäßigen Rhythmus verfällt, der Marmor darf in seiner Zeichnung keine Regelmäßigkeit aufweisen. Es gibt Steine, die von Rissen durchzogen scheinen wie das Abbild einer aufgesprengten, trockenen Wüstenlandschaft. Andere sind von weichen Strichen gezeichnet, die kreisförmig ineinanderfließen. Es gibt helle Insellandschaften, die vor einem schwarzen Hintergrund aufleuchten, Steine, die Galaxien abzubilden scheinen, die fremde Landschaft eines Planeten oder das herangezoomte, vergrösserte Gewebe eines Knochens.

Ich marmoriere so lange, bis mir meine Hand nicht mehr gehorchen will, dann wasche ich die Pinsel und fahre nach Hause. Oft ist es schon dunkel, wenn ich abends losfahre, aber das macht mir nichts aus, ich singe laut, wenn ich durch den Wald fahre. Der Weg führt an einer Kuhherde vorbei, die an den hellen Tagen zwischen dem Fahrradweg und dem Waldrand weidet. Die Kälbchen stehen meistens dicht bei der Mutter und manchmal presst die Mutterkuh ihre Stirn an die Stirn des Jungtieres. Noch ist es morgens kalt genug, so dass ich ihren Atem sehen kann. Wenn die Kälbchen grösser sind, springen sie hintereinander über die Weide, bis sie sich wieder in der Nähe der Mutter in Sicherheit gebracht haben. Allmählich kann ich die Tiere unterscheiden und bemerke, dass jede Mutterkuh ihren Lieblingsplatz hat, an den sie immer wieder zurückkehrt.

Nico sagt, ich müsse mich besser vernetzen, ich müsse meine Arbeit dokumentieren und sichtbar machen, ich bräuchte einen stärkeren Geschäftssinn. Ich weiß, dass er recht hat, aber mir fehlt dieser Sinn, ich lebe nicht genug für mein Geschäft. Also bleibe ich ohne Aufträge.

Und Nico finanziert mit seinem Lohn auch meine Werkstatt mit.

6

In der Gegend, in der wir leben, sieht man unzählige Hecken. Hecken, die um Häuser, Gärten und Familien gebaut werden, blickdicht und tadellos geschnitten, Hecken aus Haselnuss, Thuja oder Hainbuche, Niederhecken, Hochhecken oder selten auch Baumhecken.

Auch mein Schulweg führte unzähligen Hecken entlang. Jeden Tag suchte ich nach Hinweisen auf die Menschen, die dahinter lebten, nach allem, was sich vor meinen Blicken verbergen sollte. Manchmal gab es eine Lücke, durch die ich einen Blick auf einen Kiesplatz oder auf ein schmiedeeisernes Gartentischchen und vier geschwungene Stühle erhaschen konnte. Aber meistens sah ich nichts. Die Fenster blieben geschlossen, auf den Stühlen saß nie jemand. Einmal gab es einen jungen Mann, der mit großen Schritten über den Hausplatz lief, er war sehr elegant gekleidet, sein weißes Hemd bis zu den Ellbogen hochgekrempelt, er hatte langes, schwarzes Haar, das ihm in die Stirn fiel. Ich glaubte zu sehen, dass er weinte, er musste vor einem Streit davongelaufen sein, schnell bog er um die Ecke, ich hörte eine Autotür zuschlagen, dann das Aufheulen des Motors.

Zu Hause fragte ich Mutter nach der Familie, die in diesem Haus lebte.

»Ja, sie haben vier Söhne, alle mit diesem schönen, schwarzen Haar. Sie haben das Haar ihrer Mutter geerbt.«

»Was ist mit ihr, warum sieht man sie nie im Dorf?«

»Sie ist sehr unglücklich«, sagte meine Mutter, während sie am Herd stand und das Mittagessen für uns kochte.

»Warum?«

Sie goss Öl in die Bratpfanne, mit der anderen Hand rührte sie in den Nudeln.

»Sie wird Heimweh haben. Sie ist nicht von hier, ich glaube, sie kommt aus dem Engadin, bestimmt vermisst sie die Berge. Gib mir mal den Senf und die Mayonnaise aus dem Kühlschrank.«

»Warum ist sie dann hierhergekommen?«

»Was du immer wissen willst, Larissa!«

Die Hunde kamen in die Küche, rochen kurz an ihren Fressnäpfen, trotteten wieder davon.

»Du kannst schon mal mit der Salatsauce beginnen«, sagte Mutter, während sie die Schnitzel zuerst in Mehl, dann in Ei und zum Schluss in Paniermehl wendete.

»Aber warum ist sie hierhergekommen?«

Mutter seufzte.

»Sie kam wegen der Liebe, würde ich sagen, und dann hat das halt nicht gereicht. Sie hatte so einen schönen Bündner Mädchennamen, warte, er fällt mir gleich wieder ein …«

Aber er fiel ihr nicht ein und sie konzentrierte sich weiter auf das Essen, die panierten Schnitzel und die Tomatensauce, trug mir auf, den Tisch zu decken und aus dem Keller eine Flasche Rivella zu holen. Vater würde bald nach Hause kommen, dann musste das Essen parat sein, er hatte ja nur eine kurze Mittagszeit, bevor er wieder zurück in die Firma musste, in seine eigene Firma, in der er selbst bestimmen konnte, wie lange seine Mittagspause dauerte und ob er als erster wieder am Schreibtisch saß.

Auch meine Mutter lebte hinter einer Hecke. Sie bewachte sich selbst und ihre Vergangenheit streng, sie sagte immer, das gehe uns alles nichts an. Also reimte ich mir aus den kleinen, undichten Stellen ihre Geschichte zusammen.

Sie war noch ein Mädchen, als sie meinen Vater kennenlernte. Sie trafen sich auf einem Dorffest, er ließ für sie die Frau stehen, mit der er gekommen war und begleitete meine Mutter nach Hause. Am nächsten Tag fuhr er mit seinem dunkelgrünen Triumph Spitfire auf dem Hausplatz des Bauernhauses, in dem sie lebte, vor, um sie für einen Spaziergang abzuholen. Da verliebte sie sich in ihn, in diesen Mann mit Stil und Charme, der ihre Liebe für schöne Dinge teilte. Seit sie ein kleines Mädchen gewesen war, verströmten bestimmte Materialien und erlesene Gegenstände einen Zauber. Sie war glücklich, wenn ihre Mutter sonntags das Tischtuch mit den Spitzenbordüren und das Geschirr mit dem feinen Goldrand hervorholte, sie träumte von langen Kleidern und weißen Handschuhen, die ihr bis zum Ellenbogen reichten. Sie hasste die Kühe und den Stallgeruch und sie machte sich schon sehr früh im Haushalt unentbehrlich, damit sie nicht auf dem Feld zu arbeiten brauchte. Sie kam ganz nach ihrem Großvater, der im Dorf der Krawattenbauer genannt wurde. Nach dem Tod seiner Frau begann er zu verreisen, nach Montreux und St. Moritz, er wollte die Viertausender sehen, die verschiedenen Blautöne der Schweizer Gewässer und die Rebenhänge des Welschlandes. Er verließ das Haus mit einem kleinen Köfferchen und seiner Hutschachtel für den Sommerhut, die er sorgsam auf die Ablage im Zugabteil legte.

Ihre Augen leuchteten, wenn sie von ihm sprach. Sie hatte ihren Großvater sehr geliebt.

Mein Vater fuhr in seinem schönen Auto mit ihr über die Hügel und hielt auf einer Anhöhe, von der sie zu einer alten Burgruine spazierten. Ich stelle mir vor, wie meine Mutter eine Decke im Gras zwischen den alten Mauern ausbreitete, zwei Gläser aus dem Picknickkorb holte und ihm die Flasche Weißwein entgegenhielt. Während er sie entkorkte, beobachtete er, wie sie eine Birne aufschnitt und sorgsam neben Brot und Käse arrangierte. Er blickte auf die perfekte Form ihrer Hände mit den gepflegten, dunkelrot lackierten Fingernägeln, und er wusste, dass das die Frau war, die er heiraten wollte. Während sie nebeneinander im Gras lagen und in den Himmel blickten, erzählte mein Vater von dem Stück Land, das er einmal erben würde und auf dem er für sich und seine zukünftige Familie ein modernes Haus bauen wollte. Meine Mutter sah, wie langsam die Wolken vorbeizogen, es war ein strahlender Frühlingstag, und sie wusste bereits, wie sie ein modernes Haus einrichten würde, sie sah den dunklen Steinboden und den großzügig angelegten Wohnraum sehr genau vor sich.

In den ersten Jahren ihrer Ehe arbeitete sie noch als Lehrerin. Sie hatte eine Teilzeitstelle in einem Nachbarsdorf angenommen und eine Tagesmutter für Jana und mich gefunden, zu der sie uns frühmorgens brachte. Wir weinten jedes Mal, wir klammerten uns an Mutters Beinen fest, aber sie holte tief Luft, riss sich los und fuhr in ihrem Fiat Sport, den ihr ihr Vater zum Abschluss der Ausbildung geschenkt hatte, die Straße hoch und davon. Wenn sie uns später wieder abholte, rannten wir in ihre weit geöffneten Arme und riefen »Mami, Mami!«, und Frau Künert lächelte mit verschränkten Armen und versicherte, alles sei wunderbar gegangen, wir seien brav gewesen und am Nachmittag hätten wir einen langen Spaziergang gemacht.

Ich erinnere mich, wie Frau Künert, weil wir mit dem Weinen nicht aufhören konnten, irgendwann nur noch schluchzten, in diesem stotternden Rhythmus, in dem man kaum mehr Luft bekommt, ein großes Glas mit Süßigkeiten vom Holzregal in der Stube nahm und es uns vors Gesicht hielt. Wir durften etwas auswählen, unter der Bedingung, dass wir endlich aufhörten. Manchmal gelang uns das. Dann legte sie eine Märchenkassette ein, und Jana und ich saßen auf dem Spannteppich und aßen Schokolade. Wenn es uns nicht gelang, wenn wir nicht aufhören konnten, mussten wir in das dunkle Zimmer, wo wir Mittagsschlaf hielten, so lange, bis wir wieder still geworden waren. Jana konnte selten aufhören, aber ich wurde immer besser darin. Ich bin dem Trost von Zucker früh verfallen.

Als ich Mutter viele Jahre später davon erzählte, wurde sie wütend. Was sie denn hätte machen sollen, sie sei doch noch so jung gewesen, sie hätte noch etwas arbeiten wollen. Das werfe ich ihr nicht vor. Ich weiß, wie schwer es gewesen sein muss, in den siebziger Jahren auf dem Land in der Schweiz eine Tagesmutter zu finden. Und trotzdem will ich, dass sie weiß, wie es für mich gewesen ist.

Als Mutter mit Marion schwanger war, brauchte sie nicht nur ein größeres Auto, sie kündigte auch ihre Stelle. Sie wusste, dass es zu viel würde, die Arbeit, drei kleine Kinder, ein Haus und ein Mann, der auch samstags oft arbeitete. Es war besser so, obwohl sie die Schule vermissen würde, das Lehrerteam und ihr kleines Gehalt, von dem sie sich ab und zu etwas geleistet hatte, was sie nicht brauchte. Während des Hausbaus und in den ersten Jahren danach mussten sie sparen, und meine Mutter liebte es, Vater ab und zu eine gute Flasche Wein oder ein teures Stück Fleisch nach Hause zu bringen. Aber das Geschäft meines Vaters lief gut, und bald brauchte sie sich über Geld keine Gedanken mehr zu machen. Sie hatte alle Hände voll zu tun mit den drei kleinen Mädchen und dem Haushalt. Und doch wusste sie, dass das nicht alles war, dass sie noch etwas für sich haben musste, etwas, das nichts mit dem Haus und der Familie zu tun hatte. Sie fing an, Abendkurse auszuschreiben, zuerst für Seidenmalerei, später für Acryl- und Ölmalerei, und die Frauen kamen bald in Scharen in den Bastelraum des modernen Hauses neben der ehemaligen Uhrenfabrik, um es endlich einmal von innen sehen zu können, um an der quirligen Energie dieser jungen Frau teil zu haben, an ihrem Charisma und ihrer Großzügigkeit. Denn meine Mutter war eine Frau, die alles hatte: einen gutaussehenden, erfolgreichen Mann, Geld, ein großes Haus und drei kleine, gesunde Prinzessinnen.

7

Lange Zeit dachte ich, dass ich nicht dafür gemacht bin, für andere zu sorgen, dass ich nie die Mutter sein werde, die ich glaube, sein zu müssen. Als Flynn letzte Woche mit einer Grippe zu Hause lag, machte ich ihm ungeduldig Wickel und brachte ihm Tee, zwang mich immer wieder, kurz nach ihm zu sehen. Nora sah mir dabei missbilligend zu.

»Ich bin einfach nicht gerne Krankenschwester.«

»Ja«, sagte Nora, »das sieht man.«

»Das hat nichts mit Mutterliebe zu tun.«

»Find ich schon«, sagte sie und zog mir die Zimmertüre vor der Nase zu.

Ich wollte eine Familie. Ich wollte mit Nico Kinder haben. Unsere Geschichte ist eine gute Geschichte, mit Höhen und Tiefen, mit Entscheidungen, die wir bewusst getroffen haben, und Entscheidungen, über die wir nicht nachgedacht haben, Entscheidungen, die wir im Rahmen unserer Gegenwart und Herkunft gefällt haben.

Flynn will mir sein Handy nicht geben und ich funkle ihn aus zusammengekniffenen Augen an, obwohl da noch der andere Junge steht, Ari, ein neuer Freund von Flynn, den er zum Übernachten mitgebracht hat. »Dein böser Blick« nennt Nico das, wenn ich so weit gekommen bin, dass ich mich nicht mehr im Griff habe.

Aus dem Augenwinkel sehe ich das Matratzenlager, das sie sich hergerichtet haben, die zerwühlten Decken, unbezogenen Kissen und dreckigen Socken. Ich sehe die Knäuel aus Haaren und Staub, die sie mit ihren Socken auf dem Lager verteilen, auf dem sie liegen werden. Jungs. Sie sind wie junge Hunde, schmutzig, verschwitzt, Hygiene muss man ihnen mühselig beibringen.

Morgen ist schulfrei und die beiden wollen in den Wasserpark.

Ich mag Ari. Er hat schon öfter bei uns übernachtet, er räumt sein Frühstücksgeschirr unaufgefordert in die Spülmaschine, beantwortet Fragen mit ganzen Sätzen und nennt mich beim Vornamen. Ich weiß, dass mein Wohlwollen eigentlich seinen Eltern gilt, deren Erziehung, deren Atmosphäre zu Hause, ihren Prinzipien. Ich weiß, dass meine Gründe, ihn zu mögen, ungerecht sind.

Flynn funkelt zurück.

»Wir mussten die Handys noch nie abgeben, wenn Besuch da ist!«

Im Gegensatz zu Ari, dessen Stimme fortwährend wegkippt, ist Flynns noch rein und hell. Seine Arme hält er vor der Brust verschränkt, die Augenbrauen hat er zusammengezogen, er schleudert jetzt ebenfalls Blitze. Mir fallen die Figuren aus der Comicserie ein, die er sich vor ein paar Jahren oft angesehen hat, Elementarwesen, die Feuerkugeln schmettern, Wasser bändigen und Blitze aus der Luft ziehen. Ich versuche, ruhiger zu sprechen, blende Ari aus, der in der Ecke demonstrativ langsam in einem Buch blättert.

»Aber jetzt ist es so. Ich will nicht, dass ihr bis tief in die Nacht an den Geräten hängt. Punkt. Und pass auf deinen Ton auf, ja?«

»Wir hängen nicht die ganze Nacht an den Geräten! Und außerdem wechselst du ständig die Regeln, das finde ich scheiße!«

Ich spüre die Hitze, spüre Wut wie eine heiße Welle in mir aufsteigen, Überforderung, Zweifel, Unsicherheit. Ich spüre all das wie einen Sog, der mich mitreißen will. Weil ich mit Nora schon so oft an diesem Punkt war, weiß ich auch, dass ich noch einmal durchatmen muss, dass ich mich zur Langsamkeit zwingen, leiser sprechen muss.

»Du bringst mir jetzt die Handys hoch, und ich sag's dir noch mal, pass auf deinen Ton auf!«

»Hier hast du mein Handy, ich will es gar nicht mehr!«

Seine Stimme zittert, er kämpft mit den Tränen. Er will mir das Handy hinschleudern, aber ich nehme den Wäschekorb vom Boden auf und drehe mich weg.

»Nein, du bringst sie mir rauf, beide. Sorry, Ari, bei uns ist das nun mal so.«

Mit dem Wäschekorb unter dem Arm ziehe ich die Türe hinter mir zu.

Meine Wut schwillt von neuem an, als ich in der Küche stehe und mir ein Glas Wein einschenke. Auch das kenne ich gut. Hat sich die Wut erst einmal entfacht, breitet sie sich weiter aus, beginnt zu züngeln und zu wachsen, will den ganzen Wald niederbrennen. Ich nehme einen Schluck. In einem Buch, das mir Jana geschenkt hat, habe ich gelesen, dass man jede Emotion wie ein Wesen behandeln soll, das gesehen und anerkannt werden will, mit dem man sprechen kann wie mit einem Kind. Man soll sagen: »Ich sehe dich, ich nehme dich wahr, es gibt einen Grund dafür, dass du da bist«, aber ich werde ihn so richtig zusammenpfeifen, wenn er hochkommt, was glaubt er eigentlich, wie er mit mir spricht? So nicht, Bürschchen, so nicht!

Ich hole mein Handy aus der Tasche und öffne die Instagram-App. Als Flynn die Treppe hochkommt, schiebe ich es schnell unter den Stapel Zeitungen.

»Du kommst jetzt sofort mit mir vor die Tür, Ari braucht das nicht mitzukriegen.«

Ein winziger Teil von mir weiß, dass ich da nicht wirklich hinwill, dass ich es besser lassen sollte, abbrechen, jetzt ginge es gerade noch. Ich werde mich lächerlich machen mit meiner übertriebenen Wut, ich weiß es, aber ich kann nicht mehr zurück, finde den Ausgang nicht, ich brauche ein Ventil. Vor der Tür stehen wir uns gegenüber. Über uns leuchtet ein voller Mond, der zur Hälfte von einer Wolke bedeckt ist, die sein Licht aufzusaugen scheint. Es ist kalt. Noch ist Flynn einen knappen Kopf kleiner als ich, aber meine Macht schmilzt mit jedem Zentimeter, den er wächst. Etwas in mir scheint sie noch so lange auskosten zu wollen, wie es eben geht. Eine Tyrannin in mir, die sich von dieser Macht nährt. Schreien und Toben hilft, es ist wie eine Sucht, es ist in diesem Moment die höchste Befriedigung, der Kick. Und wie nach einem Drogentrip, kommt die Hölle danach. Der Selbsthass, die Anklage, die Verachtung und die Scham.

Aber dieses Mal ist es anders. Flynn kämpft gegen ein Lachen an, als ich losschreie.

Er kämpft, kräuselt die Lippen, presst die Mundwinkel nach unten, ich kann es sehen, kann sehen, wie er aus Anstand, vielleicht auch aus Angst versucht, sein Lachen zu verbergen. Er findet mich lächerlich, und er will es mir nicht zeigen.

»Ich kann euch morgen auch den Wasserpark verbieten oder Ari nach Hause schicken, wenn es sein muss.«

Meine Stimme hat bereits keine Kraft mehr, die Drohung versickert, flackert kurz in seinen Augen auf, erlischt sofort wieder, weil er aus Erfahrung weiß, dass ich so weit nicht gehen werde. Er beißt sich weiter auf die Lippen, in seinen Augen ein Anflug von Spott, oder meine ich das nur?

»Du kriegst hier High Life, alles, was du willst, und dann stelle ich eine Regel auf, eine einzige, und das ist dann zu viel? Dagegen musst du dich wehren? Überleg dir das mal, ja?«

Er hat wieder die Arme vor der Brust verschränkt.

»Kann ich jetzt gehen?«

Eigentlich nicht, nein. Eigentlich brauche ich dein Eingeständnis von Schuld, deinen gesenkten Blick, deine Demut. Eigentlich kannst du mich nicht so stehen lassen. Aber ich habe keine Energie mehr.

»Ja, kannst du. Und zeig mir den Film, den ihr auswählt.«

Der Mond ist jetzt ganz hinter der Wolke verschwunden, er sollte diesen Monat viel grösser sein, so groß wie vor 68 Jahren das letzte Mal, aber ich sehe nichts davon. Flynn war gestern enttäuscht, als es bewölkt blieb. Er zeigte mir Fotos im Netz, vom Mond in anderen Teilen der Welt, von anderen Kontinenten aus aufgenommen, riesig, unwirklich, zum Fürchten.

Ich gehe rein, stelle mich wieder an die Kücheninsel. Ich würde jetzt gerne mit Nico sprechen, aber ich verbiete mir, ihn anzurufen, ich muss das alleine regeln. Also tippe ich ihm nur eine kurze Nachricht und lege das Handy in die Schublade.

Warum fühlt sich alles immer wieder so zerbrechlich an, wie auf eine dünne Schicht Eis gebaut? Als könnte es jederzeit durchbrechen, zuerst ist da nur ein leises Knirschen, dann breiten sich die Risse aus, über den ganzen See, und schon wäre ich eingebrochen mit meinem scheinbar stabilen Leben. Würde in das eisig kalte Wasser sinken und in der Dunkelheit verschwinden.

Später stelle ich mich ans Fenster und blicke noch einmal zum Mond, der jetzt gespenstisch groß über dem Birnbaum steht, bevor ich die Rollläden runterlasse und die Vorhänge ziehe, um ihn auszusperren. Bei Vollmond kann ich nicht schlafen, sein Licht erinnert mich noch immer an den weißen Schädel Nosferatus und wie er im Türrahmen auftaucht.

Immer, wenn ich nicht einschlafen kann, stelle ich mir das Wandgemälde vor, auf dem das erste Mal die Farbe Ultramarin gefunden wurde, im 5. Jahrhundert in einer Höhle in Turkmenistan. Ich habe noch kein Bild davon gesehen, aber wenn ich die Augen schließe, sehe ich die Farbe deutlich vor mir.

Ich liege da und warte auf das Schlagen der Kirchturmuhr, während meine Gedanken in alle Richtungen davon galoppieren, sich in Millionen Teile zerstäuben und unter die Dunkelheit mischen, als wären sie ein Pigment.

8

Mutter ist immer schon praktisch veranlagt gewesen. Sie mag es, alle Aufgaben zu erledigen, die es zu erledigen gibt. Sie hat nicht nur wunderschöne und gepflegte, sondern auch äußerst geschickte Hände, sie kann Wintermäntel nähen, Körbe flechten, Brot backen, sie kann die Dinge richtig in die Hand nehmen, Dinge entstehen lassen und verschönern. Ihre Hände sind immer warm, wie von einem Feuer genährt, und ich glaube, sie könnte mit ihnen auch heilen, Gliederschmerzen, Organe, Seelen. Es sind ihre Hände, nach denen ich mich sehne, wenn ich an sie denke. Wenn ich mir zugestehe, dass sie mir fehlt.

An den Tagen, an denen ich in die Werkstatt fahre, stehe ich als erste auf. Ich koche Kaffee und setze mich im Dunkeln an den Küchentisch. Ich kann jetzt fast täglich sehen, wie es früher hell wird, aber diese Nacht hat es noch einmal geschneit, eine dünne Schneeschicht liegt auf dem Topf, in dem die Pfefferminze keimt. Im Fenster spiegelt sich meine Silhouette.

Gute Idee, sagte Nico gestern, als ich das Pfirsichbäumchen einwickelte, ich rieche Schnee.

Viele Jahre fuhr Mutter jeden Samstag mit uns einkaufen. Am Anfang noch in die enge, kleine Migros im

Nachbardorf, später in das neue Einkaufszentrum, ein gigantisches Schiff, in dem man sich erst zurechtfinden musste, bevor man unter den vielen neuen Produkten die richtigen auswählen konnte.

Ich glaube, Mutter genoss diese samstägliche Tour mit den Haltestellen Migros, Apotheke, Metzgerei, an denen sie ihre drei Töchter zeigen und Leute treffen konnte. Sie lächelte und hatte Geduld mit uns, nie zischte sie uns an, wie ich es später mit Nora tat, wenn sie nicht gehorchen und ständig alles haben wollte. Wir brauchten nie zwischen zwei Dingen zu wählen oder um etwas zu bitten, wie es meine Kinder tun mussten. Mutter kaufte uns alles, was wir wollten, gelben und braunen Tam-Tam-Pudding, Milchschnitten, mit Schokolade überzogene Cornflakes und Yogi-Drinks mit Himbeergeschmack. Für Vater kaufte sie in Plastikbecher abgefüllte Vanillecrème mit luftiger Sahneschicht und Vivi-Kola, auf deren Etikett kleine, schwarze Figuren mit Körben auf dem Kopf quer über den Kontinent Afrika bis zu einem Schiff wanderten. Einkaufen war eine Beschäftigung, die sie sich für den ersten freien Wochenendtag aufsparte, an dem ihr Mann noch zu arbeiten hatte.

Sie schob den Einkaufswagen, während Jana vorne im Getränkegitter stand, Marion im Wagen saß, nach und nach zugedeckt von einem Berg aus Lebensmitteln, und ich als Älteste durfte die Sachen aus den Regalen holen. Einmal brachte ich einen Bären mit langen dünnen Armen und einem gestreiften Bauch mit. Ich weigerte mich, ihn zurückzubringen, und Mutter bezahlte ihn seufzend.

Nach dem Mittagessen am Samstag legten sich Mutter und Vater auf ihre Liegestühle und wollten für eine Weile nicht gestört werden. Wir drei Mädchen ließen sie in Ruhe, schauten fern oder spielten auf einer selbstgenähten Steppdecke unter den Birken. Ich liebte es, dort zu liegen und in die kleinen, silbrigen Blätter zu blicken. Manchmal glitt ein Rotmilan langsam über den Himmel und schoss dann plötzlich hinab. Es gab viele Raubvögel, die auf Nahrungssuche waren. In einem harten Winter verhungerten einige von ihnen, wenn niemand Fleischbrocken oder Küchenabfälle aufs Feld warf.

Im Sommer liefen wir barfuß über die kühlen Steinfliesen im Haus und wieder hinaus in den Garten, Mutter lackierte sich irgendwo auf dem Sitzplatz die Nägel, Vater lag auf dem Sofa und sah sich Springkonkurrenzen oder Spielfilme aus den Fünfzigerjahren an, frohe, junge Frauen mit roten Lippen und gestärkten Kleidern, kräftige, durchtrainierte Pferdeschenkel, Küsse mit festem, zugepresstem Mund. Wir Mädchen setzten uns neben ihn aufs Sofa und freuten uns an den Delfinen und singenden Gastwirten. In diese Spielfilme konnte man sich wie in ein weiches Bett fallen lassen, sie erzählten von einem anderen Leben, einem, von dem wir damals dachten, dass wir es gerne leben würden. Ich fand immer eine Figur, mit der ich sofort getauscht hätte. Das Mädchen mit dem schlanken, durchtrainierten Körper, die elegante Frau, die umworben und begehrt wurde. Die strenge, leidende Denkerin, die nicht viel sprach und am Schluss trotzdem ihr Glück fand.

Zwischendurch holten wir uns Erdbeertörtchen oder Nussgipfel, die Mutter am Morgen in der Bäckerei gekauft hatte. Es standen immer Schalen mit Nüssen und Pralinen auf dem Beistelltisch vor dem Fernseher, wir konnten uns einfach bedienen. Und das tat ich auch. Manchmal warf mir Mutter einen mahnenden Blick zu, manchmal sagte sie mit einer Spur von Verachtung in der Stimme: »Larissa, musst du dir wirklich schon wieder etwas in den Mund stopfen?«

Ich begann heimlich zu essen. Ganz beiläufig ging ich in die Küche und schnitt mir ein dünnes Stück Kuchen ab. Und wenn es niemand sah, noch ein zweites. Und wenn ich das nächste Mal in der Küche war, noch ein kleines, ganz, ganz dünnes. Nur noch einen Streifen. Es fühlte sich so gut an, dieses Gefühl im Mund, kurz bevor ich schluckte, ein Glück, das mich ganz ausfüllte, bevor ich alles runterschluckte, bevor die Verzweiflung einsetzte und meine Hand zur Speckrolle am Bauch griff.

Warum war ich nicht eine andere? Ich wäre so gerne eine andere gewesen.

9

Ich lasse Nico allein mit den dampfenden Töpfen und den Gästen, die alle gleichzeitig aufkreuzen werden, aber das ist nicht schlimm, er wird zurechtkommen. Nico kommt immer zurecht, er bleibt ruhig und gelassen. Höchstens eine kleine Anspannung in den Kieferknochen, die er zusammenpresst, aber das sieht man nur, wenn man ihn gut kennt, ansonsten macht er stets den Eindruck, alles unter Kontrolle zu haben. Und Nico hat die Dinge gern unter Kontrolle. Ich bin da ein Störfaktor. Unsere Reviere überschneiden sich, jede meiner Handlungen hat Auswirkungen auf ihn, wie er so nah mit mir verbunden ist, wir gemeinsam für die Familie verantwortlich sind.

Ich habe geschrien, ob wir vielleicht endlich dieses verfickte Gespräch beenden können, jetzt, wo gleich der Besuch komme. Aber er hat nicht aufgehört. Das ist eine weitere seiner Stärken: Beharrlichkeit. Er will es genau wissen, er lässt nicht los. Für bestimmte Berufe ist das die perfekte Voraussetzung, für Detektive, Kriminalbeamte, Astrophysiker, aber Nico ist Ingenieur.

Ich habe die Tür zum Schlafzimmer zugeknallt, obwohl ich eine Sekunde lang spürte, dass ich die Wahl hatte, es nicht zu tun. Ich habe es trotzdem getan. Es hat lauter geknallt, als ich wollte, so fest, dass die metallene

Abdeckung um das Schlüsselloch scheppernd zu Boden gefallen ist.

Ich weiß, dass ich zu viel an Nico rumnörgele. Ich gebe ihm Tipps, nach denen er nicht gefragt hat. Er soll das Essen nicht auf höchster Stufe weiter kochen lassen, er soll die Pasta bei kochendem und nicht bei siedendem Wasser reinwerfen, und Tomatensauce schmeckt nur, wenn sie mindestens zwanzig Minuten einkocht.

Da hat er sich endlich gewehrt.

»Okay«, habe ich gesagt, »dann sag ich ab jetzt einfach nichts mehr.«

Zu spät. Wenn Nico streiten will, dann richtig.

Was Essen anbelangt, ist Nico ein unkomplizierter Mensch. Wenn ich Linsen koche, die nicht ganz gar sind, macht ihm das nichts aus. Er ist genügsam, wenn ich nur Brot und Käse aufstelle, findet er das gut. Er beklagt sich nie. Dafür ist er auch kein Genießer. Und jetzt sitze ich im Zimmer und tue so, als würde ich lesen, als würde ich das Geschirrklappern und den Dampfabzug nicht hören. Ich werde hier sitzen, bis der Besuch kommt, ich werde mich abregen, ich werde es Nico überlassen, das Essen zu kochen und den Gastgeber zu spielen.

Vor ein paar Tagen saßen wir am Gartentisch unter dem Ahorn und tranken einen späten Nachmittagskaffee. Wir sprachen über den neuen Tesla, den sich ein befreundetes Ehepaar gekauft hatte. Nico sagte, er habe zwar Existenzängste, dafür kein Statusproblem. Das sei nicht immer so gewesen, er habe jahrelang mit sich gekämpft. Jedes Auto, das er nicht gekauft, jedes Motorrad, das er sich nur angesehen habe, sei ein innerer Kampf gewesen. Ein harter Kampf, den die wenigsten gewinnen.

Ich höre die Klingel und dann Stimmen, Nicos Bruder mit den beiden Mädchen ist da. Ich höre das Geplapper der Ältesten, das Klimpern von Besteck, Flynn, der etwas sagt. Das Essen wird gleich fertig sein. Sollen sie alleine essen.

Ich schaue aus dem Fenster auf die Blätter des Ahorns. In meinem Bauch bewegt sich ein schwarzer Klumpen.

»Und die Existenzängste«, habe ich ihn gefragt, »was ist mit denen?«

»Das ist was anderes«, meinte er, »die sind lebensbedrohlich. Die lähmen mich.«

Ich stelle mich ans Fenster. Der Himmel hat sich verdunkelt, gleich wird es zu regnen beginnen. Die ersten Tropfen auf dem Kies klingen wie Schritte, platzen zu dunklen Flecken auf. Es wird ewig dauern, bis die neuen Stuhlpolster wieder trocken sind, ich sollte sie reinholen, aber dazu müsste ich nach unten gehen und mich zeigen. Ich lausche dem einsetzenden Regen, ich will mich nicht bewegen. Ich will die Augen schließen und mich davontreiben lassen, weg von hier, von diesem Haus, aus dieser Ehe, aus der gesamten Verantwortung, die so schwer wiegt und der ich mich zu stellen habe. Sorge muss ich tragen, die Dinge pflegen, ihnen ein langes Leben schenken. So, dass wir uns auf sie verlassen können, und dass wir uns auf uns verlassen können. Das hat mir Nico beigebracht.

Als er das erste Mal die verrosteten Fahrräder im Schuppen meiner Eltern sah, konnte er es kaum glauben.

»Deshalb weiß ich nicht, wie man ein Fahrrad putzt!«

Das sollte witzig sein, aber er fand das nicht lustig. Während er an den Bremsen ins Leere zog, schüttelte er den Kopf.

»Das hättest du dir auch selbst beibringen können, dafür braucht man seine Eltern nicht.«

Ich muss die Kissen reinholen. Ich könnte Nico beweisen, wie umsichtig ich geworden bin, wie gut ich darin bin, von ihm zu lernen. Ich würde über den Kies rennen, die Kissen einsammeln, die Hängematte aus der Halterung lösen. Ich würde die von Nico gebaute Abdeckung für die Tischplatte aus der Garage holen, ganz und gar bereit, unsere gemeinsamen Anschaffungen zu retten.

Der Regen wird heftiger, ich höre, wie er auf die Tischplatte fällt, sehe, wie die Haustüre aufgeht, Nico zum Gartentisch rennt, die Kissen einsammelt, den Tisch zudeckt.

Seit neustem schnarcht er manchmal. Nicht sehr laut, es klingt eher wie ein Knurren, wie der Unmut einer Katze, die frisch geboren hat und neugierigen Besuch von ihren Jungen fernhalten will. Ich brauche ihn nur sanft zu berühren und er wird wieder still. Kein Schütteln oder Boxen, nur ein sanftes Streichen über den Arm ist nötig. Nico hasst laute Töne. Wenn er spricht, muss man sehr genau hinhören.

An jenem Nachmittag vor ein paar Tagen meinte er, dass er endlich aufhören wolle, mit angezogener Handbremse zu leben. Dass er sich nicht mehr von seinen Ängsten hemmen lassen wolle. Was das wohl bedeuten wird, frage ich mich jetzt. Wird er mich anschreien, ich solle ihn verdammt noch mal so lange vor dem Computer sitzen lassen, wie er dort sitzen will? Wird er mit der Faust auf den Tisch hauen oder gar den Topf mit Tomatensauce gegen die Wand schmeißen, als Antwort darauf, wie lange er sie kochen soll? Wird er mit gelöster Handbremse wüten, schreien, fortgehen vielleicht?

Der Regen hat wieder aufgehört, war nur ein kurzes Intermezzo. Nico hätte die Kissen auch liegen lassen können. Dann hätte ich jetzt kein schlechtes Gewissen. Leben wir nicht alle mit angezogener Handbremse? Ich will darüber nicht länger nachdenken. Ich will mir diese Höhle vorstellen, weit oben in den Bergen, ein Versteck, in das ich mich immer retten kann, mich, meine Kinder und Nico, es muss eine alte Bärenhöhle sein, und da liegen wir auf dem kalten Boden, ein Feuer brennt, von dem genug Wärme ausgeht, damit wir nicht erfrieren. Draußen stürmt es, ich sehe von meinem Schlafplatz aus das Licht der Dämmerung, Regen, der in langen Fäden über die Kronen der Bäume weht, und ich weiß, dass wir in Sicherheit sind. Das Feuer knistert und flackert an den Wänden, niemals wird jemand den Eingang zu dieser Höhle finden, und falls die Bären zurückkämen, wären sie uns freundlich gesinnt.

Ich schließe das Fenster. Dann höre ich, wie Flynn zum Essen ruft. Keine Namen, nur die grundlegende Information, dass das Essen fertig ist.

10

Das Dorf, in dem ich aufgewachsen bin, liegt zwischen zwei Burgruinen, die einst von den Habsburgern gebaut wurden und wie Adlerhorste auf den angrenzenden Hochebenen thronen, gut vom Wald versteckt. Die Ruinen geben herrliche Ausflugsziele ab. Man klettert über die alten Mauerreste, die wie die Knochen eines Dinosaurierskeletts aus der Erde ragen, lässt Münzen in Schächte fallen, von denen man denkt, sie hätten damals als Verlies gedient und legt sich auf die warmen Mauern wie Eidechsen. Ab und zu fällt ein Hund in einen Graben, der so tief ist, dass man das arme Tier nur mit einer Leiter wieder herausholen kann, die man sich schnell beim nächsten Bauernhof ausleiht, und mit großer Wahrscheinlichkeit kotzt man als Jugendliche ein paar Mal zwischen die Mauerreste oder raucht hier den ersten Joint. Als Erwachsene besetzt man eine der vielen Feuerstellen, packt das mitgebrachte Essen aus und setzt sich an die Holztische unter der alten Eiche zu befreundeten Familien. Im Frühsommer blühen am Wegrand große, weiße Wolken von Holunder, die die Frauen eifrig einsammeln und zu Sirup verkochen.

Ich blicke über das Dorf und denke an den Bauern, dem der Misthaufen gehört, ich sehe ihn mit seiner dicken Zigarre, schräg im Mundwinkel, in seinen Gummistiefeln vor dem Misthaufen stehen. Ich sehe auch den Sportplatz mit seinem leuchtend roten Belag, ein paar Kinder spielen dort jeweils nach der Schule. Wie froh ich bin, dass ich dort nicht mehr spielen muss, auf diesem Hartplatz mit seiner granularen Oberfläche.

In meiner alten Schule stand auf dem Hof eine Schaukel, von der man auf den Rasen springen konnte. In den Pausen übten wir, wer am höchsten schaukeln und am weitesten abspringen konnte. Peter und Manuela waren immer die Gewinner, standen triumphierend auf dem Rasen und markierten den Ort, an dem sie gelandet waren. Ivo und ich hatten keine Chance, obwohl bei jedem von uns auch eine Schaukel im Garten stand, mit der wir üben konnten.

»Wie machst du das?«, habe ich Manuela gefragt. »Kannst du mir zeigen, wie man so weit springt?«

»Du musst abnehmen«, hat sie geantwortet, »mit so einem Fettarsch wirst du niemals fliegen.«

Essen schlang ich immer so hastig hinunter, als wäre es Arbeit, satt zu werden. Ivo aß langsam und in kleinen Bissen, er schien ewig Zeit zu haben. Wir hatten versucht, das Wasser oberhalb der Brücke zu stauen, bevor es dann weiter vorne bei der Sägerei mit umso heftigerem Getöse den Wasserfall hinunterstürzen würde. Dabei war mein neuer Schal ins Wasser gefallen und Ivo dachte angestrengt darüber nach, das sah ich ihm an. Gleich würde er vorschlagen, dass wir ihn beim

Steg weiter unten rausholen könnten, falls er überhaupt so weit getrieben wurde. Das Wasser war dort nicht so tief und es gab Äste, die weit genug hinausreichten.

»Was erzählst du deiner Mutter wegen dem Schal?«, fragte er schließlich zwischen zwei Bissen.

Ich hatte mein Käsesandwich schon lange aufgegessen und stocherte mit einem Ast im Schlamm herum. Es war Ende Mai und seit ein paar Monaten verbrachten Ivo und ich jede freie Minute zusammen. Bald würden die Erdbeeren reif sein, und wir könnten mit den Fahrrädern nach der Schule zum Erdbeerbauer fahren und uns die Bäuche vollschlagen.

Ich zuckte mit den Schultern.

»Nichts. Sie wird es gar nicht bemerken.«

Ich zog meinen Stock aus dem Schlamm und stampfte mit dem linken Fuß in den Matsch. Der Schlamm spritzte über die gelben Gummistiefel auf meine Hosen. Ivo runzelte die Stirn.

»Lass uns ein Stück weiter den Bach hochgehen«, sagte ich, »ich hab‘ da eine Stelle gefunden, an der wir mit den Gummistiefeln im Bach stehen können. Vielleicht können wir dort besser stauen.«

Ivo packte den Rest seines Salamibrotes wieder ein. Er würde es auf dem Nachhauseweg aufessen, sonst dachte seine Mutter wieder, sie könne keine richtigen Sandwiches machen.

Unsere Mütter waren auf eine Art befreundet. Sie hatten sich kennengelernt, als wir in den Kindergarten kamen, und mit der Zeit lud meine Mutter Ivos Mutter Sofia regelmäßig zum Kaffee ein. Heute weiß ich, dass sie nicht wirklich befreundet gewesen waren, aber damals hatte ich mir das so gewünscht. Meine Mutter hatte keine Freundin, sie sagte immer, dass sie das nicht brauche, dass sie mit niemandem über private Dinge sprechen wolle. Beide Frauen schienen mir auf sehr unterschiedliche Art einsam zu sein und ich stellte mir vor, sie hätten sich gefunden, sie wären Freundinnen, die sich alles erzählten und miteinander durch dick und dünn gehen würden.

Ich ging schon mal los. Ich wartete nie auf Ivo, er war mir zu langsam, immer musste er sich beeilen, um mitzukommen. Peter hätte auf ihn gewartet, aber der lag mit gebrochenem Arm zu Hause auf dem Sofa und sah fern. Es war Mittwochnachmittag, kurz nach vier. Luzie, der Schrecken der Straße, lief jetzt, eigentlich waren wir zu alt dafür, aber Ivo sah die Serie immer noch gern, wahrscheinlich würde er gleich fragen, ob wir nicht nach Hause gehen und eine Folge schauen könnten.

Ivos Mutter war Violinistin. Jeden Tag fuhr sie für die Orchesterproben mit dem Zug nach Basel und manchmal auf längere Konzerttourneen in eine Stadt irgendwo in Europa. Ivo blieb dann mit seinem Vater allein, der Geologe war und auch von zu Hause seine Artikel schreiben konnte. Meine Mutter hatte immer Mitleid mit ihnen. Oft gab sie mir Essen mit, eine Wähe oder einen Auflauf, selbstgemachten Sirup oder Kuchen. Aber sie lud die beiden nie zu uns zum Essen ein.

Meistens trafen Ivo und ich uns draußen, fuhren Rollschuh im Quartier, zerrieben die Früchte der Hagebutten, um das juckende Pulver in die T-Shirts meiner Schwestern fallen zu lassen, oder wir rasten im Winter stundenlang mit Schlitten den Hügel neben meinem Elternhaus hinab. Ich legte mich bäuchlings auf den Holzschlitten und steuerte ihn mit den Armen über unsere selbstgebauten Schanzen, der Schlitten war ein wildes Tier und ich bändigte ihn. Mit nassen Handschuhen bauten wir Iglus und am Ende des Nachmittages torkelten wir mit verklebten Haaren und aufgescheuertem Kinn nach Hause, Mutter, irgendwo beschäftigt im Haus, machte uns etwas Warmes zu trinken und immer gab es dazu etwas Süßes. Danach schauten wir zusammen fern, breiteten uns auf dem Sofa aus, während in unseren Körpern die Kälte und Geschwindigkeit noch immer nachhallte, das Fliegen über die Schanzen, das Landen im Schnee.

Einmal, im letzten Sommer, bevor wir in die vierte Klasse kamen, küssten wir uns in der kleinen Grasmulde neben dem Haus meiner Eltern, berührten uns kurz mit den Zungenspitzen und zogen sie dann erschreckt wieder zurück.

Von der anderen Seite der Dorfstraße hörten wir jetzt Stimmen, die in unsere Richtung schrien. Es war Manuela und ihre Bande, die dort standen und mit den Armen winkten. Sibylle war dabei und Gan, der vietnamesische Junge, der seit ein paar Monaten in unsere Klasse ging und von dem alle sagten, er sei in mich verliebt. Ich hatte ihn am Anfang, als er neu ins Dorf gezogen war, zu Hause abgeholt, um ihm den Schulweg zu zeigen. Die Familie wohnte im alten Krämerhaus, in der Nähe meiner Großmutter, deshalb hatte ich mich gemeldet, als die Lehrerin fragte, wer von uns den neuen Jungen die ersten paar Wochen in die Schule begleiten wolle. Gans Eltern standen jeden Morgen in der Küche, als ob sie auf mich gewartet hätten. Sie sprachen unsere Sprache noch nicht, also lächelten sie nur. Jeden Morgen hielt mir die Mutter ein Glas Coca-Cola entgegen, eiskalte Cola, früh morgens, direkt aus dem Kühlschrank. Anfangs erschrak ich darüber und schüttelte den Kopf, aber bald nahm ich das Glas und trank es in kleinen Schlucken, während Gan sich für die Schule fertig machte. Es schmeckte so gut, wie Cola danach nie mehr geschmeckt hat.

Einmal hatte meine Mutter im Auto vor der Schule auf mich gewartet. Natürlich blieben alle stehen und sahen zu, wie ich um den großen, schwarzen Geländewagen herumging und auf den Beifahrersitz kletterte. Im Kofferraum saßen die beiden Hunde und pressten ihre Nasen an die Heckscheibe, sodass die Schüler ihnen zuwinkten oder näher rankamen. Gan klopfte an das Autofenster und Mutter ließ die Scheibe hinunter. Sie lächelte ihn an, ihre blonden Haare und der rote Lippenstift leuchteten im Sonnenlicht, die Sonnenbrille verdeckte die Hälfte ihres Gesichts. Er verneigte sich und fragte, ob er mich einmal heiraten dürfe. Es war ihm ernst, das konnte man sehen. Alle hörten es und begannen zu lachen, auch Mutter lachte, drehte sich zu mir um und wuschelte in meinem Haar. Am nächsten Tag sagte ich der Lehrerin, Gan könne den Schulweg jetzt alleine gehen. Ivo freute sich, dass ich wieder mit ihm und Peter zusammen war, es sei langweilig gewesen ohne mich, sagte er, Peter würde immer nur von den Sportsendungen erzählen, von den Autorennen, die er sonntags mit seinem Vater hinter zugezogenen Gardinen schaute, von den Skirennen oder den Tennismatches, bei denen, das wusste ich, der wütende John McEnroe nicht aufhören konnte, seine Schläger am Boden zu zerschmettern.

»Kommst du endlich?«

Ich drehte mich nach Ivo um. Ich hatte mich bereits unter den tieferhängenden Büschen hindurch gebückt und stand jetzt auf der anderen Seite des Baches. Manuela und ihre Gruppe waren uns auf den Fersen, das war klar. Ivo ließen sie meistens in Ruhe, er war zu unsichtbar und unschuldig, aber heute sah es nicht gut für ihn aus.

»Larissa, warte auf mich.«

Ich überlegte kurz.

»Komm, wir steigen hier den Abhang hoch und verschwinden in Webers Scheune.«

»Sie haben uns gesehen!«

»Jetzt komm!«

Ich zog mich an den Ästen des Bachufers hoch und stand schon fast auf Webers Land. Ivo beeilte sich, aber er rutschte auf einem Stein aus und zog ein nasses Bein aus dem Bach. Von Weitem hörten wir die Gang johlen und rufen.

»Hey, ihr zwei Verliebten, was macht ihr so?«

Ich rannte um die Ecke der Scheune und rüttelte am Tor, es war verschlossen, aber ich wusste, wo der Schlüssel lag. Marion war mit Andrea Weber befreundet und hatte es mir für drei Päckchen Sarah-Key-Albumbilder verraten.

»Komm, Ivo, jetzt komm schon!«

Von innen schoben wir den Holzriegel vor und stellten uns keuchend an die Wand. Um uns herum lagen die Strohballen, bis unters Dach aufgetürmt. Licht fiel zwischen den Holzbrettern in die Dunkelheit wie Laserstrahlen, Staubpartikel schwebten über unseren Köpfen durch die Luft. Wir hörten Manuelas Stimme.

»Wo sind sie denn, die zwei Verliebten?«

Ich musste an den Film Ronja Räubertochter denken, den wir letzten Mittwoch mit Mutter im Kino gesehen hatten. Wie die Wilddruden rufen: »Wo ist sie denn bloß, wo ist sie denn bloß?« Manuela war eine Wilddrude. Immer wollte sie Blut fließen sehen. Ich legte meinen Finger an den Mund, wenn Ivo sich nur nicht in die Hose machte.

Ein paar Jahre später werde ich mit Manuela zwischen diesen Strohballen liegen. Wir werden uns gegenseitig unters T-Shirt fassen und die Brüste der anderen berühren. Unseren Fingerspitzen werden über die Haut fahren, die Wölbungen der anderen ertasten, Manuela wird sich das T-Shirt über den Kopf ziehen und meinen Kopf sanft nach unten drücken. »Küss mich«, wird sie befehlen, und ich werde Manuelas Brüste küssen, einmal, zweimal, zuerst zögerlich und dann immer schneller, gieriger, von einem Rausch erfasst, der mich wie eine große Welle hochhebt und umspült. Manuela wird ihren Kopf zurücklegen, eine Augenbraue hochziehen und sagen: »Oho, du gehst aber ganz schön ran!«. Und ich werde sofort aufhören, werde aufs Stroh sinken, etwas benommen, mein T-Shirt zurechtschieben und mich aufsetzen. Zeitgleich wird die Scham einsetzen, alles in ein dunkles Rot tauchen, jede Zelle in mir, jedes Partikel in der Luft, Manuela, die Scheune, den Nachmittag, alles. Ich werde erschrecken über das, was mit mir passiert ist, wie sehr ich mich habe gehen lassen. Manuela werde ich nicht mehr anschauen, auf keinen Fall, ich glaube, einen spöttischen Zug um ihren Mund gesehen zu haben, ich weiß es nicht, ich packe mein Zeug und verschwinde. Angst wird in mir aufsteigen wie schwarzes, schlammiges Wasser, sich irgendwo in meinem Körper festsetzen.

Erst viel später werde ich mich fragen, was wohl passiert wäre, wenn ich einfach weitergemacht hätte. Ob es vielleicht richtig gut geworden wäre? Am nächsten Tag werden Manuela und ich uns in der Schule treffen, und uns wird nichts anzumerken sein. Es ist das letzte Schuljahr, bevor wir in die Oberstufe kommen, wir haben noch einen Sommer vor uns, in dem alles so ist, wie es immer war, die Leute, der Schulweg, die Freizeitgewohnheiten. Wir werden zusammen ins Schwimmbad fahren und mit den anderen auf dem Rasen liegen. Wir werden uns von der Sonne verbrennen lassen, so richtig schön rot, weil man danach schneller braun wird. Wir werden uns Hautstreifen vom Rücken pulen und saures Gummizeug am Kiosk kaufen, Raketeneis, an dem ich mir die Lippen blutig reiße, weil sie an der dampfenden Eisschicht festkleben. Wir werden uns nicht mehr in der Scheune treffen, nur noch am Mittwochnachmittag ab und zu auf Manuelas rosa Steppdecke liegen und zusammen in der Bravo blättern, die neusten Songs der Hitparade hören, eine Liste mit den Namen von Jungs schreiben, die uns gefallen, Kreuze und Kreise dahinter setzen. Manuela wird mich auf dem Schulweg fragen, ob ich schon von dieser neuen Krankheit gehört habe, die man Aids nennt, es soll anscheinend etwas ganz Schreckliches sein, es käme aus New York. Ich werde ein paar Wochen lang nicht gut einschlafen können. Die schlammige Flüssigkeit, die in der Scheune in mich hineingeflossen ist, wird in mir hin und her wogen wie in einer Flasche, die am Ufer schaukelt. Ich werde zum Einschlafen immer dasselbe Lied hören, damit dieses Lied sich vollsaugen kann mit dem Schlamm, von dem ich fürchte, dass er mich verschlingen und nach unten ziehen wird. Danach werde ich das Lied nie mehr hören. Nach einer Woche werde ich beschließen, Mutter alles zu erzählen. Wenn ich den Mut dazu aufbringe, wird es nur noch halb so schlimm sein.

Sie wird am Bügelbrett stehen und einen Krimi schauen, Vater wird bei einer Probe der Musikgesellschaft sein, und die Hunde werden in ihrem Korb neben dem Ofen liegen und träge den Kopf heben, wenn ich an ihnen vorbeigehe.

»Larissa, warum schläfst du nicht?«

Mutter stellt das dampfende Bügeleisen zurück auf die Station und dreht das Hemd am Kragen um 180 Grad.

»Ich muss dir etwas erzählen, Mama.«

Sie schaut erschrocken hoch, beinahe wütend, als könne ich ihr gleich den Boden unter den Füssen wegziehen. Egal, was ich sage, es ist meine Schuld, wenn sie nicht damit umgehen kann, das sagt sie mir immer mit diesem Blick. Ich will wieder umkehren, wünsche mir, ich hätte nichts gesagt.

»Was ist los? Ist etwas passiert?«

»Ich weiß es nicht.«

Sie sieht mich mit erhobenen Brauen an. Sie hat das Bügeleisen zurück auf die Station gestellt. Ihre Augenbrauen sind zu dieser Zeit sehr dünn gezupft, wie zwei Bleistiftlinien, die sich über ihren Augen auf und ab bewegen.

Ich erzähle ihr von der Scheune und dass Manuela und ich uns geküsst haben, dass ich unter ihr T-Shirt gefasst habe, aber nur ganz kurz.

Mutters Brauen senken sich wieder, sie runzelt die Stirn ein bisschen und sagt: »Das ist nicht schlimm. Aber tut das nicht mehr.«

»Bestimmt nicht, nie mehr, versprochen. Aber ...«

Ich beginne ein bisschen zu weinen und mache einen Schritt auf sie zu.

»Was ist denn noch?«

»Denkst du, ich bin lesbisch?«

»Unsinn! Deswegen bist du doch nicht lesbisch. Das war Kinderkram. Ihr habt nur gespielt. Geh jetzt wieder schlafen.«

Sie seufzt und nimmt mich in die Arme, streicht mir über den Kopf und schubst mich leicht an.

»Los, geh wieder ins Bett.«

Dann nimmt sie eines der Hemden und dreht es so, dass sie mit dem Bügeleisen in die Ärmel fahren kann.

Ich warte noch einen Moment am Türrahmen. Im Krimi hebt einer die Hände. Er ist von Polizisten umzingelt, die alle mit ihren Waffen auf ihn zeigen.

»Was ist denn noch?«

Mutter blickt mich ungeduldig an.

»Bitte erzähl Papa nichts davon.«

»Nein, das werde ich nicht tun. Jetzt geh schlafen.«

Mutter wird schnell wieder ins Bügeln vertieft sein, kurz wird sie innehalten, um den Showdown des Krimis zu verfolgen, dann wird sie das Hemd auf einen Kleiderbügel setzen und an den Wäscheständer hängen, um das nächste aus dem Korb zu nehmen.

Ich hätte sie gerne noch gefragt, ob sie mich nun weniger liebhat, aber ich weiß, dass sie solche Fragen nicht ausstehen kann, dass sie genervt die Augen verdrehen wird, also sage ich nichts. Ein bisschen leichter werde ich mich fühlen, wieder besser atmen können, während ich zurück in mein Zimmer gehe, an den Hunden vorbei, die jetzt eingeschlafen sind, am Ofen vorbei, der noch warm ist, zurück in den Teil des Hauses, in dem ich fern von den Eltern mit meinen beiden Schwestern schlafe. Ich wandere über die kalten Steinplatten zurück in mein Bett. Es ist immer noch warm unter der Decke, ich scheine nicht allzu lang weggewesen zu sein. Alles ist wieder so, wie es vorher war, nichts ist passiert, alles ist gut.

Ivo hielt den Atem an, während Manuela an dem Scheunentor rüttelte. Sie waren jetzt ganz nah, sie berieten sich, ob es noch einen anderen Weg gäbe, um in die Scheune zu kommen. Es gab eine zweite Tür, das wusste ich. Ich blickte Ivo warnend an und legte meinen Zeigefinger an die Lippen.

Vor der Scheune wurde geflüstert, dann liefen sie weg. Stille.

»Was ist los? Wo sind sie hin?«

Wir wussten beide, dass sie nicht einfach so weggegangen waren, dafür war der Spaß, den sie sich versprachen, zu groß. Ich blickte zwischen den Holzlatten hindurch, sah in Streifen die Wiese, das saftige Grün, die knorrigen Stämme der Obstbäume.

»Ich sehe sie nicht mehr«, flüsterte ich, »aber sie sind bestimmt nicht weg.«

Sie sprangen von hinten zwischen den Strohballen hervor. Gan und Manuela standen vorne, dann kamen Sibylle und Sandra, Matthias Burger ein paar Schritte hinter ihnen. Irgendwie hatten sie das andere Tor geöffnet.

»Ha! Da haben wir euch! Habt wohl gedacht, ihr wärt schlauer als wir, was?«

Manuela stand breitbeinig da, sie trug ihre heiß geliebten Stonewashed-Jeans und einen schmalen Nietengürtel, den sie sich mehrmals um die Hüfte geschlungen hatte. Ihre Haare waren offen und glänzten. Ich kannte ihren Blick. Es war derselbe Blick, mit dem sie manchmal auf dem Pausenplatz rief: »So, auf wen haben wir es denn heute abgesehen?« Immer gefolgt von ihrer treuen Bande, zu der seit neustem auch Gan gehörte.

Ich spuckte auf den Boden, Manuela machte einen Schritt auf mich zu und lachte.

»Du arrogante, neureiche Ziege! Denkst wohl, du wärst was Besseres, wie? Nur, weil ihr reich seid und du ins Ballett gehst und immer diese dünnen Strumpfhosen trägst, bist du noch lange nicht besser als wir!«

»Ja, genau, nur weil dein Vater stinkreich ist und drei Autos fährt.«

Sibylle machte jetzt ebenfalls einen Schritt nach vorn.

»Nur weil deine Eltern eine Villa haben.«

Sandra kaute einen Kaugummi. Ihr T-Shirt, auf dem ein großer, roter Kussmund glitzerte, spannte über dem Bauch.

Manuela war jetzt ganz nah, ich konnte ihren süßen Kaugummiatem riechen. Ich stieß sie weg.

»Lasst uns in Ruhe! Wir haben euch nichts getan.«

Manuelas Augen wurden schmal. Sie hatte schöne Augen, eine Mischung aus Grün und Braun, sie ist so hübsch, dachte ich manchmal im Sportunterricht, wenn sie sich mit voller Kraft ins Getümmel eines Ballspieles warf.

»Ha! Mir hast du vielleicht nichts getan, aber Gan schon, nicht wahr, Gan?«

Er nickte stumm. Ich funkelte ihn an.

»Du Feigling!«

Gan verzog keine Miene.

»Wenn du schon nichts mit Gan zu tun haben willst, du arrogante Tussi, dann zeig uns doch mal, was du mit Ivo so machst.«

Manuela sprach jetzt in einem leisen Singsang. Sie lächelte dabei.

Ich dachte, das habe ich genauso in einem Film schon gesehen, genau diese Szene.

»Haut ab, lasst uns in Ruhe.«

Ich stampfte mit dem Fuß auf, um meinen Worten Kraft zu verleihen. Hinter mir begann Ivo zu weinen. Verdammt, Ivo, dachte ich. Er brach in kurze, verzweifelte Schluchzer aus. Wir waren jetzt von Manuelas Truppe umzingelt. Matthias Burger nahm sein Taschenmesser aus der Hosentasche und warf es von einer Hand in die andere. Auch das stammte aus einem Film, er spielte es nach, dieser dumme Bauernjunge spielte, er wäre ein Gangster.

»Sooooo«, sagt Manuela, »jetzt wollen wir doch mal was zu sehen bekommen. Lasst die Hosen runter!«

Ivo schluchzte auf.

Ich stupste ihn an. »Hör auf damit.«

»Ganz genau«, sagte Manuela, »das bringt gar nichts. Und ich sagte: Lasst die Hosen runter! Das ist ein Befehl!«

Matthias fuhr jetzt die Klinge des Taschenmessers aus, und ich fragte mich, ob sie das abgesprochen hatten oder einfach alles perfekt passte, eine Bewegung die andere nach sich zog, wie vorbestimmt.

»Das mach ich nicht«, sagte ich, aber meine Stimme klang nicht mehr so fest wie am Anfang.

»Oh, doch, das machst du. Sonst piksen wir dich ein bisschen in den dicken Bauch, stimmt's, Matthias?«

»Ganz genau.« Matthias fuchtelte jetzt mit dem Messer in der Luft herum.

»Ihr macht das jetzt. Sonst erzähle ich allen, bei was wir euch erwischt haben.« Manuela formte mit dem Zeigefinger und dem Daumen der linken Hand ein Loch und stieß den Zeigefinger der rechten Hand mehrmals hindurch.

»Ficki Ficki!«

Sie begann zu lachen, und die anderen lachten mit.

»Also, wird's bald! Oder müssen wir euch helfen?«

Ivo trug keinen Gürtel, langsam öffnete er den Knopf, zog den Reißverschluss runter, die Hose ein Stück tiefer.

»Bis in die Kniekehle, und die Unterhose natürlich auch.«

Manuela schien wie in Trance, als würde ihr eine Stimme einflüstern, was sie zu sagen hatte.

»Und du auch, Madame, hopp, wird's bald!«

Matthias machte einen drohenden Schritt auf mich zu.

Ich hatte keine Angst vor ihm und seinem Messer, aber ich fürchtete mich davor, was sie rumerzählen würden, vor dem Spott und dem Gerede im Dorf. Dass es bis zu meinen Eltern vordringen und Vater mich mit diesem wütenden, stummen Blick anschauen würde.

Dass mich die Frauen in der Metzgerei oder im Volg mustern und danach hinter vorgehaltener Hand miteinander tuscheln würden. Dass sie immer, wenn sie mich sähen, denken würden, das ist sie also, die älteste Tochter von Alex und Paulina, ich habe gehört....

Ivo hatte jetzt aufgehört zu weinen. Er sagte leise: »Los, Larissa, mach schon.«

Ich schob meinen Pulli hoch, öffnete den Knopf, zog den Reisverschluss nach unten. Ivo war inzwischen ganz ruhig geworden, so als wäre er nicht mehr richtig da.

»Gut so. Und jetzt stellt euch Rücken an Rücken, oder soll ich besser sagen, Arsch an Arsch.«

Manuela lachte wieder.

»Du trägst ja gar keine dünnen Strumpfhosen... Schade, die hätte ich dir sonst gerne abgenommen. So, jetzt will ich sehen, wie ihr eure Ärsche aneinander reibt, los, tanzt ein bisschen für uns!«

Die anderen lachten nervös, Sibylle machte ein paar Schritte zurück, es schien ihr unangenehm zu sein, aber sie traute sich nicht, Manuela zu widersprechen.

Ivo begann, sich an meinem Rücken zu bewegen, in einem leichten Rhythmus, auf und ab. Ich spürte den Druck seines Rückens, dann die nackte, kalte Haut. Es schauderte mich.

Ich fragte mich, ob unsere Freundschaft hier zu Ende sein würde. Ob ich ab morgen den Schulweg auf der anderen Seite des Baches nehmen, mir eine Ausrede überlegen sollte, wenn sich unsere Mütter zum Kaffee trafen. Ich fragte mich, ob wir uns jemals wieder in die Augen sehen konnten.

»Jaaa«, rief Manuela, »weiter so! Zeig's ihr!«

Ivo bewegte sich hin und her, und ich stand da, starr und kalt vor Scham, meine Hose lag auf dem Boden zwischen meinen Füssen, die Unterhose darin wie ein kleiner weißer Vogel im Nest.

11

Gegenüber von meiner Werkstatt gibt es eine Autogarage, die auf Oldtimer spezialisiert ist. Wenn ich mein Rad vor der Werkstatt anschließe, sehe ich durch die Fenster Autos in ungewöhnlichen Farben, die auf Hebebühnen über dem Boden schweben und ständig von Rost befreit werden müssen. Zurzeit arbeiten sie an einem zartgelben BMW-Cabriolet mit crèmefarbenen Ledersitzen. Meistens bleibe ich kurz vor dem Fenster stehen und schaue den beiden Mechanikern zu. Sie tragen dunkelblaue Arbeitsanzüge und hören einen Radiosender, der Songs aus den Achtzigern spielt. Wenn sie mich sehen, nicken sie kurz mit dem Kopf. Unsere Arbeit ist sich ähnlich, es sind nur die Gegenstände, die sich unterscheiden. An ihren Händen bleiben Reste von Motorenöl, an meinen bleiben Farben haften.

Als Vaters Firma wuchs und er mit der Zeit immer mehr verdiente, wollten meine Eltern ein größeres Haus bauen lassen. Das Haus, in dem wir bis dahin gelebt hatten, war ein normales Einfamilienhaus gewesen, mit einem Elternschlafzimmer, zwei Kinderzimmern und einer Garage. Für kurze Zeit dachten meine Eltern darüber nach, ein Grundstück in einem anderen Dorf zu kaufen, ein Stück Land mit alten Nussbäumen und Himbeerhecken, sehr abgelegen und perfekt für die Tiere, die Vater noch anzuschaffen gedachte, aber wir Mädchen wehrten uns. Wir weinten und schrien, dass wir unsere Freunde verlieren würden, was mit unseren Flötenstunden passieren sollte und dem Jugendchor, in den wir jeden Freitagabend gingen. Mutter versuchte halbherzig dagegen zu halten, sagte, dass wir natürlich neue Freunde finden würden, eine Flötenlehrerin und einen Jugendchor werde es auch im anderen Dorf geben, aber wirklich überzeugend klang sie nicht, eher so, als wäre sie froh um unseren Protest.

Schließlich beschlossen meine Eltern, das Einfamilienhaus zu vergrößern. Es wurde eine Villa, die neben der alten Fabrik zu stehen kam, ein prächtiges Haus mit Sauna und Swimmingpool und einem Springbrunnen mitten im neuen Wohnraum. Es wurde ein Schiff von einem Haus, in dem die Schlafzimmer von uns Töchtern so weit von dem der Eltern entfernt lagen, dass ich Marion, wenn sie nachts aufwachte, auf die andere Seite begleiten musste, weil sie sonst den Weg nicht gefunden hätte. Später, als wir uns morgens um drei in die Toilettenschüssel übergaben, war diese Distanz genau richtig.

Im Dorf wurde ausgiebig über das neue Haus meiner Eltern gesprochen, und in der Umkleidekabine der Turnhalle wurde ich von einer Gruppe Mädchen so lange eingekreist, bis ich verstanden hatte, dass ich nichts Besonderes war.

Ich kannte dieses angreifende Rudel aus meinen Alpträumen, eine Meute, die mich umkreist, zu Boden wirft und mit den Füssen tritt. Noch immer beginnt mein Herz zu rasen, wenn man auf mich zeigt. Und doch konnte ich damals aus den Sätzen der Mädchen hören, dass sie nur nachplapperten, was sie zu Hause am Abendbrottisch oder beim Mittagessen gehört hatten. Was ihnen vorgekaut wurde, floss ihnen nun aus dem Mund wie ein leicht verfärbter, dünner Brei, ohne dass sie dabei selbst denken mussten. Das war dumm. Das machte die Mädchen nicht weniger gefährlich, aber es machte, dass ich mich etwas weniger für das neue Haus zu schämen brauchte.

Als der Umbau fertig und die neuen Zimmer eingerichtet waren, fehlte nur noch ein Ofen. Mutter wollte ihn ins Zentrum des Hauses bauen, dort, wo die alte Stube auf die neue traf und sich das Muster des alten Bodens an das des neuen legte. Sie wusste ganz genau, wie er auszusehen hatte, ein mächtiges Gebilde aus großen Kacheln, freistehend wie ein Möbelstück, in einer Farbe, die sie Kaisergelb nannte. Sie stellte einen Ofenbauer aus der Innerschweiz an, der zwei Wochen im Gästezimmer im unteren Stockwerk schlief und mittags mit uns aß. Abends ging er in die Dorfkneipe, er brauche seine Ruhe, sagte Mutter, er sei es nicht gewohnt, die ganze Zeit unter Menschen zu sein. Er war ein kleiner, dünner Mann mit weißem Haar und Vollbart und so wortkarg, dass ich mich nicht traute, ihn anzusprechen. Er schirmte die Baustelle mit Wänden aus Plastik ab, ein Spalt zur Küche hin blieb offen, von dort trat er verstaubt an unseren Tisch, und dort hinein verschwand er nach dem Essen wieder, um weiterzuarbeiten. Man konnte durch das milchige Weiß sehen, wie er am Boden kniete, wie er Ziegel aufeinanderschichtete, Mörtel verstrich, wie er ganz und gar in seine Arbeit vertieft war. Immer, wenn Mutter mit ihm sprach, verzog sich sein Gesicht schmerzlich, er hob den Kopf kurz, um Ja oder Nein zu sagen, seine Hände arbeiteten dabei einfach weiter.

Ich konnte sehen, dass er in Ruhe gelassen werden wollte, aber Mutter schien das nicht zu bemerken, sie belagerte ihn mit Kaffee und Kuchen, immer wieder wollte sie mit ihm die Pläne besprechen, die sie oft studiert hatte und die er nie anzuschauen brauchte, denn er trug das Gebilde im Kopf, schien den Ofen zu bauen, wie andere Leute ein Gemälde skizzieren. Mutter erzählte ihm, wie der Ofen in ihrem Elternhaus aussah und wie oft ihre Mutter früher Brot darin gebacken hatte und wie sie selbst Brot backen würde für ihre Familie, ganze Ladungen, für die sie den Teig in einer extra angefertigten Holzwanne knetete. Er blickte sie etwas skeptisch an und sagte nichts. Ich fand das sehr unhöflich. Diese abweisende Art, mit der er Mutter begegnete, kränkte mich. Ich beobachtete sie, um zu sehen, wie sie damit umging, ob es sie vielleicht verletzte oder ob sie sich endlich zurückzog und aufhörte, ihn zu belagern. Aber sie schien nichts davon wahrzunehmen, machte einfach weiter, lächelte, redete, bewunderte ihn. Wenn ich aus der Schule kam, versuchte ich sie abzulenken, damit sie den schweigenden Mann in Ruhe ließ. Ich erzählte ihr ganz genau, was wir in den Stunden alles gemacht hatten, obwohl ich merkte, dass sie mir schon lange nicht mehr zuhörte. Aber ich musste sie vor der Überlegenheit und Kälte des Ofenbauers beschützen. Ich beobachtete die beiden, und was ich sah, war nicht gut, das spürte ich, es verlief für Mutter nicht gut.

Beim Abendessen sagte sie oft, der Ofenbauer sei halt ein Künstler, ein bisschen eigenartig und schwierig. Sie sagte es auch beim Mittagessen. Nicht, dass er schwierig sei, aber wie sehr sie sich darüber freute, dass eines seiner Kunstwerke nun für immer in ihrem Haus zu stehen kam.

Als der Ofen fertig war, schrieb Mutter mit einem weichen Pinsel in dunkelgrüner Farbe ein Zitat von Jeremias Gotthelf auf eine Kachel. Der Ofenbauer nickte zufrieden, als sie es ihm zeigte. Mutter hatte doch noch einen Moment der Anerkennung erhalten, ihm gefiel das Zitat, es durfte seinen Ofen zieren, er lächelte sogar kurz, während er es las. Danach begann er sofort aufzuräumen, er baute die Plastikwände ab, trug die Eimer und Schaufeln in sein Auto, räumte die Spachtel und Zementsäcke fort. Mutter sagte mehrmals zu ihm, er solle ja nichts putzen, sie mache das schon. Eine weiße

Staubschicht lag auf Möbeln und Simsen, und auf dem Boden hatte der Zement weiße Spuren hinterlassen.

Als er alles zusammengepackt hatte, überreichte sie ihm eine Papiertüte mit Pralinen und eine Flasche Wein. Sie strahlte ihn an, als wäre sie verliebt. Sie könne ihm nicht beschreiben, wie glücklich er sie mit diesem Ofen gemacht habe.

Er streckte ihr die Hand entgegen und sagte: »Also dann.«

12

Wir drei Mädchen rannten immer gleichzeitig los, sobald wir die Hausglocke hörten. Wir schubsten uns ein bisschen, nicht fest, nicht so, dass es gefährlich wurde, aber wir drängelten auf der Treppe und schrien: »Ich! Ich zuerst!«, dabei war für mich klar, dass ich als Älteste die Aufgabe hatte, die Gäste zu empfangen.

Die Sommerpartys unserer Eltern waren in ihrem Freundeskreis legendär. Mutter war damals schon eine hervorragende Gastgeberin. Sie plante sorgfältig und organisierte alles rechtzeitig, es herrschte ein Überfluss an Speisen, Getränken, Dekoration, Licht und gepflegten Menschen. Sie verstand es, den Gästen das Gefühl zu geben, privilegiert zu sein.

Jede von uns drei wollte diejenige sein, die Einlass gewährte, das Tor öffnete in diese glitzernde, vielversprechende Welt. Wir spürten die Aufregung der Gäste, wir kannten sie fast alle mit Namen, und sobald sich die Tür geöffnet hatte, gab es eine überschwängliche Begrüßung, ein quietschendes Entzücken der Frauen, ein sanftes Lächeln der Männer, wie wir drei Töchter so vor ihnen standen. Auf Kommando hatten sich dabei ihre Gesichter verändert. Ich blickte immer zuerst durch den Spion, um zu sehen, wie sie dort standen und warteten, die Frau zupfte vielleicht etwas von der Schulter des Mannes, der mit einem riesigen Blumenbouquet und einer Weinflasche auf den Spion starrte, oder sie runzelten beide noch die Stirn von einem eisigen Gespräch im Auto, welches vor ein paar Minuten abrupt beendet worden war.

Sobald die Tür aufging, schalteten die Gesichter um, und nachdem wir den Besuch ins Haus gebeten hatten, wurden wir von ihm wieder vergessen. Man hielt Ausschau nach den Gastgebern, trat mit den Geschenken im Arm und vor Erwartung leuchtenden Gesichtern in den Garten. Dort brachten einem die Mädchen vom Partyservice ein Glas Champagner, damit stellte man sich neben die anderen Gäste an die weiß umhüllten Stehtischchen, stieß an, rauchte und lachte, bis die Gastgeberin zu Tisch bat.

Ich mochte es nicht, wenn sich das Haus und der Garten mit all den herausgeputzten, aufgedrehten Erwachsenen füllte, mit Stimmen, die immer lauter wurden, je länger der Abend dauerte. Ich konnte sehen, wie sich ihre Gesichter lösten, wie sie sich Blicke zuwarfen und wie sie näher zueinander rückten, sich an den Armen berührten. Die Überdrehtheit, die die Luft mit Elektrizität auffüllte, beunruhigte mich, alles schien sich vom Boden zu lösen und zu schweben, bis es keinen Ort mehr gab, an dem man sich festhalten konnte.

Die Mädchen vom Partyservice räumten das schmutzige Geschirr weg, füllten die Gläser auf, trugen Platten voller Häppchen zwischen den Gästen umher, stellten Blumen in Vasen und leerten Aschenbecher. Manchmal folgte ich ihnen, sie waren um die zwanzig, trugen kurze Jupes und weiße Blusen und ich fragte mich, was sie wohl über all das hier dachten, über meine Eltern, die Gäste, mein Zuhause. Ich vermutete, dass sie uns für den Reichtum verachteten, dass sie dachten, meine Schwestern und ich seien kleine, verwöhnte Prinzessinnen. In der Küche räumten ein Mann und eine Frau die Spülmaschine ein und wieder aus, richteten neues Essen her, trockneten Gläser ab. Beide arbeiteten mit ernsten, verschlossenen Gesichtern. Mir war es unangenehm, an ihnen vorbei zu gehen, etwas in mir schämte sich für die weißen Tischtücher und die Champagnergläser, für all diese Leute, die herausgeputzt in unserem Garten standen und zu denen ich nicht gehören wollte.

Mutter lief immer wieder in die Küche, sagte etwas, zeigte auf Schubladen oder brachte neue Geschirrtücher. Sie sah wunderschön aus, ein Strahlen umgab sie, die Gastgeberin, die Königin des Abends, unter deren Großzügigkeit und Geschick eine unvergessliche, vielversprechende Nacht anbrach. Irgendwann brachte sie uns ins Bett, eilig und viel zu spät.

Jana und ich schlichen manchmal ins Elternschlafzimmer, um heimlich fernzusehen. Einmal lief ein Vampirfilm. Ich klammerte mich an Jana, verbarg mein Gesicht im Stoff ihres Nachthemds, während Nosferatu aus dem Schatten ins Zimmer trat, um mit seinen langen Fingernägeln nach uns zu greifen. Danach konnte ich monatelang nicht mehr einschlafen, ich war davon überzeugt, er würde da draußen auf mich warten.

Auch heute noch besitzen meine Eltern einen Freundeskreis, der sie wie eine schützende Hülle umgibt. Man sitzt zusammen, trinkt gekühlten Weißwein, isst von üppig bestückten Silberplatten, erzählt von den Kindern und den Enkeln und der eigenen Gesundheit, vielleicht spricht man ein wenig über Politik, schüttelt den Kopf oder zuckt hilflos mit den Schultern. Man fährt zusammen auf Wein- und Kulturreisen, hütet sich gegenseitig die Hunde, wird zusammen alt. Ich staune darüber, weil mein eigener Freundeskreis immer weiter schrumpft, wir alle zu müde, irritiert und beschäftigt sind, um den Kontakt zu halten.

13

Als das erste Mal ein Reh in der Garage hing, war ich sehr stolz auf meinen Vater.

Er hatte während Wochen jeden Abend für die Jagdprüfung gelernt und ich war neben ihm am Tisch gesessen und hatte ihn abgefragt. Vor der Prüfung wünschte ich ihm Waidmannsheil und er antwortete ernst, Waidmannsdank, Larissa.

Er hätte auch auf eine Segelprüfung, ein Englischzertifikat, eine Pilotenlizenz lernen können, das hätte für mich keinen Unterschied gemacht. Ich wollte an seiner Welt teilhaben, für eine kurze Zeit gab es etwas, das für mich die Hecke, die ihn umgab, einen Spalt weit öffnete.

Die Garage war leer, bis auf das Tier, das Vater an den Hinterläufen an die Decke gehängt hatte. Es bewegte sich nicht, hing einfach so da, wie ein Boxsack. Sein Fell hatte denselben Braunton wie einer meiner Farbstifte. Ich roch den metallischen Geschmack von Blut und noch etwas anderes, das ich nicht identifizieren konnte. Die Eintrittsstelle der Kugel war vorne auf der Brust, ein kleiner runder Punkt, den man nur sah, wenn man ihn suchte. Vater musste das Herz oder die Lunge getroffen haben, ein perfekter Schuss an die richtige Stelle. Davon hatte er mir oft erzählt, als er sich auf die Schussprüfung vorbereitete: wie wichtig es sei, gut zu treffen und das Tier mit einem Schuss zu töten. Die Augen des Rehs glänzten schwarz. Sie glänzten wie zwei kleine Spiegel. Ich überlegte, ob ich es anfassen sollte. Vater musste es in der Nacht geschossen haben, also konnte es nicht mehr warm sein. Es war tot, aber es war mehr als nur eine Hülle. Es war das ganze Tier, alles war noch da, nur hatte es aufgehört zu atmen. Ich stellte mir vor, wie es eben noch auf der Lichtung gestanden hatte, um zu äsen, und wie es mitten in einer Kaubewegung zusammengebrochen war. Es war ein junger Bock, das konnte ich am Gehörn erkennen, ich wusste, dass man das Alter an der Anzahl der Verzweigungen ablesen kann, das hatte mir Vater erzählt, als er für die Prüfung lernte, und ich wusste, dass er krank gewesen sein musste oder schwach, sonst hätte ihn Vater nicht geschossen.

Mit den Jahren sammelten sich in Vaters Büro zu Hause mehrere Dutzend Trophäen, die er an die Wand hängte oder präparieren ließ. In einem Schrank hinter einer Glastüre standen seine Gewehre.

Auf unserem Weg in den Keller blieben Peter und Ivo immer fasziniert stehen.

»Hat er die wirklich alle selber geschossen?«, fragten sie jedes Mal.

Ich nahm eine der Trophäen von der Wand und zeigte ihnen das Gebiss auf der Rückseite. Zwei Reihen von Zähnen waren in das Holz eingelassen, festgehalten von einem kleinen Metallstück, welches man auf- und zuschieben konnte. Die Zähne waren gelbbraun und krumm, sie passten für mich so gar nicht zu den schönen und edlen Geschöpfen, von denen ich nachts manchmal träumte.

Nach dem Abendessen begleitete ich Vater in die Garage. Über den Betonboden hatte er eine Plastikfolie gelegt, auf die an verschiedenen Stellen das Blut tropfte. Er hatte das Reh von der Kehle bis zum Brustkorb mit einem langen Schnitt aufgetrennt.

Er packte das Fell an der Kehle und klappte es auf. Ich schaute weg.

Vater sagte: »Schau, hier hast du die schlimmsten Wildparasiten, die es in unserer Gegend gibt, die Rachenbremsen.«

Er zeigte auf dicke, gelbliche Maden, die sich unter dem plötzlichen Licht wanden. Mir wurde übel.

»Du kannst sie morgen mit in die Schule nehmen. Du kannst deinen Klassenkameraden zeigen, woran die meisten unserer Rehe sterben. Diese Larven nisten sich in den Organen ein und befallen Magen und Lunge. Dann werden die Rehe immer dünner und verenden. Du kannst den Kindern erklären, dass wir Jäger die Tiere vor einem kläglichen Tod bewahren.«

Vater fasste in die Wunde und nahm ein paar von den Larven in die Hand. Seine Fingerspitzen waren nass und rot, als er sie mir auf der Handfläche entgegenstreckte. Die Maden bewegten sich wie wild. Ich trat einen Schritt zurück. Meine Lehrerin würde das bestimmt toll finden. Sie forderte damals die Klasse oft auf, etwas von zu Hause mitzubringen, etwas, das eine Geschichte erzählte oder den anderen etwas über den Beruf der Eltern mitteilen würde. Meistens war sie enttäuscht, weil niemand etwas mitbrachte. Und noch nie hatte jemand so etwas Ekliges mitgebracht.

Vater sagte, ich solle eines von Mutters Einmachgläsern holen. Er ließ die Maden hineinfallen und schraubte den Deckel darauf.

»Erzähle ihnen, dass die Rachenbremse ihre Eier in den Windfang des Wildes bläst. Die Maden bewegen sich dann bis in die Atemwege und wachsen dort zu dieser Größe heran. Sie leben vom Reh. Parasiten nennt man das.«

Ich nickte. Vater schaute mich kurz von der Seite an, er hielt bereits das Messer in der Hand, um das Tier zu häuten.

»Ich mache nachher noch ein paar Löcher in den Deckel, du willst sie ja lebend zeigen. Dann stelle ich dir das Glas hier in die Ecke, du kannst es morgen holen, wenn du losgehst.«

Ich ging zurück ins Haus. Ich wollte nicht zusehen, wie er das Reh auseinanderschnitt, bis nur noch Einzelteile übrigblieben, das Fell, die Knochen, Rehschnitzel oder eine Leber, die Mutter später für Gäste in der Pfanne kurz anbraten würde. Ich wollte nicht sehen, wie der Rehbock sich Stück für Stück auflöste, so, als hätte er nie existiert.

Am nächsten Morgen überlegte ich kurz, ob ich das Glas mit den Maden in der Ecke der Garage einfach vergessen sollte. Ich könnte es auch in die Mülltonne werfen, tief genug, dass Vater es nicht finden würde. Ich schob das Garagentor hoch. Das Reh war verschwunden, die Plastikfolie weggeräumt. Die Maden im Glas bewegten sich nicht mehr. Ich holte es und ging los. Auf der Ochsenbrücke wartete ich auf Ivo und Peter, die wie immer gleichzeitig um die Ecke bogen.

Die beiden Jungs schauten mich mit großen Augen an. Peter kratzte sich an der Nase, das machte er immer, wenn ihn etwas erstaunte.

»Willst du die wirklich mit in die Schule nehmen?«

»Klar. Vater hat sie extra für mich rausgeholt.«

»Wo rausgeholt?«

»Aus dem Hals des Rehs natürlich. Dort wohnen sie und quälen das Tier bis zu seinem furchtbaren Tod.«

Ivo sagte nichts, aber er dachte nach, das konnte ich hören. Peter wollte das Glas unbedingt auch mal halten, aber ich gab es ihm nicht.

Auf dem Schulplatz wurden wir sofort von einer Gruppe Schüler umringt. Ich erzählte, was Vater mir aufgetragen hatte. Ein paar Mädchen kreischten, ein paar Jungen wollten die Maden auch einmal halten, aber ich gab sie noch immer nicht aus der Hand.

Unter dem Regendach, etwas abseits, stand Manuela mit Sandra und schaute uns zu. Sie kaute mit offenem Mund einen Kaugummi und wickelte sich dabei Strähnen von ihrem langen, glatten Haar um den Zeigefinger. Sandra flüsterte ihr etwas ins Ohr. Schließlich kamen sie auf uns zu. Manuela teilte die Gruppe wie ein Popstar, Sandra, die sie um einen Kopf überragte, ging dicht hinter ihr. Es war ein windiger Tag, der Wasserstrahl des Schulhofbrunnens wurde nach links geweht und spritzte auf den Pausenplatz. Ich sah Manuelas roten Mund, ihre aufgescheuerten Mundwinkel. Manuela behauptete, sie leide an einer Lebensmittelunverträglichkeit, daher die wunde Haut, aber ich beobachtete oft, wie sie sich ständig mit ihrer Zunge die Lippen leckte und dann über die Mundwinkel fuhr. Ihr Mund zuckte leicht. Sie warf das glänzende Haar über die Schultern.

Wenn man uns von etwas weiter weg beobachtete, vom Lehrerzimmer aus zum Beispiel, dessen Fenster direkt auf den Hof gingen, konnte man sehen, wie Manuela ihren Mund öffnete und etwas sagte. Man konnte sehen, wie die Gruppe darauf auseinanderging, sich zerstreute, und ich allein dastand, mit einem Glas in der Hand, von dem man nicht erkennen konnte, was sich darin befand. Raupen vielleicht? Aber es war nicht die Jahreszeit für Raupen. Man konnte sehen, wie ich das Glas, als es läutete und ich mich endlich auch bewegte, in den Mülleimer neben dem Eingang zur Turnhalle warf.

Als ich nach Hause kam, stand Mutter in der Küche. Sie war ganz auf das Essen konzentriert, rührte gleichzeitig in mehreren Pfannen und Töpfen, dann hielt sie mir einen kleinen Löffel mit hellbrauner Sauce zum Kosten hin. Ich öffnete den Mund, obwohl ich mich davor ekelte, weil Mutter den Löffel bestimmt auch schon mehrmals abgeleckt hatte. Aber es schmeckte gut, hatte diese Würze, die nur sie hinbekam. Nirgendwo anders schmeckte es so, niemals würde es je so gut schmecken: ihre berühmte Wildsauce mit Morcheln.

»Es gibt Reh. Du isst doch auch davon, nicht? Vater hat es gestern geschossen, es ist ganz frisch.«

Ich schrie, dass ich immer noch kein Wild äße. Und dass sie endlich aufhören solle, mich ständig dazu überreden zu wollen.

Mutter verstand nicht, was nun schon wieder los war, was sie jetzt wieder falsch gemacht habe. Sie verstand nicht, warum ich schon wieder so gereizt war, so unzufrieden mit allem und jedem. Und ich konnte es ihr auch nicht erklären. Ich spürte Manuelas Worte noch im Bauch, wie eine Ladung Schrot, die sich in meinem Körper verteilt hatte.

Mutter begann laut klappernd Töpfe auszuspülen, und ich verschwand in mein Zimmer. Dort legte ich mich aufs Bett. An der Wand hing ein Poster von Modern Talking, die jetzt alle hörten, ich sah die lächelnden Gesichter, den blonden und den dunklen Typen mit den durchgestuften Frisuren und den Jeansjacken. Manuela war in den Dunkelhaarigen verliebt, also blieb für alle anderen Mädchen nur der Blonde. Ich riss das Poster herunter. Dann hörte ich, wie Vater nach Hause kam, meine Schwestern begrüßte. Gleich würde er in die Küche gehen und Mutter umarmen, ihr ein Küsschen auf die Wange geben, während sie das Essen anrichtete. Er würde sie fragen, wie ihr Morgen gewesen war. Und sie würde ihm erzählen, dass ich wieder schwierig gewesen sei, dass es Streit gegeben habe, morgens nach dem Aufstehen und gerade eben. Dass sie auch nicht wisse, was los sei. Dann würde sie nach mir rufen, damit ich den Tisch deckte oder Mineralwasser aus dem Keller holte. Sie würde so tun, als sei nichts gewesen, aber ihre Kränkung würde im Raum schweben wie ihr Parfum. Vater würde im Stehen die Post durchsehen, die Schlagzeilen der Tageszeitung lesen und mich etwas reservierter als sonst begrüßen, mit einem fragenden, leicht vorwurfsvollen Blick würde er vielleicht vergessen, nach den Maden zu fragen.

Ich stand auf und ging zurück ins Esszimmer, in den Mittelpunkt des Hauses, wo meine Schwestern sich um den Tisch jagten und die beiden Hunde ihnen dabei zusahen. Ich stellte mich neben Mutter und sagte: »Was soll ich tun?«, und Mutter drehte sich zum Abfluss, in dem sich das Geschirr stapelte, welches sie nach dem Essen abwaschen würde, während Vater ein Nickerchen machte, um sich von der Arbeit im Geschäft zu erholen.

»Hol eine Mineralwasserflasche aus dem Keller«, sagte sie, »danach können wir essen.«

14

Nico schläft noch, es ist Samstag, es sind die ersten Minuten des Tages, noch ist alles gut, denke ich, alles ruhig und frei von der Hektik, die mich befallen wird, ich weiß es, meistens schon beim Kaffeeaufsetzen. Ich schließe noch einmal die Augen. Ich träume von einem Bild aus mehrschichtig gemalten Grüntönen, kühles, blasses, graustichiges Grün, blaustichiges Grün, sattes, dunkles Grün. Im Traum versuche ich das Bild mit einer Lackschicht zu schützen, aber die verschiedenen Grüntöne verlieren dabei jedes Mal ihre Leuchtkraft.

Als ich wieder aufwache, höre ich die Stimmen von Nico und den Kindern, ich höre das Klappern von Tellern, Noras Lachen, Nico hat Kaffee gemacht, ich rieche es, gleich wird er mich rufen.

Beim Frühstück schreibe ich den Einkaufszettel fürs Wochenende. Wir haben Gäste am Abend, ich weiß noch nicht, was ich kochen soll, und ich muss noch ein Geburtstagsgeschenk für Marion finden.

Die anderen drei erzählen sich, wovor sie sich fürchten.

»Vor der Dunkelheit«, sagt Flynn.

»Vor Tornados«, sagt Nora.

Ich lache auf.

»Wir wohnen hier sicher,« sage ich, »vor Tornados brauchst du dich wirklich nicht zu fürchten.«

Nico wirft mir einen Blick zu.

»Ist doch so!«, ich schiebe meinen Stuhl zurück und stehe auf. »Man braucht sich nicht vor Dingen zu fürchten, die man logisch überlegt ausschließen kann.«

Nico starrt mich an und schüttelt dabei langsam den Kopf.

»Ich habe mich als Kind auch vor allem Möglichen gefürchtet, vor lauter Dingen, die ganz und gar unlogisch waren.«

Er spricht zu den Kindern.

»Auch vor Zombies?«, fragt Flynn.

»Klar.«

Könntest du, will ich ihm sagen, den Kindern vielleicht beibringen, dass es keine Zombies gibt, anstatt ihre Fantasie noch mehr anzuregen?

»Ich fürchte mich davor, dass es mich eigentlich gar nicht gibt«, sagt Nora jetzt. »Dass sich irgendjemand mich nur ausgedacht hat, mich die ganze Zeit beobachtet und dann über mich lacht.«

Sie blickt dabei Nico an, nicht mich. Sie will nur unsere Reaktion testen, ich kann es in ihrer Stimme hören. Klappt gut, sie bekommt auch Nicos ganze Aufmerksamkeit. Aber ich werde nicht darauf einsteigen, habe keine Nerven für so was, ich will los, will vorwärts machen, die Dinge erledigen, die es noch zu tun gibt, den Tag endlich ins Rollen bringen.

Nico streckt seine Hand nach Nora aus.

»Komm mal her, komm zu mir.«

Sie ist zu groß für seinen Schoß! Ich halte es nicht

aus, wenn Teenager mit ihren Vätern kuscheln. Wo ist eigentlich mein Autoschlüssel? Ich werfe alles aus meiner Tasche auf den Boden, schüttle sie so lange, bis das letzte Staubkorn rausgefallen ist.

»Weiß vielleicht jemand, wo dieser blöde Autoschlüssel ist?«

»Nein, Larissa, wissen wir nicht. Du bist zuletzt Auto gefahren.«

Nico spricht demonstrativ ruhig, dreht mir den Rücken zu, streicht Nora über den Kopf. Sie schmiegt sich an ihn wie eine schnurrende Katze.

»Wenn du ausgedacht bist, sind wir alle ausgedacht, verstehst du? Du bist nicht anders als wir alle.«

Er flüstert jetzt beinahe. Ich schreie los.

»Das hier, das denke ich mir zum Beispiel gerade nicht aus! Wo ist dieser Scheißschlüssel?«

Niemand sagt etwas, niemand reagiert. Ich ziehe dieses Affentheater ganz für mich alleine ab. Ich stampfe die Treppe hoch, um in meinen Kleidern nachzusehen, höre, wie Nora laut in ein Taschentuch schnäuzt.

»Sag mal, Nora, bist du schon wieder erkältet?«, schreie ich nach unten. Die Scheiß-Homöopathie hat wieder nichts gebracht. Scheiße nochmal, alles Scheiße! Ich kann nichts tun, ich kann nichts aufhalten, abwenden, verändern. Alles zieht an mir vorbei, wie in einem dunklen Fluss, Felsbrocken, Müll, Äste, Schlamm.

Der Schlüssel steckt in der Seitentasche meiner Jeans, die über dem Rand der Badewanne liegt. Als ich wieder herunterkomme, sind die anderen dabei, den Frühstückstisch abzuräumen, Flynn wischt mit einem Lappen über den Tisch, Krümel fallen auf den Boden, aber ich sage nichts. Ich greife nach den Taschen, dem Zettel. Nur weg hier, endlich weg.

»Also bis später, ich bin gegen zwei wieder da.«

Endlich können sich hier alle entspannen.

15

Lange Zeit war es Marion am liebsten, wenn sie zu ihrem Geburtstag alleine irgendwohin fahren konnte, wo ihr niemand gratulierte und niemand etwas von ihr wollte. Aber seit sie Kinder hat, lädt sie jedes Jahr zu einer kleinen Kaffeerunde ein. Dafür gibt sie ein klar definiertes Zeitfenster vor: zwei Stunden am Nachmittag. Jana kommt selten, sie fühlt sich von Marions Zeitangaben eher aus- als eingeladen, aber ich freue mich immer darauf. Ich habe einen Rucksack aus Baumwolle gefunden, elegant und praktisch, ich hoffe, dass er ihr gefällt.

Als Mutter kommt, sitzen wir alle schon vor dem Haus. Marion hat eine Wachstuchdecke über den Terrassentisch gelegt, weil das Wetter schöner ist, als sie angenommen hat, und so trinken wir den Kaffee auf dem Kiesplatz und blicken zu den Pferden, die auf der Weide grasen, und zu den Jungs, die auf dem Trampolin spielen. Marion hat die Pferde eben rausgelassen, etwas spät heute, sie kam nicht eher dazu. Sie sind an den Absperrschnüren vorbei galoppiert und grasen nun in kleinen Gruppen auf den abgetrennten Weideflächen. Die drei Wallache müssen für sich sein, erklärt Marion, und die neue nervöse Stute habe sie dem alten Hengst zugeteilt, der kümmere sich um sie wie ein gutmütiger Großvater.

Die Blüten der Kirschbäume sind bereits ein bisschen bräunlich verfärbt und auf der Wiese leuchtet der Löwenzahn in kleinen gelben Kugeln. Marion fragt mehrmals, ob es uns nicht zu kalt sei, die eine Schwägerin fröstelt ein bisschen, zieht sich ihren Faserpelz über, es geht, doch, danke, es ist ja schön, dass endlich die Sonne rauskommt, das müssen wir genießen.

Als Mutter aus dem Auto steigt, haben wir unseren ersten Kaffee bereits getrunken. Sie winkt mit einer Hand, während sie mit der anderen einen großen, weißen Teller balanciert, auf dem bestimmt ihr berühmter Schokoladenkuchen liegt. Sie lächelt, aber etwas an ihrem Lächeln ist schief, das kann ich schon von Weitem sehen, irgendetwas passt ihr nicht. Sie lässt ihren Blick über den Hausplatz schweifen, rüber zu den Jungs, die jetzt mit ihren Cousins einen wilden Tanz auf dem Trampolin aufführen, und wieder zurück zu uns, Marion, Marions Schwägerinnen Nicole und Jasmin und mir. Mutters Haar leuchtet hell in der Nachmittagssonne, ich frage mich, ob es noch eine Spur blonder ist, aber vielleicht ist es nur das Sonnenlicht.

Marion geht ihr entgegen, und auch ich zwänge mich eilig hinter dem Tisch hervor, um sie zu begrüßen. Die beiden anderen Frauen bleiben ruhig sitzen und reden weiter. Mutter ist das Zentrum in unserem Sonnensystem, aber Marion würde das wahrscheinlich abstreiten, sie würde sagen, die Gestirne, nach denen sie sich ausrichtet, seien ihre beiden Jungs, und vielleicht stimmt das auch.

Sie will ihr den Kuchen abnehmen und bedankt sich, aber Mutter runzelt die Stirn, als sie sieht, dass schon ein Teller mit Muffins und zwei weitere Kuchen auf dem Tisch stehen. Marion zuckt mit den Schultern und sagt, man könne ja alles einfrieren, und ich sage: »Ich würde ihn sonst auch mit nach Hause nehmen«, aber darauf reagiert keine der beiden. Mutter stellt den Teller demonstrativ etwas abseits auf einen Holzstrunk.

Die anderen Frauen begrüßen sie mit einem freundlichen Lächeln, und Mutter bleibt neben dem einzigen freien Platz oben am Tisch stehen.

»Wo soll denn Vater sitzen?« Sie blickt Marion mit erhobenen Brauen an.

»Ich hole gleich noch einen Stuhl«, sagt Marion und läuft Richtung Garage davon. Mutter setzt sich. Sie trägt eine Strickjacke aus kostbarer Wolle, ich würde sie gerne berühren, aber ich lasse es bleiben. Wir anderen tragen T-Shirts und Jeans, alte Pullis und Turnschuhe. Wir wirken etwas schäbig neben ihr.

Ich möchte gerne mit Mutter reden, aber sie kann nicht. Ihre Aufmerksamkeit ist in tausend kleine Splitter zerstreut. Sie sagt Ja und Aha und lächelt Jasmin zu, die ihren dreijährigen Sohn zu sich auf den Schoß zieht. Er weint, die anderen wollen ihn nicht mitspielen lassen, jetzt greift er nach den Marzipankarotten auf den Muffins, klaubt eine nach der anderen aus dem Zuckerguss, und ich kann nicht glauben, dass Jessica ihn lässt. Mutter beobachtet das Kind und sagt: »Unglaublich, wie sehr er seinem Vater ähnlichsieht, bis auf die Augen, die hat er von dir«, und Jasmin sagt: »Ja, das ist wohl so.«

Ich erzähle Mutter etwas von Flynn, dass er jetzt alleine ins Handballtraining nach Zürich fährt und in einem neuen Team auf einer neuen Position spielt, dass ich mich frage, wie stark wir ihn in der Berufswahl begleiten sollen, dass er doch auch mir ähnlich sei, nicht nur Nico, und vielleicht würde er sich für etwas Handwerkliches interessieren, aber vielleicht würde er auch einmal studieren, er lese sehr viel zur Zeit und er mache sich wirklich interessante Gedanken.

Mutter sagt nichts. Ihr entgeht keine Bewegung am Tisch, ich bin sicher, sie sieht den kleinen tätowierten Kolibri hinter Jasmins Ohr und dass sie sich ihre Haare schon länger nicht mehr nachgefärbt hat. Sie registriert Marions neuen Topf mit Basilikum und natürlich den dicken Bauch von Nicole, die ihr drittes Kind erwartet und ihre Hände mit dem schlichten, goldenen Ehering träge auf dem Bauch ruhen lässt.

»In einem alten Hotel soll die gesamte Deckenmalerei des Ballsaales rekonstruiert werden. Ich habe mich für den Auftrag beworben, das wäre genau das richtige für mich.«

Mutter blickt mich kurz an.

»Ah, wirklich? Das ist schön.«

Du bist erwachsen, höre ich Nico zu mir sagen, was willst du denn noch von ihr? Gib endlich auf, Larissa. Gib doch endlich, endlich auf.

Ich überlege, ob ich aufstehen und Vater im Stall suchen soll, er mistet die Boxen aus, danach will er herunterkommen. Ich könnte mir ein weiteres Mal den Viehstall ansehen, die Rinder und Kälber, das frisch gemähte Gras riechen, könnte zu den Jungs auf dem Trampolin gehen, aber die werden nicht mit mir reden wollen, werden sich höchstens jagen und fangen und dann auskitzeln lassen wollen von mir.

Marion geht ins Haus, um noch mehr Kaffee zu holen.

»Ich helfe dir«, sage ich schnell, und sie sagt: »Es geht schon«, aber ich schaue sie mit großen Augen an und sie kapiert.

»Was ist denn los?«, fragt sie in der Küche. »Nervt sie dich schon?«

»Sie hört mir nicht zu.«

Marion zuckt mit den Schultern.

»Jana sagt, man soll sie als Spiegel nehmen. Dafür, wie viel Präsenz man selber hat, wie gut man selber zuhört.«

»Jana, ja, klar. Jana findet immer eine Gelegenheit, an sich zu arbeiten.«

Marion knufft mich in die Seite.

»Oh Mann, Larissa. Warum leidest du nur so an ihr?«

Sie lächelt mich an und hofft, dass ich ihr diese Frage nicht übelnehme. Ich rolle mit den Augen.

»Ich halte ihre blinden Flecken nicht aus. Ich fürchte mich am allermeisten, dass ich genauso bin, genauso viele blinde Flecken habe. Ich frage Nico ständig danach, bin ich auch so, bin ich auch der Nabel der Welt, kann ich auch so schlecht zuhören? Geht dir das denn nicht auch so?«

Marion legt neue Kaffeekapseln ein, drückt auf den Knopf und blickt aus dem Fenster. Von ihrem Küchenfenster aus sieht man die Pferde, die alten, knorrigen Bäume, die Hügelzüge. Normalerweise sage ich etwas dazu, um sie daran zu erinnern, wie schön es hier ist, um zu testen, ob sie es noch sieht.

»Mir geht's grad ganz gut mit ihr, aber ja, ich weiß schon, was du meinst. Ich sage es ihr halt direkt. Ich sage ihr immer, wenn mir etwas nicht passt.«

»Du würdest also sagen: Mutter, du bist nicht präsent, du hörst mir nicht zu, du gibst mir nicht den Raum, der mir zusteht?«

»Naja, ich würde so etwas sagen wie: Hallo Mutter, ich rede mit dir.«

Sie stellt vorsichtig die vollen Kaffeetassen auf ein Tablett.

»Kannst du auch die Milch mit runternehmen und den Zucker?«

Ich erinnere mich, wie mir Mutter bei einem Besuch vor ein paar Monaten erzählte, Marion sei wieder so gemein zu ihr gewesen. Eine gewisse Hierarchie müsse doch eingehalten werden, nicht? Wenn die jüngste Tochter so mit einem rede! Sie höre Vaters ganzen Familienstrang, Onkel Wendel, Großmutter Martha, Tante Rosemarie. Überhaupt werde Marion Vaters Mutter immer ähnlicher. Sie spreche mit derselben Härte und Bestimmtheit und Kälte in der Stimme. Dann müsse sie sich einfach zurückziehen, dann könne sie sich ein paar Tage nicht mehr melden. Dabei sei es Marion, die ständig anrufe und ihre Nähe suche.

Aber davon erzähle ich Marion nichts. Ich fülle das Milchkännchen mit frischer Milch, nehme das Tablett mit den Tassen und trage es herunter. Von Weitem sehe ich die Pferde galoppieren. Sie schütteln ihre Köpfe und werfen die Beine hoch, als spielten sie mit der Luft.

Die Frauen sprechen jetzt über die bevorstehende Geburt. Ich verteile die Tassen, setze mich wieder an meinen Platz. Auf dem Teller neben mir liegt ein zerkrümeltes Kuchenstück, eines der Kinder muss inzwischen hier gewesen sein, um ein paar Bissen zu essen. Überall stehen angebissene Kuchenstücke, ich ziehe sie zu mir her und beginne zu essen. Mutter sieht mir dabei zu.

»Das ist Joschas Stück, wenn der zurückkommt, musst du ihm das erklären.«

Ihr Ton ist scharf. Die anderen Frauen werden still und sehen weg, Nicole auf ihren Bauch, die anderen zu den Jungs, die jetzt auf einem Kieshaufen neben dem Stall mit kleinen Plastikbaggern spielen.

Ich blicke Mutter an, ich kann Blicke werfen, die zum Fürchten sind, das hat sie mir schon oft gesagt.

»Dann schneide ich ihm einfach ein neues Stück ab«, zische ich.

Sie schüttelt den Kopf und runzelt die Stirn. »Wie führst du dich denn auf?«, heißt das, verständnislos, »hör doch auf, dich so zu benehmen.«

Wir verstehen uns bestens ohne Worte, eigentlich brauchen wir keine.

Marion kommt herunter, in der einen Hand einen Krug mit Sirup, in der anderen einen mit Wasser. Sie blickt in die Runde, von Mutter zu mir, dann wieder zurück.

»So«, sagt sie, »haben alle ihren Kaffee bekommen?«

Die Frauen nicken und lächeln dabei, und Mutter sagt: »Ja, danke.«

Ich werde mir eine noch dickere Haut zulegen müssen. Ich muss mich endlich damit abfinden, dass es Störungen gibt, kleine, harte Teilchen, die einem unter der Haut sitzen und kratzen. Mal mehr, mal weniger. Ich muss lernen, mit ihnen zu leben, es ist eine große Weltfremdheit, zu glauben, es ginge ohne sie, man wäre eines Tages von ihnen befreit.

16

Hinter dem Haus meiner Eltern steht noch immer die Schaukel aus unserer Kindheit. Ein grün und orange gespritztes Metallgestell, dessen Farbe schon lange abblättert. Ich weiß nicht, ob meine Eltern sie einfach vergessen oder für ihre Enkel stehen gelassen haben. Das Gestell ist nicht gut im Boden verankert, sodass es kleine Hüpfer macht, wenn man sich zu heftig bewegt. Die Schaukel steht neben dem Komposthaufen, direkt an der Grenze zum Garten der Nachbarn, und wenn man sich hoch genug schwingt, kann man mit den Zehenspitzen die Äste der großen Tannen berühren, die mein Vater als Sichtschutz zwischen die beiden Häuser gepflanzt hat.

Wenn ich meine Eltern besuche, setze ich mich manchmal kurz auf die Schaukel und versuche, über die Hecke zu schauen, aber ich sehe nie jemanden.

Auch Ivo hatte eine Schaukel, die auf dem großen Rasen hinter dem Wohnblock stand. Sie gehörte allen Hausbewohnern, aber zu jener Zeit schienen nur Ivo und ich sie zu benutzen.

An warmen Tagen, wenn die Fenster offenstanden, konnten wir Ivos Mutter beim Üben hören. Ich konnte beinahe sehen, wie die Musik über den Wohnblock hinaus ins Dorf schwebte. Manchmal übte sie dieselbe

Stelle immer und immer wieder, und ich fühlte ihre Hartnäckigkeit in meinen eigenen Händen, spürte ihren Willen, den sie brauchte, um so lange dranzubleiben, bis sie das Musikstück fehlerfrei spielen konnte. Aber manchmal schien es mir sehr langweilig, so viel üben zu müssen, und ich wartete darauf, dass die Töne wieder eine Kette bildeten, die nicht mehr abbrach.

Ivos Eltern waren anders als die Leute im Dorf, das konnte ich sehen und das hörte ich oft. Kein Mann trug mehr Koteletten oder Hemden mit großen, geometrischen Mustern, niemand hörte diese Musik, moderne Orgelkonzerte, die sonntags viel zu laut durch den Wohnblock dröhnten. Wenn sie zu Hause war, trug Ivos Mutter weite, fließende Gewänder und mit großen Steinen besetzten Schmuck. Sie schminkte sich nicht, was ich ungewöhnlich fand, denn meine Mutter trug immer Lidschatten, Lippenstift und viel Wangenrouge, auch zu Hause, als wäre sie morgens so aus dem Bett gekommen.

Ivos Mutter färbte sich auch nicht die Haare. Sie hatte damals langes, glattes Haar und trug es meistens offen. Sie war sehr dünn, und oft sah ich sie gedankenverloren auf dem Balkon stehen und rauchen. Dabei starrte sie auf die Hausdächer oder Richtung Waldrand und schnippte die Asche auf die Geranien unter ihr. Vielleicht hörte sie innerlich gerade ein Musikstück, ging eine Passage noch einmal durch, die ihr besondere Schwierigkeiten machte, vielleicht dachte sie über die letzte Probe nach, über den unmöglichen Dirigenten, der immer gleich zu schreien begann. Ich beobachtete sie gerne, manchmal war sie es, die ich eigentlich besuchen wollte, nicht Ivo. Sie war schön und geheimnisvoll und ganz anders als die Frauen aus dem Dorf. Sie wirkte konzentriert und abwesend zugleich, so, als könnte sie sich mit nichts anderem beschäftigen als mit ihrer Musik, der einzigen Sache in ihrem Leben, die sie wirklich interessierte. Sie war die einzige Mutter, die nie über das Essen oder die Schule mit uns sprach. Ich sah, dass sie sich bemühte, nett zu sein, sie lächelte, wenn Ivo und ich etwas erzählten, und wenn ich sie nach ihren Konzerten fragte, sah sie mich einen Moment überrascht an, als wäre sie erstaunt, dass ich wusste, was sie tat. Ich konnte mir nicht vorstellen, dass sie sich mit schmutzigen Socken abgab oder staubsaugte.

Es gibt da eine Sache, die grösser ist als ihre Familie, dachte ich damals, und das faszinierte mich, obwohl es mich auch kränkte.

Ivos Vater hatte in einem Zimmer der Wohnung sein Büro. Ich sah ihn nur selten, meistens war die Türe zu seinem Zimmer geschlossen und wir liefen leise durch den Flur, um ihn nicht zu stören.

Irgendwann hörte Ivos Mutter auf, im Orchester zu spielen, und begann stattdessen, Geigenunterricht zu geben. Niemand wunderte sich darüber, man ging bestimmt davon aus, dass sie sich endlich auf ihre Mutterrolle besonnen hatte und nicht mehr so viel reisen wollte, aber ich weiß genau, weshalb Sofia aufgehört hat, als Violinistin zu arbeiten.

Ich sitze mit Mutter unter der Trauerweide. Es ist der einzige schattige Ort im Garten, wo wir Zuflucht vor der ersten Sommerhitze finden. Kleine Mücken tanzen im Nachmittagslicht, wir trinken Kaffee, essen etwas vom Quarkkuchen, den sie extra für meinen Besuch gebacken hat, und gehen die Familie durch. Ich frage nach meinen Schwestern, obwohl ich erst vor kurzem mit ihnen telefoniert habe, aber ich will Mutters Sicht auf die Dinge hören, und sie will von mir hören, ob es Jana wirklich gut geht oder was ich von Marions neuester Idee, sich Hühner anzuschaffen, halte. Danach frage ich nach Großmutter, und Mutter seufzt, bis wir irgendwann bei meinen Onkeln und Tanten landen. Es ist ein Ritual, wir benutzen es als Einstieg, als Annäherung und meistens bleibt es dabei, wir bleiben im Zustand der Annäherung, und ich versuche mir einzureden, dass das genügt.

»Vor ein paar Tagen habe ich Sofia im Dorf getroffen. Wir haben endlich wieder einmal länger miteinander gesprochen. Alt sieht sie aus. Und es geht ihr nicht gut. Sie hat erzählt, dass Ivo den Kontakt zu ihnen abgebrochen hat. Philipp und sie haben ihn seit mehreren Jahren nicht mehr gesehen.«

Ich weiß, dass Ivo inzwischen in Bern lebt, dass er mit einer Frau verheiratet ist, die um einiges älter ist als er und eine Tochter aus einer anderen Beziehung hat.

»Stell dir vor, Sofia hat dieses Kind noch nie gesehen«, sagt Mutter.

Eine Libelle fliegt an uns vorbei, irgendwo in der Nachbarschaft muss es einen Teich geben, ich blicke ihr nach.

»Weißt du, weshalb er den Kontakt abgebrochen hat?«, frage ich. »Ich meine, hat sie etwas dazu gesagt?«

Mutter zuckt mit den Schultern. Sofia habe wirklich schlecht ausgesehen, so alt und ganz ergraut.

»Das weiß ich. Das hast du bereits erzählt.«

»Weil es so ist«, sagt Mutter, »und ich verstehe nicht, wie man sich so gehen lassen kann.«

»Hat sie gar nichts über Ivos Gründe gesagt?«

Mutter hebt ihr Kinn und blickt in die Blätter der Trauerweide. Sie bewegen sich leicht. Vater hat diesen Baum gepflanzt, als ich in die Oberstufe kam, jetzt ist seine Rinde dick und vernarbt, und die Krone bildet ein hohes Dach über unseren Köpfen.

»Ich denke, er wird ihnen nicht verzeihen können.«

»Was verzeihen?«

Ich sehe sie herausfordernd an. Ich weiß, was sie sagen wird, aber ich will, dass sie es sagen muss.

»Alles. Seine ganze Kindheit natürlich!«

Jetzt sieht sie mich herausfordernd an, ihr Kinn ist leicht vorgestreckt.

»Was denn sonst?«

»Ach, komm«, sage ich. »Niemand hat eine perfekte Kindheit, deswegen bricht man den Kontakt doch nicht ab.«

Ich will es ihr nicht leicht machen.

»Du gibst Sofia die Schuld, nicht wahr? Weil sie so eine schlechte Mutter war.«

Mutter sieht mich mit schmalen Augen an, dann klappt sie ihr silbernes Zigarettenetui auf und zieht eine kleine, dünne Zigarette raus.

»Willst du auch eine?«

Sie raucht zum Kaffee gerne eine Zigarette, aber seit Vater mit dem Rauchen aufgehört hat, tut sie es nur, wenn er nicht dabei ist. Ich schüttle den Kopf. Zu unseren Füssen liegt Pippa, Mutter krault mit den nackten Zehen in ihrem Fell und schweigt.

»Unterrichtet sie noch?« frage ich.

»Ich glaube nicht.«

»Wie bitte? Die Musik war ihr Ein und Alles.«

Wieder zuckt Mutter mit den Schultern.

»Vielleicht hat sich auch das verändert.«

Sie stößt einen langen Seufzer aus.

»Ich weiß es doch auch nicht, Larissa.«

»Aber was glaubst du denn? Weshalb hat er den Kontakt abgebrochen?«

»Du willst wieder einmal zu viel wissen«, sagt sie.

»Er war mein bester Freund! Natürlich will ich wissen, was mit ihm passiert ist.«

»Du hast seit Jahren keinen Kontakt mehr zu Ivo.«

Sie zieht heftig an ihrer Zigarette und bläst den Rauch in die Baumkrone.

Ich lasse sie nicht aus den Augen.

»Du hast meine Frage nicht beantwortet. Du denkst, es ist Sofias Schuld, oder?«

Mutter nimmt die Füße vom Rücken des Hundes und dreht ihren Kopf ruckartig zu mir.

»Sofia war nie da! Hat nur für ihre Musik gelebt, ganz in ihrer eigenen Welt. Der Junge war immer allein, sein Vater hatte ja auch keinen Sinn für ihn.«

Sie macht eine Pause, bevor sie sagt: »Ich glaube einfach, dass nicht alle Leute Kinder bekommen sollten.«

»Frauen, meinst du, nicht wahr? Nicht alle Frauen sollten Kinder bekommen.«

Mutter starrt mich jetzt trotzig an.

»Ja, vielleicht meine ich genau das.«

»Und du kannst beurteilen, welche Frau dazu taugt und welche nicht?«

Wir sind kurz davor, uns anzuschreien. Seit ich ausgezogen bin, schreien wir uns nicht mehr an. Das ist ein unausgesprochenes Gesetz. Deshalb sagen wir für eine Weile nichts mehr.

Mutter beugt sich vor und drückt die Zigarette im kleinen Kristallaschenbecher aus. Ihre Nägel sind wie immer dunkelrot lackiert, sehen perfekt aus. Sie blickt gedankenverloren über den Teich.

»Dieser Junge war so oft allein. Und ich konnte ihm die abwesende Mutter auch nicht ersetzen.«

»Du meinst also, er hat den Kontakt abgebrochen, weil er sich als Kind so einsam gefühlt hat?«

»Vielleicht hat er einfach keinen Kontakt, weil er keinen Kontakt haben will. Punkt. Weil er keine Beziehung zu seinen Eltern hat. Mehr gibt's vielleicht dazu einfach nicht zu sagen, Larissa.«

Die Art, wie sie meinen Namen sagt, wie sie mich zurechtweist, kenne ich gut, ich beginne zu schrumpfen. Vergeblich starre ich auf die Trauerweide, auf ihre dicke, vernarbte Rinde, stelle mir ihre langen Wurzeln vor, ich fühle mich falsch und lästig wie eine Fliege.

Ich blicke auf Vaters Rosen, die sich vermehren wie im Märchen. Es sind exklusive Sorten, die er auswählt, wie bei seinen Autos, er pflegt sie sorgfältig, düngt und schneidet sie fachgerecht. Früher hat er nie etwas für Gartenarbeit übriggehabt, hat den Rasen gemäht und seine verschiedenen Tiere gehalten, Esel und Ziegen, die Mutters Küchenkräuter fraßen. Seit seiner Pensionierung züchtet er Rosen in allen Farben und Formen, als Sträucher, Bäumchen, Kletterpflanzen und in Beeten.

Und wenn ich den Kontakt zu dir abbrechen würde, Mutter? Was dann? Würdest du das auch einfach akzeptieren? Ich öffne den Mund, aber sie steht auf und beginnt, das Geschirr ins Haus zu tragen. Es gibt nicht mehr dazu zu sagen. Ich starre weiter auf die Rosen. Würdest du nach mir suchen? Würdest du dem Korn zu wachsen verbieten und in die Unterwelt wandern, nur für mich?

Ich beschließe herauszufinden, welche Rosen duften und welche nur schön aussehen. Noch eine Libelle fliegt vorbei, ihre Flügel glitzern grün und schwarz. Pippa liegt im Schatten des Baumes und beobachtet sie. Irgendwann stehe ich wieder vor der Hecke, die das Haus meiner Eltern umgibt, und schiebe ein paar Äste zur Seite. Das Haus der Nachbarn sieht noch genauso aus wie früher. Etwas schäbiger vielleicht, es bräuchte einen neuen Anstrich. Ich sehe eine alte Bank, die vollkommen verwittert unter den Birken steht, auf dem Sitzplatz einen Gartentisch mit vier Stühlen, die ordentlich an den Tisch geschoben sind. Keine Kübelpflanzen, keine Küchenkräuter.

Ich erinnere mich, wie ich mit Ivo und seinen Eltern im Sommer manchmal auf der Wiese vor dem Wohnblock Krocket gespielt habe. Ich höre wieder Sofias Jauchzer, wenn sie den Ball aus weiter Entfernung durch einen Drahtbügel schoss, sie war fast unschlagbar in Krocket und Ivos Vater nahm das nicht so leicht, aber Ivo freute sich für sie und war stolz.

Meine Schwestern und ich bettelten damals auch um ein Krocket-Set, das wir auch bekamen, zu Ostern oder einfach so. Wir spielten ein paar Mal damit, dann verstaubte es in der Metalltruhe neben dem Kompost, wir hatten nicht halb so viel Spaß damit wie Ivo, seine Eltern und ich.

Ich versuche mir Sofia vorzustellen. Was sie wohl gerade macht? Liegt sie auf dem Bett und schläft? Vielleicht sitzt sie am Tisch und schaut sich alte Fotos an. Fotos von Ivo, wie er auf seinem Rennrad losfährt. Wie er seine erste Kommunion erhält, ein kleiner Junge mit dunklem Haar. Wie er sein Studium abschließt, ein junger Mann mit denselben dicken Brillengläsern wie sein Vater. Ob Sofia noch immer ihre Ketten aus Bernstein trägt? Ob sie noch Musik hört?

An dem Abend, als Ivos Vater an das große Fenster unserer Küche klopfte, war Sofia mit dem Kammerorchester Basel auf einer kurzen Tournee in Frankreich. Wir saßen vor dem Fernseher und Mutter rief erstaunt: »Das ist ja Philipp, du meine Güte, ist etwas passiert?« Vater öffnete ihm die Tür, während wir Kinder weiter fernsahen, aber ich musste mich immer wieder umdrehen und zusehen, wie Mutter ihn bat, sich zu setzen, während sie meinem Vater fragende Blicke zuwarf. Sie setzten sich zusammen an den Tisch, Ivos Vater legte seinen Kopf auf die Arme und begann zu schluchzen. Es war ein Schluchzen, wie ich es noch nie von einem erwachsenen Mann gehört hatte. Mutter lief aufgeregt hin und her, von der Küche zum Tisch und wieder zurück, fragte ihn immer wieder, ob er etwas essen wolle oder einen Tee vielleicht, aber er ignorierte sie, während seine Schultern bebten. Schließlich stand Vater auf, holte eine Flasche Schnaps und füllte zwei Gläser. Mutter brachte uns ins Bett.

»Was hat er?«, wollten wir wissen. Sie sagte, sie wisse es auch nicht, es sei etwas mit Sofia, sie würde es uns morgen erzählen. Sie beeilte sich mit dem Abendritual, es gab kein Lied und nur ein hastiges, kleines Gebet. Dann löschte sie das Licht und zog die Tür wie jeden Abend nur so weit zu, dass noch ein kleiner Spalt offenblieb. Durch diesen Spalt schlich ich in den Flur und versteckte mich hinter den großen Vorhängen, die den Wohnraum vom Flur trennten. Ich konnte nicht hören, was sie sagten, es war ein Murmeln und Flüstern, nur manchmal wurde Mutter laut und rief: »Aber das kann doch nicht sein!«

Am nächsten Morgen erzählte sie mir, Sofia käme nicht mehr zurück, sie habe ihre Familie verlassen.

»Und was ist mit Ivo?«, fragte ich.

»Der bleibt natürlich bei seinem Vater«, sagte Mutter, »Wir müssen uns jetzt gut um ihn kümmern.«

»Ja, aber, ich meine, kommt sie auch nicht zu Ivo zurück?«

Mutter sah mich lange an. Ich konnte sehen, wie sie abwog, ob sie mir die Wahrheit sagen sollte, in ihrem Gesicht zuckte es kurz, und sie runzelte die Stirn. Schließlich sagte sie: »Nein, sie kommt auch nicht zu Ivo zurück. Aber ich, ich käme immer zu euch zurück, das weißt du, ja?«

Sofia kam doch zurück, ein paar Monate später. Sie kam zurück und begann, Musikstunden zu geben. Sie fuhr nicht mehr nach Basel und sie trat auch nicht mehr mit einem Orchester auf. Sie begann zu Hause zu unterrichten, die Schüler klingelten unten an der Türe, warteten, bis sie den Summer hörten, um dann mit ihren Mappen und Taschen ins Haus zu schlüpfen.

Niemand sagte ein Wort, niemand sprach über das, was gewesen war, außer mein Vater. Er schüttelte jedes Mal den Kopf, wenn ich etwas von Ivo erzählte. Dann sagte er, das könnte er nicht, an Philipps Stelle, einfach so weitermachen, als ob nichts gewesen sei. Mit ihm würde so etwas nicht gehen. Er sagte es nicht wütend, ich glaube auch nicht, dass es eine Warnung an Mutter war. Es war für ihn tatsächlich einfach undenkbar.

Ich gehe zurück ins Haus. Mutter steht am Herd, im Hintergrund läuft Mireille Mathieu, sie liebt Mireille Mathieu. Sie hat sich eine Schürze umgebunden und lächelt mir freundlich zu.

»Probier mal, ich habe Lemon Curd gemacht.«

Sie hält mir einen Löffel entgegen, auf dem eine klebrige, gelbe Masse liegt. Ich öffne den Mund, und sie schiebt mir den Löffel hinein. Dabei schaut sie mich erwartungsvoll an.

»Hmm, sehr lecker«, sage ich.

Es ist sehr lecker, ich muss nicht übertreiben, eine herrliche Mischung aus klebriger Süße, die so sauer ist, dass man es bis in die Kieferknochen spürt.

»Denkst du, Sofia ist damals nur wegen Ivo zurückgekommen?«

»Das ist ein Rezept von Tante Esther. Wenn du willst, kopiere ich es für dich.«

»Ja, klar. Gerne.«

»Was denkst du? Ihr wart doch Freundinnen, nicht?«

Sie beginnt die Masse in heiß ausgespülte Gläser abzufüllen.

Ohne mich anzusehen sagt sie: »Sie ist wohl kaum zu ihrem Mann zurückgekommen, den sie noch ein paar Wochen zuvor verlassen hat.«

Mutter hat in der Zeit nach Sofias Rückkehr die Familie noch ein, zwei Mal zum Abendessen eingeladen. Ivo saß mit uns vor dem Fernseher, während Mutter aufwändig gekochte Menüs servierte, Fleisch an Cognacsauce, ihre selbstgemachte Zabaione. Aber nach ein paar Monaten brach der Kontakt endgültig ab. Mutter meinte, sie habe es satt, immer den ersten Schritt machen zu müssen, nie käme von Sofia etwas zurück, und schließlich brauche sie keine Freundin.

»Ich habe gehört, dass sie mehrere Bandscheibenvorfälle hatte und sich operieren lassen musste. Anscheinend geht sie kaum noch aus dem Haus.«

Plötzlich ist da ein anderer Ton in Mutters Stimme, anders, als wenn sie von Sofia und ihrer Abwesenheit, Sofia und ihrer Unfähigkeit zu kochen oder einen Haushalt zu führen, spricht. Ich höre eine Spur Mitgefühl, etwas wie Verständnis.

»Sofia hätte besser kein Kind bekommen, das war ihr Untergang.«

»Wie meinst du das?«

»Die Mutterrolle. Das war ein Gefängnis für sie. Dann rebelliert eben die Psyche.«

Ich denke daran, wie Sofia Geige gespielt hat, an die Töne, die aus ihrem Haus in den Garten schwebten.

»Ich werde mich mit Ivo treffen.«

Mutter hebt ihre Augenbrauen, während sie die Löffel unter fließendem Wasser abspült. Sie lässt das Wasser laufen, während sie sich umdreht, um ein Geschirrtuch zu holen. Ich eile zum Wasserhahn und drehe ihn zu.

»Warum würdest du das wollen?«

Sie schafft es wieder, mich zu verunsichern.

»Ich will einfach wissen, wie solche Dinge passieren können.«

»So etwas kann man nicht herausfinden.«

Inzwischen ist sie dabei, den Hundenapf auszuwaschen. Ich muss an Jana denken, der jedes Mal schlecht wird, wenn sie sieht, wie Mutter den Napf des Hundes über dem Geschirr in der Spüle auswäscht, ihn mit demselben Geschirrtuch abtrocknet, das sie auch für die Teller benutzt, wie sie neben dem Essen, welches sie gerade zubereitet, die Hundefutterdosen öffnet und sie neben der Schüssel mit Tomaten oder Zwiebeln verstaut.

»Genau. Und deshalb geht man am besten einfach über alles hinweg.«

Sie dreht sich zu mir um.

»Nun«, sie spricht sehr langsam und sorgfältig, als sei ich schwer von Begriff, »ich würde sagen, das alles geht dich gar nichts an.«

»Nun«, ich spreche genauso langsam und sorgfältig und starre ihr dabei in die Augen, »ich würde sagen, das kannst du gar nicht beurteilen.«

17

Es ist einfach, Ivo ausfindig zu machen, obwohl wir beide keine Facebook-Accounts besitzen, aber Ivo hat Architektur studiert, und Architekten müssen Spuren hinterlassen. Ein paar Tage klebt die Nummer auf einem kleinen Post-it-Zettel neben der Fruchtschale, bis ich schließlich anrufe. Er ist nicht überrascht, zumindest kann ich seiner Stimme nichts anhören. Ich behaupte, ich hätte nächste Woche in Bern zu tun, ob er Lust habe, einen Kaffee mit mir zu trinken.

»Klar«, sagt er.

Wir verabreden uns in einem Lokal, das ich von früher kenne, es hat einen Garten, von dem man direkt auf die Aare sieht, mit großen alten Bäumen, unter denen man im Sommer sitzen kann. Aber heute regnet es.

Ivo ist schon da, ganz hinten in einer Ecke sitzt er und sieht aus dem Fenster, neben ihm liegen eine Zeitung und sein Handy.

»Hallo.«

Ich gehe auf ihn zu, nicht sicher, ob wir uns umarmen oder mit drei Küsschen begrüssen sollen, aber sicher, dass ich ihm nicht nur die Hand geben werde.

»Hallo, Larissa.«

Er zieht mich an sich, und es ist alles noch da. Ich sehe den Jungen von früher, die helle Haut mit den Sommersprossen über der Nase, seine blutleeren Lippen, an denen er früher immer herumgezupft hat, seine Hände mit der leicht geröteten Haut vom Ekzem. Seine Haare sind jetzt fast grau, und er hat kleine Falten um die Augen, aber alles, was ich so gut kenne, was mir so vertraut war, ist noch da. Er trägt ein schwarzes Hemd und Jeans.

»Was nimmst du?«

»Einen Milchkaffee, bitte.«

Er steht auf und geht zum Tresen, um für mich zu bestellen.

Als er zurückkommt, sagt er: »Hat Sofia dich geschickt?«

»Wow, du kommst gleich zum Punkt, was? Kein Smalltalk, kein Interesse an mir?«

Er lächelt kurz.

»Das können wir nachher machen. Du weißt ja Bescheid, da bin ich sicher.«

»Klar, du kennst meine Mutter.«

Er nickt.

Die Verbindung ist da, dieses Vertraute zwischen uns, welches immer weiter existieren wird, weil es von damals kommt und einen weiten Weg zurückgelegt hat. Ein Gefühl schießt in meine Kehle, welches ich besser wieder runterschlucke. Ich habe nur einen kleinen Teil meines Lebens mit ihm verbracht, die wichtigen, großen Jahre haben ohne ihn stattgefunden. In der Zeit, in der man die großen Entscheidungen trifft, die vielen Fehler begeht, haben wir uns nicht gesehen. Und trotzdem kennen wir uns, wir kennen den Stall, aus dem wir kommen, würde Marion sagen. Das ist etwas, was man mit Leuten, die man später trifft, nie mehr herstellen kann, egal, wie lange man aufbleibt und versucht, jede Ecke der Vergangenheit auszuleuchten, egal, wie viele Whiskeys man gemeinsam vor dem Kamin trinkt. Ivo kennt meine Mutter, er weiß, wie das Innere unseres Kühlschrankes aussieht und wie es bei uns riecht. Er war es, der meinen Vater holte, als wir uns hinter den Stall schleichen wollten und der Schafbock mich gegen den Maschendrahtzaun rammte. Er hat mein Gesicht gesehen und gehört, wie ich schrie.

»Nein, Sofia hat mich nicht geschickt. Ich bin von selbst gekommen.«

»Warum?«

Er hält seine Hände auf dem Tisch ineinander verknotet, als wolle er sie davor bewahren, davon zu fliegen.

»Weil ich wissen will, weshalb du den Kontakt zu deinen Eltern abgebrochen hast.«

Er blickt aus dem Fenster. Man sieht die fleckigen Stämme der alten Platanen und die an die Gartentische gekippten Stühle. Der Fluss fließt ruhig im Hintergrund, die Bedienung bringt unseren Kaffee.

»Weshalb?«, sagt er.

Ich sehe ihn erwartungsvoll an.

»Ja, genau.«

»Weil ich mit diesem Teil meines Lebens abgeschlossen habe, Larissa. Weil ich mit den beiden nichts mehr zu tun haben will.«

Er sieht mich jetzt direkt an. Seine Augen sind sehr hell, haben die Farbe des Wassers, das aus einem Pinsel fließt, den man kurz in blaue Farbe getaucht hat.

»Ich bin ohne ihre Liebe aufgewachsen, warum soll ich mich jetzt weiter darum bemühen? Warum soll ich weiterhin hoffen, etwas von ihnen zu bekommen, was sie mir nicht geben können?«

»Das klingt nach Sätzen aus einer Therapie.«

Er lächelt wieder und lehnt sich zurück.

»Ich habe viele Jahre Therapie hinter mir. Ich bin froh drum, sie hat etwas Klarheit in meinen Kopf gebracht.«

Er schaut aus dem Fenster, zwei Schwäne grasen am Ufer.

»Weißt du, es hat einfach nie aufgehört. Ich konnte sie nicht sehen, ohne wütend auf sie zu sein. Eine Weile habe ich versucht, mit ihnen darüber zu reden. Ich habe ihnen alles gesagt, was sie falsch gemacht haben, worunter ich gelitten habe, was in der Therapie hochkam, aber sie haben es nicht verstanden. Sie saßen nur da und schauten mich mit großen Augen an. Irgendwann begann Sofia zu weinen, Philipp stand auf und lief im Wohnzimmer auf und ab, und ich saß da und merkte, dass ich mich mit ihnen immer einsam und verlassen fühlen würde.«

Sein Gesicht kommt mir plötzlich nackt vor.

Ich sehe wieder den Jungen von damals vor mir und versuche mir vorzustellen, wie einsam er gewesen sein muss. Ich erinnere mich nicht, ob ich das als Kind auch so wahrgenommen habe, ich kann nur aus meiner heutigen Sicht an uns zurückdenken.

Gerne würde ich ihn in die Arme nehmen, aber das geht nicht.

»Ich habe einen Weg gefunden, Larissa, es ist gut so, wie es ist.«

Wir spazieren noch ein Stück der Aare entlang, bis Ivo zurück ins Büro muss. Ich frage ihn nach seiner Frau und seiner Tochter, er hat das Mädchen adoptiert. Er sei glücklich, sagt er. Manchmal sei es kompliziert, manchmal gäbe es Streit, aber sie hätten sich geschworen, alles anzusprechen, über alles zu reden, sie wären zusammen schon einen weiten Weg gegangen. Jedes Jahr reisten sie über Weihnachten nach Costa Rica, sie hätten ein gutes Leben. Dann fragt er mich nach meinen Kindern und ob ich glücklich sei.

»Willst du nicht wissen, wie es deiner Mutter geht?«

»Nein.«

Vor der Treppe, die zur Münsterplattform hochführt, verabschieden wir uns. Er nimmt zwei Stufen auf einmal, dann ist er weg. Ich werde ihn wohl erst wieder auf der Beerdigung seiner Mutter sehen. Falls er kommt.

18

Gold ist die Farbe des Verlangens, die Farbe der Verehrung und das Verehrte selbst. Gold kann nicht atmen, aber sein Schimmer ist so warm, wie der von einem Heiligenschein. Um es zu polieren, verwendete man früher wertvolle Edelsteine oder die Zähne von einem Wolf, Löwen oder Hund, allgemein von Tieren, die sich von Fleisch ernähren. Botticelli webte es in das Haar seiner Venus ein.

»Du warst mir immer zu viel«, hat Mutter früher oft zu mir gesagt, »aber ich schenke dir meinen Seidenschal, ich fahre dich nach Hause, ich hole dich vom Nachtbus ab.«

Heute sagt sie, sie freue sich, wenn ich komme. Sie erzählt, wie leicht es ihr gefallen ist, mich loszulassen, damals, als ich mit siebzehn in den Schüleraustausch nach Argentinien ging und später auf meine Reisen. Sie habe all ihren Freundinnen erklären müssen, dass es nichts zu bemitleiden gäbe, nein, sie würde nicht zu Hause sitzen und weinen. Ihr wäre es am liebsten, jede ihrer Töchter lebte auf einem anderen Kontinent, dann könnte sie sie reihum besuchen und wäre ständig unterwegs.

Eine Woche nach dem Treffen mit Ivo nehme ich den Landweg, um zu meinen Eltern zu fahren. Es ist ein strahlend schöner Tag, die Geranien blühen, Wäsche wird aufgehängt und in der Ferne sieht man die Berner Alpen.

Ich werde Mutter nichts von meinem Treffen mit Ivo erzählen. Aber seit ich ihn gesehen habe, denke ich oft an seine Entscheidung.

Vor mir fährt ein Laster mit der Aufschrift »Lebende Tiere«. Er staut den ganzen Verkehr, aus seinem Vergaser pufft schwarzer Rauch. Auch meine Mutter interessiert sich nicht für mich, stellt mir keine Fragen. Ich gebe Gas und überhole ihn, fahre dreissig Stundenkilometer zu schnell über die Hauptstraße. An meiner linken Seite ziehen Äcker und Wiesen vorbei, ein Schützenhäuschen, Bushaltestellen, Gartenzwerge. Warum will sie nicht wissen, wer ich bin? Leitungsmasten, Blumentöpfe, Verkehrsschilder. Auch in diesem Monat hat sie nie angerufen.

Als ich die Treppe hochkomme, springt mir Pippa entgegen, ich kraule sie zwischen den Ohren und am Bauch. Sie bellt ein paar Mal, dann legt sie sich zurück in ihr Körbchen neben dem Ofen. Mutter steht in der Küche.

»Es gibt Zwiebelwähe!«

Sie hat sich ein Streichholz zwischen die Lippen gesteckt, weil ihr nur das gegen die Tränen beim Zwiebelschneiden hilft. Mit raschen Bewegungen häutet sie die Zwiebeln, schneidet sie in lange, dünne Streifen, nimmt die nächste. Ich lehne mich seitlich an die Küchenablage und schaue ihr dabei zu.

»Wie geht es dir?«

Ihre Bewegungen sind flink und geübt. Am Zeigefinger trägt sie ein kleines Pflaster.

»Gut. Vater hustet ein bisschen, aber es geht uns gut.«

Der Knoten in meinem Magen zieht sich zusammen.

»Warum meldest du dich eigentlich nie bei mir?«

Mutter runzelt die Stirn, das Streichholz fällt ihr aus dem Mund ins Waschbecken. Sie kneift die Augen zusammen.

»Denkst du eigentlich überhaupt mal an mich? Fragst du dich je, was ich so mache?«

Sie schneidet immer noch weiter, auch ohne Streichholz und ohne mich anzusehen. Endlich sagt sie:

»Was willst du von mir, Larissa?«

Der Ton ihrer Stimme ist monoton, fast kalt. Über dem Feld, wo meine Schwestern und ich früher durch den Mais streiften, kreischen die Milane. Ich beginne zu weinen.

»Ich will, dass du dich für mich interessierst! Ich will, dass du mir deine Aufmerksamkeit schenkst, dass du mir Fragen stellst, dass du mich an dich ranlässt.«

Mutter lässt das Messer ins Waschbecken fallen. Ihre Lippen sind fest aufeinandergepresst. Früher schien sie mir immer so hilflos, wenn wir uns stritten, immer musste ich vor dieser Hilflosigkeit fliehen, sie bedrohte mich mehr als alles, was Mutter zu mir hätte sagen können. Aber heute ist sie nicht hilflos. Heute dreht sie sich zu mir um und sagt ganz langsam:

»Hör endlich auf, mehr von mir zu verlangen, als ich dir geben kann.«

Wir starren uns noch einen Moment in die Augen, dann wendet sie sich wieder den Zwiebeln zu.

Etwas in mir macht Klick, wie bei einem Einkaufswagen, den man aus seiner Kette löst. Ich nicke stumm, während Mutter ein neues Streichholz aus der Schublade holt und es zwischen ihre Lippen steckt. Ich wische mir die Tränen vom Gesicht, schlucke.

»Welche Sorte Teller möchtest du?«

»Du kannst die mittleren nehmen, die mit dem Blumenmuster.«

Ich gehe zum Schrank und beginne den Tisch zu decken.

Als ich ihr beim Essen meinen Teller hinhalte, sieht Mutter den kleinen, eitrigen Fleck an meinem Unterarm, die Stelle, wo ich gestern zu tief in den Backofen gefasst und mich am Blech verbrannt habe. Sofort führt sie mich ins Badezimmer an ihren Medizinschrank, streicht mir eine kühlende Salbe aus Aloe Vera auf die Haut, schneidet ein Pflaster zurecht und klebt es auf die kleine Wunde. Als ich den Arm zurückziehen will, hält sie ihn noch einen Moment fest.

»Ich denke jeden Tag an dich, Larissa.«

Nach dem Essen packt sie mir die Reste der Zwiebelwähe ein und dazu noch eine Aprikosenwähe, die sie schnell mit den letzten gefrorenen Aprikosen gebacken hat, weil Flynn die doch so mag. Sie gibt mir die kühlende Salbe mit, ein paar Frauenmagazine, die sie schon gelesen hat, eine Flasche selbstgemachte Salatsauce. Ihre Bewegungen sind sicher und ruhig wie immer, aber in ihrem Gesicht sehe ich eine große Müdigkeit, das linke Augenlied hängt tiefer. Ich verstaue alles im Kofferraum und steige ins Auto. Sie steht neben der Haustüre, hält Pippa am Halsband fest und winkt, während ich den Wagen wende. Ich rieche ihr Parfum, es haftet an mir, füllt den ganzen Raum aus. Es ist, als würde ich sie mitnehmen mit ihrer Welt aus Dingen, mit den Vasen und Kristallkaraffen, dem Silberbesteck und den Hortensien, mit ihrem Hund, den Gewürzen und Speisen, dem überfüllten Kühlschrank und dem kühlen Ledersofa, mit ihrem Lachen, den warmen Händen, den Pralinen auf Glasstelzen und den persischen Läufern.

Ich blicke noch einmal in den Rückspiegel, dann biege ich ab, fahre an Wüthrichs Weide vorbei auf die Hauptstraße, beschleunige, öffne die Fester. Die Luft flattert durch das Auto, wirbelt und dröhnt in meinen Ohren. Ich denke: Eine geht immer leichter, eine löst sich immer vollständiger ab.

19

Ich war kein Kind, das sich auf der Luftmatratze entspannen konnte. Ich fürchtete die Haie unter Wasser, ihren heimtückischen Angriff, und sobald das Meerwasser zu dunkel wurde, als dass man noch auf den Grund sehen konnte, befiel mich Panik. Nie lag ich länger als drei Sekunden still, ich steuerte das Ding mit Händen und Füssen und ließ mich bestimmt nicht treiben.

Das Mittelmeer schaukelte sanft, die Sonne brannte, meine Lippen schmeckten nach Salz. Es waren Herbstferien und Mutter war mit uns nach Korsika geflogen, weil Vater während drei Wochen auf Bärenjagd in Kanada war. Dafür begleiteten uns Mutters jüngere Schwester Katja und deren zweiter Ehemann Beat.

Mutter hatte Bungalows in einer Ferienkolonie gemietet. Weißgetünchte, runde Gebilde mit Strohdächern. Der Boden bestand aus dunkelroten Steinplatten, das Wasser in der Dusche floss über die schief gelegten Platten ab. Die Läden an den Fenstern blieben auch tagsüber geschlossen, die Räume waren schattig und kühl, das Sonnenlicht fiel in Streifen in die Bungalows. Es gab keine Bettdecken, nur eine zweite Schicht Laken, die jeden Tag von den Zimmermädchen neu über das Bett gespannt wurden, unsere Nachthemden lagen danach sorgfältig gefaltet unter den Kissen. Sie räumten auch unsere Kleider auf, hängten sie an Bügel oder über

Stühle, sie stellten unsere Schuhe in eine Reihe und fegten den Boden.

Auf dem ganzen Feriengelände wuchsen Pinien, aus ihren rissigen Borkenplatten duftete es, das Holz hatte die Farbe von Zimt. Eine dicke Schicht Piniennadeln bedeckte den Boden, oft hob ich eine Handvoll auf, um sie beim Gehen Schritt für Schritt wieder fallen zu lassen. Eidechsen huschten vorbei, saßen in Mauerspalten oder warteten an den weißen Wänden der Bungalows. Entlang der Wege standen kleine Lampen, die nachts von alleine angingen, wenn sich etwas bewegte. Hier fühlte ich mich leicht. Im herbstlichen Licht auf Korsika, im Halbschatten der Pinienwälder verflüchtigte sich meine Körperlichkeit, löste sich das Gewicht, das ich sonst an mir rumschleppte, einfach auf.

Ich war zwölf und mollig. Mein gelber Badeanzug wurde durchsichtig, wenn er nass wurde, was ich erst bemerkte, als zwei ältere Mädchen am Swimmingpool-Rand auf mich zeigten und kicherten. Ich blickte an mir runter, sah die kleinen, dunkelrot schimmernden Brustwarzen, den Bauchnabel, den durchsichtigen Stoff, der über die Speckrollen auf meinem Bauch spannte. Schnell lief ich weiter, wickelte mich in ein Handtuch, nahm mir erneut vor, endlich abzunehmen, nichts Süßes mehr zu essen, kein zweites Mal aufzutun, aber spät abends vor dem großen Buffet mit der riesigen Auswahl wurde mein Vorsatz von all den Vorspeisen, Hauptgerichten, Beilagen und Desserts einfach weggespült.

Kleine Wege führten durchs Feriengelände. Ich liebte es, alleine auf diesen Wegen zu gehen, wenn niemand wusste, wo ich war. Von der Piazza zu den Bungalows, vom Swimmingpool zur Piazza, wo meine Mutter und ihre Schwester beim Apéro saßen, von unserem Bungalow Nummer 24 wieder zu Tante Katjas Nummer 38, um ihren Mann zu fragen, ob er auch bald zum Essen käme. Er sitzt unter dem Strohdach und raucht Muratti Ambassador, ein Päckchen nach dem anderen. Sein Hemd ist aufgeknöpft, und ich kann die kleine Goldkette auf den dunklen Brusthaaren liegen sehen. Ein kleines, rotes Feuerzeug liegt auf einem Stapel Zeitungen. Er kichert, als er mich sieht. Seine Zähne leuchten unter dem schattigen Vordach. Sie stehen so ebenmäßig in einer Reihe, als habe er ein künstliches Gebiss, sie sind klein, auch die Schneidezähne, und ich weiß, seit ich ihn kenne, dass ich Männer mit kleinen Zähnen nicht mag. Auf dem Tischchen neben seinem Stuhl steht ein kühles Bier, die getönte Sonnenbrille liegt auf der Zeitung. Ich gehe nicht zu nah ran, obwohl ich mich seinen Fingern in der Regel geschickt entziehen kann, aber jetzt ist niemand da und ich bleibe auf Abstand, bleibe vor dem kleinen Holzschild mit der Nummer 38 stehen, vor den Steinen, die das Bungalowgelände markieren. Wir müssen höflich bleiben, meine Schwestern und ich, das weiß ich, wir suchen uns den Platz in der Schlange beim Buffet aus, wir müssen schauen, dass wir nicht vor ihm stehen oder hinter ihm, denn man sagt nicht: »Was fasst du mich an, lass das. Ich will nicht, dass du mir übers Haar fährst, dass du meinen Po tätschelst, wieso kneifst du mich?« Nein, so etwas sagt man nicht. Ich weiß wohl auch nicht so genau, weiß nicht, ob es an mir liegt, dass ich es nicht mag, wie er uns ansieht, wie er nach uns greift, ob es vielleicht falsch ist, dass sich mir die kleinen, blond gebrannten Härchen auf dem Unterarm aufstellen, wenn ich ihn sehe, dass ich mich so ekle, ich bin mir nicht sicher, höflich sind meine Gefühle auf jeden Fall nicht. Vielleicht gibt es ja auch eine Regel, die das Ganze verhandelt, ein Abkommen, das ich noch nicht kenne, das sagt, wie man mitzuspielen hat, und über das nicht gesprochen wird, das Mutter mir nicht direkt erklärt, mir aber signalisiert, ich muss es nur von ihr abgucken, dann kriege ich es schon hin. Was mich stört, ist nur ein kleines Korn unter dem Augenlid oder noch weniger, ein kurzer Moment nur, ein Riss im Fingernagel, ein Stechen in der Brust. Ein erstes Warnsignal, ein zweites, ein drittes – später wird es wachsen, zu einem dumpfen Knoten im Bauch.

Aber vielleicht übertreibe ich auch einfach.

»Hallo Dickerchen«, sagt Beat und grinst.

»Katja lässt dir ausrichten, dass sie beim Apéro sind und bald essen wollen.«

Er zieht an seiner Zigarette und bläst drei kleine Kringel in die Luft. Marion bittet ihn dauernd, für sie diese Rauchringe in die Luft zu blasen. Dafür steigt sie auch auf seinen Schoß, will die Kringel fangen. Er hält sie dabei fest, die Zigarette zwischen den Lippen, die Hände um ihren kleinen Bauch geschlossen. Ich spüre jedes Mal eine graue, wogende Masse, die aus meinem Bauch bis in den Hals steigt. Ich will Marion von ihm runterziehen, rufe: »Komm, wir spielen noch was, komm, wir holen uns ein Eis.« Manchmal funktioniert es, und manchmal bleibt sie auf seinem Schoß sitzen, bis er zu Ende geraucht hat.

Jetzt drückt er seine Zigarette im Aschenbecher aus, dreht sie lange hin und her, nimmt einen Schluck Bier.

»So, sagt sie das.«

Ich stehe am Wegrand und scharre mit meinen Füssen im Sand. Über die roten Sandalen hat sich eine Staubschicht gelegt. Sie sind neu, wir haben sie extra für die Ferien gekauft. Ich weiß nicht, ob ich schon gehen kann oder noch auf eine weitere Antwort warten soll.

Schließlich seufzt er und sagt: »Ja, ja, sag ihr, ich komme gleich.«

Ich hüpfte den Weg über die Piniennadeln zurück, hoffte dabei, dass ich Andrin aus dem Bündnerland wiedersehen würde, den Jungen, den wir gestern Abend auf der Piazza kennengelernt hatten, mit dem wir danach Volleyball spielten, der mich anlächelte und bei dem ich zurückgelächelt hatte und von dem ich glaubte, dass ich ihm gefiel.

Über der Piazza hingen bunte Lichterketten, eine Band spielte leise Tanzmusik. Mutter lachte laut, sie lachte über Beats schmutzige Witze, und wenn sie genug

Alkohol getrunken hatte, ließ sie sich auch von ihm anfassen.

»Aber Beat«, sagte meine Mutter dann und ließ sich noch einmal Feuer geben. Katja saß daneben und lachte mit.

Wir rannten mit unseren neuen Freunden zum Sportplatz hinter der Piazza, wo wir Bälle in Körbe warfen, wir trugen unsere neuen Strandkleider aus Frottee, meines war zitronengelb, und der Junge aus dem Bündnerland, den wir jetzt jeden Abend trafen, rief: »Hier ist sie ja, meine Zitrone!«. Manchmal blickte ich kurz zurück, um zu sehen, was die Erwachsenen machten, ob sie noch da waren, ich sah ihre Köpfe, die Schultertücher der Frauen, den Zigarettenrauch. Die ersten Paare begaben sich aufs Parkett, ich blickte zum Tisch meiner Mutter, Beat und Katja standen auf, begannen zu tanzen. Marion war müde und wollte auf Mutters Schoß. Sie nahm sie hoch, strich ihr über den Kopf, ihre Kleine, nicht mehr ganz so kleine, bald achtjährige Tochter, und ich wusste, Mutter war froh, hatte sie das »Gröbste« überstanden, das hatte ich sie gestern am Strand zu Katja sagen hören, die Tage seien nicht mehr so streng und sie habe »auch mal einen Moment für sich allein«, könne mit drei Kindern alleine in die Ferien fahren und sich dabei dennoch ein bisschen erholen.

Aber sie irrte sich. Das Gröbste war noch nicht überstanden, das Gröbste stand ihr noch bevor. Wir drei Töchter würden sie immer wieder eine Art von Ohnmacht und Verzweiflung spüren lassen, die sie tief in sich begraben musste. Sie würde immer wieder weinen wegen uns und sie würde lernen, sich vor uns zu schützen. Und dann würde sie uns loslassen wollen, mit einem raschen, entschiedenen Schlag.

20

Jana war ein fröhliches Kind. Ein hässliches Baby, wie Mutter oft betont, aber ein glückliches, frohes Kind, das sich bestens selbst beschäftigen konnte. Sie saß stundenlang im Bastelraum und klebte kleine Theaterszenen in leere Streichholzschachteln, schnitt Girlanden und lotete Mobiles an Holzästen aus. Sie liebte es, Flöte zu üben, und sie konnte das Rad schlagen, von der einen Ecke des Gartens in die andere, ohne Unterbruch. Dabei wirbelten ihr die dunklen Haare um den Kopf und der von Mutter genähte Jupe rutschte ihr übers Gesicht. Sie lief am liebsten barfuß und ließ ihre Schuhe überall liegen.

»Sie war ein Sonnenschein«, sagt Mutter, »sie war mein einfachstes Kind – bis sie in die Pubertät kam.«

Mit vierzehn begann sie sich mit ihrer Clique in einem alten Schuppen am Rande des Nachbardorfes zu treffen, nahe genug am Bahnhof, wo ihre Stammkneipe war, eine verrauchte Bierhöhle mit schlechtem Ruf. Später fuhr sie nach Zürich. Es war die Zeit des Platzspitzes, dieses Parks zwischen der Limmat und der Sihl, in dem sich in den achtziger und neunziger Jahren die Drogenabhängigen aus ganz Europa trafen. Man brauchte nur ein paar Schritte aus dem Bahnhof hinauszugehen, die Straße zu überqueren – und schon war man direkt am Stoff. Die Dealer standen am Eingang des Parks, flüsterten »Sugar, Sugar, Coke« und priesen ihre Ware an wie auf dem Bazar. Von Weitem sah man die Junkies, die sich stehend oder sitzend einen Schuss setzten zwischen gebrauchten Spritzen, Müll und einer Schicht von Papierfetzen, die weiß leuchteten, als hätte es geschneit. Jana geriet außer Kontrolle, mehr als einmal war sie in Lebensgefahr, aber sie kam immer irgendwie davon. Sie fiel im Rausch von einem Motorrad und hatte nur eine Gehirnerschütterung, sie legte sich nachts mitten auf die Straße und schlief dort ein, sie wurde von irgendwelchen Typen zu Hause abgegeben, ich habe sie einmal in Empfang genommen, sie konnte nicht mehr stehen, in ihren Haaren klebte Erbrochenes, das eine Auge war geschwollen und dunkel verfärbt. Ich weiß nicht, was Jana gerettet hat, und ich habe vergessen, wo ich damals war. Als sie begann, Folie zu rauchen und mit ihrer Freundin Saskia immer wieder zum Platzspitz fuhr, bekamen unsere Eltern endlich mit, was los war. Sie brachten Jana für ein halbes Jahr in eine Privatklinik, und als sie rauskam, wollte sie Musikerin werden. Sie musste weiterhin wöchentlich zur Therapie, im Gegenzug durfte sie Gesangsstunden nehmen. Meine Eltern bezahlten die Privatschule, sie bezahlten für alles, was Jana sich nur wünschte, und irgendwie schaffte sie es, nicht mehr abzustürzen, zumindest nicht so, dass wir etwas davon mitbekamen. Was aus Saskia wurde, weiß ich nicht, sie hatte keine Eltern mit Geld, keine Privatklinik, ihre Spur hat sich verloren. Heute sprechen wir kaum von jener Zeit. Wenn Jana etwas von damals erzählt, dann in einem gleichmütigen, belanglosen Tonfall, als wolle sie uns zeigen, dass sie das alles nicht mehr berührt. Auch Mutter sagt höchstens: »Mit Jana hatte ich es nicht leicht, weißt du.«

Und: »Jana war so ein glückliches Kind, ich weiß einfach nicht, was dann passiert ist.«

An Janas vierzigstem Geburtstag fahre ich schon am Nachmittag zu ihr. Wir sitzen in ihrem Lieblingscafé an einem Weiher unter Apfelbäumen. Auf dem Kies stehen unsere großen Taschen, sie kommt direkt von der Arbeit und ich bin drei Stunden mit dem Zug gefahren, um sie zu sehen. Sie dreht sich eine Zigarette, auf den Beutel Tabak ist ein Indianergesicht gedruckt, und sie sagt, sie spüre heute die Verbindung zur Großmutter väterlicherseits besonders stark. Sie sagt, dass uns unsere Ahninnen eine große Stütze sein könnten, wenn wir uns mit ihnen versöhnten. Was für eine Kraft das freisetzen würde.

Ich betrachte ihre durchtrainierten Arme, ihren drahtigen Oberkörper. Zwei Strähnen haben sich von ihrem dicken Haar gelöst und fallen ihr ins Gesicht, ihr Blick ist ernst, sie kriegt dann diese zwei kleinen Falten zwischen den Augenbrauen. Etwas weiter vorne sitzen drei Frauen, die zu ihr ins Mantra-Singen gehen, sie haben mir schon zugenickt, als ich noch alleine da saß und wartete. Jetzt schauen sie immer wieder herüber, aber Jana ignoriert sie, das kann sie gut. Sie hält ihre Zigarette schief zwischen den Lippen, genauso wie ich früher, zündet sie an und inhaliert tief.

»Ich war in einem Frauenseminar, mein Geburtstagsgeschenk an mich selbst. Zwanzig Frauen in einem Schwesternkreis. Wir haben uns in die Augen geschaut und zueinander gesagt: Ich sehe dich. Und dann hat die andere geantwortet: Ich bin da. Ich habe die ganzen zwei Tage geweint. Durchgehend, es war mir erst peinlich, aber dann habe ich gemerkt, dass es gar nicht anders geht. Ich habe nicht mehr aufgehört zu weinen, ich wusste nicht, dass ich so lange weinen kann.«

Ich konzentriere mich auf ihre Worte. Hinter ihrer Schulter fliegt eine große Libelle über den Teich, irgendwo zwitschert ein Vogel. Ich versuche mir vorzustellen, wie sie da im Kreis sitzt, in einem Seminarraum mit zwanzig anderen Frauen, mit verschränkten Beinen auf Sitzkissen. Ich stelle mir Klangschalen vor, Kerzen und Federn, Schalen mit Blumen. Ich weiß, wie so ein Ort aussieht, ich kann ihn riechen.

Sie bläst den Rauch in die Luft und schließt für einen kurzen Moment die Augen.

Ich denke an unsere Großmütter, sehe ihre Gesichter wie Rauchzeichen über Janas Kopf schweben. Vaters Mutter ist vor zwölf Jahren gestorben, Mutters Mutter lebt noch und ist über neunzig, ich sollte sie schon lange wieder einmal besuchen. Ich bin eine Fortsetzung der mütterlichen Linie, dünnhäutig, schnell beleidigt, mit zu vielen Fragen und diesen gutartigen Zysten auf dem

Kopf, die man irgendwann wegoperieren muss, wenn sie zu groß werden.

Jana kommt ganz nach Vaters Mutter, das sagen alle, vor allem aber unsere Mutter:

»Ach, Jana erinnert mich so an Martha, die war auch so unberechenbar, so launisch. Manchmal konnte Martha so hartherzig und kalt sein, Vater hat nie genug Liebe von ihr bekommen. Jana sieht immer mehr wie sie aus, sie hat dieselbe Nase, dieselben abstehenden Ohren.«

Ich habe die Stimme von Mutter im Ohr, wenn ich Jana ansehe, wenn ich ihr Gesicht betrachte, wenn ich an meine Kompliziertheit denke. Zu mir sagt sie immer, ich sei genauso nachtragend wie ihre Mutter, ich würde auch viel zu lange über Dinge nachdenken, die schon lange vorbei seien. Da haben wir sie, die Ahninnen. Sie sind bereits da, sitzen uns im Gesicht, wir müssen gar nicht weit suchen.

»Weshalb hast du so geweint?«

Jana drückt ihre Zigarette aus und steht auf.

»Ich muss kurz zu den Frauen dort, muss schnell Hallo sagen, bin gleich wieder da.«

Sie läuft barfuß über den Kies, ihre Sandalen lässt sie unter dem Tisch liegen. Sie sieht so klein aus, drahtig, überhaupt nicht wie vierzig, eher wie ein junges Mädchen. Ihr Handy vibriert, ich drehe es zu mir. Das Update einer Fitnessapp zeigt den neuesten Stand ihrer Punktzahl. Schöne, starke, durchtrainierte Schwester.

Ich sehe immer noch ihren kleinen Fuß, wie er sich zusammenkrümmte, als sie auf die Stecknadel getreten war, die irgendwo unsichtbar im Spannteppich steckte. Ihren Schrei höre ich noch, als sie sie sich ganz in den Fuß hineinstieß. Mutters Hilflosigkeit, als sie den Fuß untersuchte und nichts fand, nur diesen kleinen roten Punkt, von dem sie dachte, es wäre ein Mückenstich, an dem sie rumdrückte, bis Jana fast ohnmächtig wurde vor Schmerz und Mutter endlich begriff, dass sie mit ihr zum Arzt musste.

Noch im selben Sommer habe ich Jana durch die Maisfelder gejagt. Durch den hohen Mais oben an unserem Haus im Hochsommer. Die Narbe am Fuß war noch rot, ein kleiner, dünner Strich mitten im Fuß, wo der Arzt ihn aufgeschnitten hatte. Er hatte die Nadel rausgeholt, sie auf ein wattiertes Plastikbett gelegt und ihr zur Erinnerung mitgegeben. Stolz zeigte sie sie allen Verwandten, die schüttelten ungläubig, fast anerkennend den Kopf.

Wir spielten »Rote Zora« und sie musste mir gehorchen, denn ich war Zora, die Anführerin, die Älteste und ich spielte sie gut. Wir kannten keinen Schmerz! Es war Sommer und die Felder flirrten in der Hitze, Jana lief mir nach, etwas langsamer, mit einem kleinen Abstand, über die Wiese, vorbei an den Ponys, vorbei an den Kirschbäumen, die schon abgeerntet waren, pralle, dunkle Kirschen, die wir uns an die Ohren hängten, mit vollen Händen aus den Schüsseln hoben. Wir standen barfuß am Feldrand und Jana sagte, ich will da nicht rein, ich kann da nicht richtig gehen, mich schmerzt mein Fuß. Ich sagte, los, komm, wir kennen keinen Schmerz, wir müssen uns verstecken, sie sind uns auf der Spur. Ich bog die Halme auseinander, die Blätter raschelten, die Pflanzen standen dicht beieinander. Wir wussten von Vater, dass sich in den Maisfeldern abends Tiere versteckten, Rehe, die beim Äsen aufgeschreckt wurden, Füchse, deren Wege durch die Maisfelder führten, ganze Rudel von Wildschweinen. Aber jetzt war es Nachmittag und wir würden nicht auf Tiere treffen, also los, hinein. Im Inneren des Maisfeldes streiften die langen grünen Blätter unsere Waden und Gesichter, wir verloren die Orientierung, drehten uns im Kreis, hatten keinen Begriff mehr von den Himmelsrichtungen, wo unser Zuhause war, die nächste Straße, verloren uns. Irgendwann spuckte uns das Feld an unterschiedlichen Stellen wieder aus. Jana kroch auf allen Vieren, konnte nicht mehr auf ihren Fuß auftreten, weinte. Sie rief meinen Namen. Von weit weg rief ich zurück, hier bin ich, ich bin hier.

Jana umarmt die drei Frauen, lächelt, beginnt mit ihnen zu reden. Ich wundere mich über die Nähe, die sie zu ihren Kundinnen hat, vielleicht spielt sie auch nur gut, vielleicht will sie das so oder denkt, es gehöre einfach dazu. Ich frage sie nicht, als sie zurückkommt, ihre Schuhe wieder anzieht, mich anlächelt. Das ist ein heikles Thema, genau wie bei mir, Jana und ihr Geschäft, Jana und ihre Professionalität, da fühlt sie sich schnell zurechtgewiesen, das lasse ich lieber aus, heute hat sie Geburtstag, heute soll alles schön sein für sie.

»Was machen wir noch, bevor die Eltern kommen?«, frage ich.

»Lass uns noch einen Moment hier sitzenbleiben, ja?«

Sie winkt zwei Männern zu, die unter dem Apfelbaum Bier trinken. Man kennt Jana hier, sie lebt lange genug in der Gegend, sie unterrichtet Musik an der Sekundarschule, gibt private Singstunden und zweimal in der Woche bietet sie Kurse für Mantra-Singen an.

Über einer alten Schreinerei hat sie ein Studio gemietet, ein kleiner Raum mit Holzfußboden und Blick auf die Berge. Dorthin zieht sie sich zurück, um an eigenen Songs zu arbeiten oder zu meditieren, sie würde gerne endlich ein eigenes Album aufnehmen oder ihr Angebot ausbauen, etwas wie Freien Tanz anbieten oder Klangschalentherapie. Sie hat Sitzkissen und Vorhänge genäht, ihre Notenständer sind aus Holz, und auf den hüfthohen Regalen stehen die Klangschalen in allen Größen. Es soll Klangschalen geben, so groß, dass man sich hineinstellen und von ihnen beschwingen lassen kann, hat sie mir erzählt, sie kenne eine Frau, die so ihre Migräne und ihre Depressionen losgeworden sei. Sie überlege, eine Ausbildung zu machen, aber die Sache sei sehr teuer.

»Erzähl mir noch mehr von den Ahninnen«, sage ich.

Sie streicht mit ihren Händen über die Holzplatte. Sie hat kräftige Hände, saubere, kurzgeschnittene Fingernägel. Hände, die viel anpacken, zupacken können, sie ist eine Macherin. Ihre Energie wird direkt umgeleitet in den Körper. Kein Spinnnetz bleibt vor ihr bestehen, ihr Bad ist so sauber, dass ich mich darin auf den Boden legen möchte, ihre Küchenablage immer poliert.

Ich bin eine Träumerin, meine Hände sind klein und eingedreht und ich habe Spinnweben, die schon über ein Jahr alt sind, weil ich auf dem Sofa liege und lese, anstatt zu putzen.

»Ich glaube, es ist wichtig, dass wir sie nicht als die Frauen sehen, deren Leben und Geschichten wir gekannt haben. Wir sollten Kontakt zu ihren Seelen aufnehmen, zu ihrer Weisheit.«

»Wie nimmst du den Kontakt auf?«

»Indem ich mit ihnen spreche. Ich bitte sie, sich mir zu zeigen und mich zu unterstützen. Aber zuerst müssen wir uns mit ihnen aussöhnen, das ist der erste und wichtigste Schritt.«

Wir liebten Großmutter Marthas Fruchtwähen. Ihr Teigboden war dünn und dunkel, immer leicht verbrannt, so ganz anders als Mutters üppige Wähen aus Blätterteig, mit dem dicken, weißen Rand und dem Boden, der manchmal noch pappte. Weder ihrer Schwiegertochter noch einer ihrer Enkelinnen sollte der Wähenboden gelingen wie Großmutter Martha, deren

Johannisbeerbüsche im Sommer so schwer trugen, dass die Zweige den Boden berührten. Diese Fruchtberge hievte sie auf ihre Wähen und sonntags auf selbstgemachte Meringues mit Schlagrahm. Manchmal halfen wir ihr, die Beeren zu ernten, wir hockten neben den Büschen und fuhren mit unseren Fingerspitzen die Rispen entlang, man durfte nicht zu viel Druck geben, sonst zerquetschte man sie. Großmutter verlangte, dass wir die Rispen mit Scheren, die sie aus ihrer Schürzentasche zog, abschnitten und ins Salatsieb legten. Sie trug immer eine Schürze. Ihr dünnes, graues Haar war zu einem Knoten am Hinterkopf gebunden. Später kämmte ich es ihr manchmal, wenn ich sie besuchte, ich hielt jedes Mal Büschel davon in den Händen. Lange, weiße Fäden aus Seide.

Als es Zeit wird zu gehen, wirft Jana ihre Sachen in die große Tasche, winkt den Frauen noch einmal zu und verabschiedet sich vom Wirt. Wir fahren mit ihrem Mini Cooper durch die Einkaufsstraße, sie hat das Verdeck offen, es ist Sommer, es ist warm, sie dreht die Musik auf und stupst mich von der Seite an, wirft die Schultern vor und zurück.

»Wir müssen dringend mal wieder tanzen gehen! Das täte uns gut, so ein bisschen aus uns rauszukommen, wir zwei alte Tanten, meinst du nicht?«

Sie lacht und biegt zu schnell um die Kurve, fährt dem nächsten Auto viel zu dicht auf, das hat sie immer schon gemacht, auf der Autobahn stehe ich neben ihr jedes Mal Todesangst aus.

In ihrer Küche hängt ein neues Plakat, auf dem mit großen, schwarzen Buchstaben geschrieben steht: Embrace your shyness! Cry in public! Have big big feelings! Be a mess!

Ich stütze mich auf der Kochinsel zwischen der Fruchtschale und der Schale mit Tomaten ab und betrachte das Plakat.

»Was sagt Boris zu deinem Plakat?«

Jana ist dabei, ihre Geburtstags-Nachrichten zu lesen. Sie runzelt die Stirn.

»Antwortet man auf alle?«

»Auf keinen Fall! Du bist damit beschäftigt, Geburtstag zu feiern, du hast keine Zeit, Nachrichten zu beantworten. Sag, wie findet Boris dein neues Plakat?«

Ihre Cherrytomaten haben keinen Geschmack. Auch sie wollte dieses Jahr einen Tomatenstock an die Hausseite pflanzen, aber sie hat es, genau wie ich, aus irgendwelchen Gründen nicht gemacht. Ich weiß, wie süß eigene Cherrytomaten schmecken, ich habe sie bei meiner Nachbarin gekostet. Jana wird von den Eltern heute als Überraschung einen Feigenbaum bekommen, Mutter hat den Gärtner auf den Nachmittag bestellt.

»Ach, der. Der hat das doch nicht mal gesehen, oder wenn, dann fühlt er sich sicher nicht davon angesprochen.«

»Sollte er aber, nicht?«

»Ach, Larissa. Komm. Wir setzen uns noch für einen Moment in den Garten.«

Sie stellt zwei Gläser und einen Krug mit Wasser, in dem kleine Rosenquarzsteine liegen, auf ein Tablett. An ihrem Handgelenk baumelt eine Mala-Kette, die sie von ihrem letzten Indienbesuch mitgebracht hat. Sie hat mir auch eine geschenkt, ich habe sie im Bad an den Fensterrahmen gehängt, dort fällt sie regelmäßig runter, wenn man das Fenster öffnen will, Nico ärgert sich darüber, aber ich finde keinen besseren Platz, ich will sie auch nicht einfach in meine Schmuckschale legen, in der sie verstaubt und ich sie vergesse.

»Was hat dir Boris geschenkt?«, frage ich beim Rausgehen.

Sie weist mit ihrem Kinn auf einen Stuhl am Esstisch, während sie durch die Balkontür in den Garten geht. Auf einem Stapel Zeitungen liegen zwei Spitzendessous. Ich halte sie in die Höhe, sie sind rot und schwarz.

»Oh«, sage ich.

Ich kann mir Jana nicht in Spitzenunterwäsche vorstellen. Sie würde verkleidet aussehen, als stünde sie auf einer Bühne. Aber vielleicht ist es genau das, was Boris mag? Vielleicht wünscht er sich, dass Jana etwas für ihn spielt? Ich falte die Dessous sorgfältig zusammen und lege sie zurück auf den Stapel, auf dem auch die selbstgemalten Geburtstagskarten ihrer Tochter liegen.

Jana ist seit bald zwanzig Jahren mit Boris zusammen; als Shirin vor dreizehn Jahren auf die Welt kam, haben sie geheiratet. Boris ist Anwalt, er hat eine eigene Kanzlei und kommt abends spät nach Hause, isst eilig, an die Kücheninsel gelehnt, die Reste von Janas und Shirins Abendessen, dann legt er sich mit ausgestreckten Beinen auf die Couch und stellt den Fernseher an oder klappt den Laptop auf seinem Schoß auf. Meistens schläft er dort ein und Jana lässt ihn liegen. Jana glaubt nicht an die ewig währende, große Liebe, sie spricht kaum über Boris und ihre Beziehung, sie winkt ab, wenn ich sie danach frage, sagt etwas wie: »Wir verändern uns ständig, was soll ich groß sagen, man muss die eigenen Ansprüche im Zaum halten.«

Jetzt sitzt sie mit angezogenen Beinen auf der Lounge, hat den Kopf in den Nacken gelegt, die Augen geschlossen. Über ihr bewegen sich die Blätter der Birke leicht im Sonnenlicht, von der gegenüberliegenden Straßenseite hört man Kinder, die auf einem Trampolin hüpfen und kreischen.

Ich setze mich ihr gegenüber auf einen der Korbstühle. Die Weide verliert bereits die ersten Blätter, lässt gelb geringeltes Laub auf die Sommerlounge fallen.

»Wirst du sie anziehen?«

Sie zuckt mit den Schultern und greift nach ihrem Tabak.

»Das hätte er gerne.«

Nach einer Pause: »Er hat sich selbst beschenkt. Er beschenkt sich mit mir immer wieder selbst.«

Sie lächelt matt, dann verändert sich ihr Gesicht. Gleich fängt sie an zu weinen, das kann ich sehen. Im Kopf höre ich Beyoncé singen: Mother dearest, let me inherit the earth. Teach me how to make him beg.

Ich fühle den Beat des Liedes, während ich mich neben Jana setze, sie in den Arm nehme und ihr übers Haar streiche. Nora hört zurzeit immer Beyoncé, schließt die Tür zu ihrem Zimmer und übt Tanzschritte aus den Videos, übt, die Hüften zu schwingen, mit dem Hintern zu wackeln, ich habe sie durchs Schlüsselloch beobachtet.

Did you get on your knees daily? Do his eyes close like doors? Are you a slave to the back of his head?

Meine Tochter hat nicht die geringste Ahnung, was diese Zeilen bedeuten.

Jana wischt sich die Tränen mit den Fingerspitzen fort.

»Er sieht mich einfach nicht mehr. Ich meine, ich weiß gar nicht, ob er mich je gesehen hat. Er schenkt mir Dinge, die überhaupt nichts mit mir zu tun haben. Da wäre mir eine Knolle Ingwer lieber gewesen, dann wüsste ich wenigstens, dass er merkt, wie ich jeden Tag Ingwer in mein Teeglas schneide.«

Sie schnieft und zieht den Rotz hoch. Ich habe keine Taschentücher dabei und laufe zurück ins Haus, um welche für sie zu holen, sie hat wie Mutter und ich eine Schublade in der Küche, in der alles landet, das keinen festen Platz hat, bestimmt finde ich dort auch Taschentücher.

Als ich mit der Packung zurückkomme, hat sie sich wieder gefasst.

»Danke.«

Sie wischt sich die Augen trocken und schnäuzt zwei Mal, sie kann sehr laut schnäuzen, das mochte ich immer schon an ihr, überhaupt an allen Frauen: lautes Schnäuzen, Schnarchen, ungeniertes Rülpsen.

»Na ja, er hat es ja gut gemeint, nicht?«

Sie blickt mich aus ihren hellblauen, verwässerten Augen fragend an.

»Klar. Er wollte dir bestimmt eine Freude machen.«

You go to the bathroom to apply the lipstick. Somewhere no one can find you. You must wear it with the same disappointment on your face.

Sie bindet ihr Haar zusammen, dann nimmt sie einen Schluck Wasser.

»Wir hatten wieder so einen schlimmen Streit gestern Abend, weißt du. Wir verstehen uns einfach nicht. Wir reden aneinander vorbei. Und er schafft es immer, mir die Worte im Mund zu verdrehen, danach kann ich nichts mehr sagen, dann ist es, als hätte ich Staub im Mund, als fielen mir die Zähne aus. Und ich denke dabei immer, ich sei falsch, etwas mit mir stimme nicht. Ich meine, schon früher hat mit mir etwas nicht gestimmt, oder?«

Why do you consider yourself undeserving? Why do you deny yourself from heaven? Why are you afraid of love? You think it is not possible for someone like you.

Ich werde nervös. Ich weiß, dass unsere Eltern jeden Moment auftauchen können, mit ihrem Mercedes über den Kies in die Einfahrt biegen, vielleicht kurz hupen, wenn sie uns hier sitzen sehen, dann aussteigen, die Geschenke zusammensuchen, mit Armen voller Körbe und Taschen und mit freudigen Gesichtern über den Rasen auf uns zu kommen. Ich weiß, Mutter wird sofort sehen, dass Jana geweint hat, sie wird irritiert die Brauen heben und fragen, was los sei. Jana wird ihr nichts erzählen wollen, wird barsch antworten: »Nichts ist, nichts«, und Mutter wird sich zurückgestoßen fühlen. Die anfängliche Freude über das Wiedersehen, über den Geburtstag und die vielen Gaben, die sie mitgebracht hat, wird zusammenfallen wie ein Soufflé, das man zu früh aus dem Ofen nimmt.

Und ich werde versuchen, alles zusammenhalten, auszugleichen und abzuwiegeln.

»Mit dir ist nichts falsch, Jana. Nichts. Ist falsch mit dir.«

Jana hört mich nicht, sie ist weit weg, ich sehe es an ihrem Blick.

Ich wickle mir eine Strähne von ihrem dicken Haar um den Finger und ziehe leicht daran. Ihr Haar ist wie ein kostbarer Rohstoff, ich möchte es ständig berühren.

»Ich verstehe heute, dass Mutter mit mir überfordert war. Als erwachsene Frau verstehe ich besser, wie sie damals funktioniert hat. Dass sie so funktionieren musste.«

»Wie meinst du das?«, sage ich.

»Sie musste sich abgrenzen von allem. Nimm das Leben locker. Das ist doch nicht der schlechteste Rat, den sie uns mitgegeben hat.«

Ich lasse ihr Haar los und setze mich gerade hin.

»Aber du hast dich von ihr nie gesehen gefühlt.«

Jana blickt mich kurz an, dann beginnt sie, sich noch eine Zigarette zu drehen. Behutsam rollt sie das dünne Papier, formt es mit den Fingerspitzen. Bevor sie den Klebestreifen mit der Zunge ableckt, wartet sie einen Moment.

»Das ist immer noch so.«

Sie lacht laut heraus.

»Mach nicht so ein Gesicht, Larissa. So ist es nun mal.«

»Ja, aber …«, ich will noch mehr wissen. Ich will wissen, wie sie sich damit abgefunden hat und ob es sie noch schmerzt. Aber ich sehe das Auto der Eltern. Ganz langsam fahren sie durch die Quartierstraße, bis sie in Jana Einfahrt abbiegen, Sonnenlicht blitzt im schwarzen Lack.

»Sie kommen«, sage ich.

»Okay. Dann lass uns mal feiern.«

Jana steckt die fertige Zigarette zurück in den Beutel, schnäuzt sich noch einmal, lächelt mir zu und läuft den Eltern entgegen, vorbei an der Schaukel und dem verdorrten Basilikum. Sie streckt den Rücken durch und öffnet die Arme, als Mutter mit einem Topf Astern, der so groß ist, dass sie ihn kaum in den Armen halten kann, auf sie zu kommt.

Ich beschließe, sie erst mal machen zu lassen und lehne mich zurück. Der Himmel ist wolkenlos und in der Ferne leuchten die Berge. Es gab schon den ersten Schnee, man sieht die gesprenkelten Felshänge und weißen Gipfel von Janas Garten aus. Ich denke an Mutters Ratschläge. Nimm das Leben locker. Stell nicht so viele Fragen und lass die anderen nicht so nahe ran. Weiter vorne sehe ich den Giebel des alten Schindelhauses, das ein pensionierter Architekt umgebaut hat. Ein tolles Haus, ich würde es sofort nehmen, wenn ich könnte, würde in die Nähe von Jana ziehen, auf dem Kiesplatz vor dem Schindelhaus an der Feuerstelle sitzen und bis spät nachts mit ihr in der Glut stochern, zu den Sternen blicken, die Schneeberge ein stilles Glühen aus der Dunkelheit. Ich wäre an Janas Seite, immer für sie da.

Als Jana schwanger wurde, machte sich Boris selbstständig. Jana fand, es wäre ein guter Zeitpunkt, um ihr verantwortungsloses Partyleben in der Stadt zu beenden, der richtige Moment für einen Neuanfang. Sie koksten und soffen zu viel und kamen morgens nicht aus dem Bett. Vom härteren Stoff ließ sie die Finger, das beteuerte sie ständig, aber eine gute Party musste sein und Boris konnte mithalten, sie waren ein tolles Team. Aber jetzt, wo das Baby kam, wollte sie etwas ändern.

Also verließen sie die Stadt und zogen in ein kleines

Dorf am Rand der Berge. Sie fanden eine Wohnung in einem unsanierten Schindelhaus, strichen die Wände neu, kauften Möbel vom Flohmarkt und hängten eine große Weltkarte ins Wohnzimmer. Zum Haus gehörte auch ein alter Garten mit schiefgewachsenen Bäumen und Johannisbeerbüschen wie bei Großmutter Martha. Jana befestigte eine Holzschaukel am größten Ast des Nussbaumes, damit man sehen konnte, dass hier bald ein Kind leben würde. Das benachbarte Grundstück war von einem hohen Zaun umgeben. Ihr Nachbar saß tagsüber auf der Treppe vor dem Haus, rauchte und sah seinen drei Schäferhunden zu, wie sie sich tollten, an Knochen nagten oder sich auf dem Rasen ausstreckten und in der Sonne dösten. Er ignorierte Jana, die ihm zuwinkte. Irgendwann, hochschwanger, ging sie mit einem selbstgebackenen Brot hinüber und stellte sich vor. Er sagte, sie müsse aufpassen, dass das Kind nicht in die Nähe der Hunde käme, er könne für nichts garantieren. Boris drohte, ihn anzuzeigen, aber Jana sagte, ach, lass, wir ignorieren ihn einfach.

Dann kam Shirin zur Welt, und Jana war vom ersten Moment an besessen. Sie ließ sie nicht aus den Augen, gab sie niemandem auf den Arm, lag neben ihr, Tag und Nacht, und fürchtete sich davor, dass ihr etwas zustoßen könnte, wenn sie sie nur eine Sekunde allein lassen würde. Schließlich ging sie nicht mehr aus der Wohnung, duschte nicht mehr und weinte ständig. Boris wollte Mutter um Hilfe bitten, dachte, sie könnte ein paar Tage zu ihnen kommen, er hätte auf einem Klappbett in der Küche geschlafen, aber Jana wollte das auf keinen Fall. Sie drohte, ihn zu verlassen, wenn er Mutter holte, was lächerlich war, sie schaffte es nicht einmal mehr, sich selbst anzuziehen.

Also rief Boris mich an. Ich war zu der Zeit zu Hause, Flynn war gerade zwei geworden und Nora fünf, und ich verbrachte meine Tage damit, uns zu beschäftigen, die Rolle weiter einzuüben, von der ich immer noch hoffte, sie würde mich erfüllen. Ich war ständig mit den Kindern unterwegs, im Wald, auf dem Spielplatz, im Zoo. Ich versuchte, gesund zu kochen, mit ihnen zu basteln, zog Küchenkräuter und traf mich mit den Nachbarinnen zum Kaffee. Abends fiel ich erschöpft und unzufrieden ins Bett oder begann mich mit Nico zu streiten.

Ich bat Nico, sich drei Tage frei zu nehmen, brachte den Müll raus, spülte die Espresso-Maschine aus, hinterließ ein aufgeräumtes Haus, bevor ich losging. Damals dachte ich, Nico würde das als Zeichen meiner Fürsorge und Liebe sehen, inzwischen weiß ich, dass es ihm egal ist, er denkt nicht so.

Ich freute mich auf die Pause von meinem Zuhause, darauf, alleine wegzufahren. Im Zug setzte ich mich ans Fenster, auf die Seite, von der aus man den See sehen kann. Mit jedem Kilometer rückten die Kinder von mir weg, der Druck der kleinen Arme ließ nach, die Wärme ihrer Körper, ich hörte Noras Geplapper nur noch von fern. Aber es würde nicht lange dauern, bis mir fehlen würde, wie sie mir entgegenliefen und nach mir riefen, das wusste ich, all die Abläufe, die ich im Schlaf erledigen konnte, Windeln wechseln und Nasen putzen, Krümel vom Tisch fegen und Karotten schälen, schon bald würde ich mich nach dem Platz sehnen, an den ich jetzt gehörte. Aber vorher würde ich versuchen, meiner Schwester so etwas wie eine Mutter zu sein.

Mutter stellt den Blumenstock neben Janas Feuerschale und kommt auf mich zu. Sie trägt eine helle Leinenhose und eine braun-weiß gepunktete Bluse, dazu sommerliche Stoffschuhe. Sie sieht gut aus, sie strahlt, ihr Charme ist noch immer umwerfend, auch mit Mitte sechzig. Ich rapple mich auf, suche meine Schuhe, streiche mein Hemd glatt.

Wir umarmen uns und sie flüstert: »Geht es Jana nicht gut?«

Ich zucke mit den Schultern, rieche das vertraute Parfüm, der Geruch, der mir noch anhaften wird, wenn ich nach Hause komme, den die Kinder sofort riechen und den Nico nicht mag.

»Doch, doch. Es geht ihr gut. Sie ist nur etwas müde. Hattet ihr eine angenehme Fahrt?«

»Danke, ja. Alex ist nicht fit, er hat wieder Rückenschmerzen und ist erkältet, du kennst ihn ja, dann ist er immer gleich so gereizt.«

Dabei rollt sie mit den Augen, als wollte sie auf ihn zeigen, ohne den Kopf zu drehen.

Vater kommt nun auch über die Wiese, er hat die Körbe mit Esswaren ausgeladen und zu Jana in die Küche gebracht. Sie haben bei einer Konditorei unterwegs ein paar Torten geholt, die müssen kaltgestellt werden. Er wirkt verkatert, seine Augen sind klein, um den Hals trägt er ein gemustertes Tuch.

»Vater, hallo, wie geht es dir?«

Er hustet und räuspert sich.

»Es geht, danke.«

Wir geben uns drei Küsschen, er blickt an mir vorbei auf die Lounge.

»Willst du einen Kaffee?«

»Ja, gern.«

»Mutter, du?«

»Nein, danke. Ich helfe Jana mit dem Apéro.«

Sie dreht sich um und geht leichtfüßig über den Rasen, während Vater sich auf die Lounge fallen lässt, sein Jackett öffnet, in kurzen, flachen Zügen atmet. Seit seinem Herzinfarkt vor fünf Jahren raucht er nicht mehr, aber ich meine immer noch zu sehen, wann er dringend eine Zigarette nötig hätte. Ich weiß nicht, was ich zu ihm sagen soll, deshalb sage ich: »Ich bringe dir deinen Espresso«, und laufe zurück ins Haus. Ich habe sowieso das Gefühl, er sei am liebsten allein, froh, seine Ruhe zu haben – aber eigentlich weiß ich nicht, was in ihm vorgeht.

21

Von Marions Küchenfenster aus sehe ich, wie Vater auf dem Sandplatz das junge Pferd longiert. Er sieht klein aus von hier, eine kleine, braun angezogene Gestalt, aber ich erkenne ihn sofort an seiner steifen Haltung. In der einen Hand hält er eine Peitsche, in der anderen die Longe für das Pferd, welches er im Kreis traben lässt. Der Sandplatz ist umgeben von Bäumen, die diesen Sommer fast keine Früchte getragen haben. Einzelne Blätter sind schon gelb, die Stämme knorrig und schief. Ich halte die Kaffeetasse in der Hand und lehne mich an die Glastür, die auf die Veranda führt.

Es gibt Tage, an denen ich mich nach genau dieser Landschaft sehne, nach Marions Leben auf dem Hof mit den Tieren und diesem Blick aus ihrem Küchenfenster. Ich glaube, ich sehne mich auch nach Marion, obwohl ich immer zuerst an die Landschaft denke, an genau diesen Blick auf den Sandplatz und die Hügel dahinter.

Also habe ich sie heute angerufen und gefragt, ob ich vorbeikommen kann.

Als sie mir mit dem Jüngsten auf den Hüften die Tür öffnete, sah ich sofort, wie müde sie war. Sie ist die einzige, die Mutters Augenfarbe geerbt hat, Marion nennt es ein schlammiges Grün. Bei beiden, Mutter und Marion, wird die Augenfarbe dunkler, fast braun, wenn sie müde oder erschöpft sind.

Marion trägt jetzt wieder einen Pony, der ihre Stirn mit den Pigmentflecken, welche die Schwangerschaften hinterlassen haben, bedecken soll. Aber es funktioniert nicht richtig, ihre Haare springen zur Seite und legen die dunklen Flecken immer wieder frei.

Gerade wickelt sie den Kleinen, ich höre, wie er schreit und sich wehrt und ich weiß, dass Marion dabei ganz ruhig bleibt. Sie ist jetzt achtunddreißig und ich frage mich oft, ob sie deshalb mehr Geduld mit ihren Kindern hat. Sie erlaubt ihnen Dinge, für die ich niemals die Nerven gehabt hätte, sie geht auf alle Wünsche ein, als würde ihr das nichts abverlangen.

Ihr älterer Sohn Nils durfte heute Nachmittag mit aufs Feld. Dort sitzt er neben seinem Vater auf dem Traktor und lässt seinen Blick bereits genauso aufmerksam über die Felder schweifen, wie Stefan das tut.

Ihre Fensterscheiben sind nicht geputzt. Sind schon lange nicht mehr geputzt worden. Dafür habe sie keine Zeit mit all den Tieren und den kleinen Jungs, sagt Marion, sie habe Wichtigeres zu tun. Mutter stößt sich daran, das wissen wir beide. Sie stößt sich auch daran, dass Marion keine Pflanzen im Haus hat, und dass sie die wenigen, die sie geschenkt bekommt, nicht gießt. Letztes Weihnachten habe ich allen Frauen der Familie selbstgezogene Glückstaler mitgebracht, eine unkomplizierte, hübsche Pflanze mit kleinen Augen, die einen aufmerksam anschauen, bei der man nicht viel falsch machen kann. Marion hat sie in ihrer Küche aufs Fensterbrett gestellt, heute habe ich gesehen, dass die Blätter gelb geworden sind und sie noch keinen Zentimeter gewachsen ist.

»Du kannst sie ruhig wegwerfen.«

»Tut mir leid«, hat sie geantwortet. »Ich mag Zimmerpflanzen einfach nicht.«

Ich lehne meine Stirn an die Glasscheibe und sehe Vater zu. Seit Marion und ihr Mann den Stall für die Pferdepension gebaut haben, geht er fast täglich vorbei, um zu misten oder eines der Tiere zu bewegen. Ich habe sie neulich gefragt, wie sie das fände. Sie hat mit den Schultern gezuckt. Er sei zu eigenmächtig, er mache die Arbeit nicht so, wie sie es verlange. Lasse die Pferde der Pensionäre auf die Weide, ohne es vorher mit ihr abzusprechen. Sie müsse mit ihm reden, aber wisse noch nicht, wie.

»Blut ist dicker als Wasser.« Das ist ein Satz, den sie immer wieder sagt. Sie ist Fremden gegenüber erst einmal skeptisch, das scheint eine natürliche Abwehrhaltung zu sein, die sie nicht hinterfragt, gegen die sie auch nichts ausrichten kann. Sie würde sich niemals auf eine Freundschaft einlassen, die sie zu viel von ihrer Loyalität oder Zeit kostet. Aber für ihre Familie, für ihre Verwandten würde sie kämpfen bis zuletzt.

Inzwischen hat Vater zwei Hindernisse aufgebaut, über die er das Pferd springen lässt. Es galoppiert noch immer gleichmäßig im Kreis, beschleunigt, setzt zum

Sprung an. Ich rufe Marion zu, dass ich kurz zu ihm hinausgehe. Ich weiß nicht, ob sie mich hört, der Kleine schreit noch immer. Ich gehe über den Sitzplatz, vorbei an den ausgetrockneten Pfirsichbäumchen, und stelle mich vor den Holzzaun, breite Latten, genau auf meiner Augenhöhe, ich kann Vater und das Pferd nicht sehen, muss mich bücken und die Arme auf die untere Latte legen, meinen Hintern in Richtung Veranda strecken. Vater nickt mir zu, er lässt das Pferd weiter traben. Sie sei jung, hat Marion gesagt, unruhig und außergewöhnlich schön.

Ich betrachte die beiden. Vaters Haltung hat sich verändert, er steht jetzt aufrechter, seine Bewegungen sind energisch, er will mir etwas zeigen.

Nach ein paar Minuten kommt er zu mir an den Zaun. Das Pferd folgt ihm.

»Sie ist riesig«, sage ich.

»Ja, sie ist groß.«

»Wie heißt sie?«

»Crystal.«

Die Stute beäugt mich, schnaubt, ich will sie anfassen, aber ich weiß aus Erfahrung, dass das bei dieser Art von Pferden nicht geht. Sie gehört meinem Vater und meiner Schwester, sie haben sie gemeinsam gezüchtet. Halbe-halbe gemacht.

»Verkauft ihr sie?«

»Noch nicht. Ich will sie zuerst noch etwas trainieren, ein paar Mal starten lassen.«

»Ist sie gut?«

»Sie ist zu ungestüm, aber ja, sie ist gut.«

Er schickt sie wieder los.

»Sie muss im gleichmäßigen Trab bleiben«, sagt er, »sie beschleunigt zu sehr, wenn sie auf die Hindernisse zuläuft, sie muss ruhiger werden.«

»Reitest du sie?«

»Nein«, sagt er, »sie ist zu unberechenbar.«

Er schwingt die Peitsche, verlängert die Longe, tritt wieder auf den Sandplatz hinaus.

Ich schaue ihnen noch eine Weile zu, meine Stirn an der Holzlatte, ich sehe in seinen Bewegungen, wie schwer es ihm fällt, ich sehe, wie ihn die Jahre hart gemacht haben, wie steif und unbeweglich er geworden ist.

Dann gehe ich zurück ins Haus, an den neuen Hühnern vorbei, die kleine braune Eier legen, von denen mir Marion später ein paar mitgeben wird. Letzte Woche hat sie vergessen, den Hühnerstall zu schließen, das erste Mal, betont sie, das einzige Mal, und der Fuchs kam in der Nacht, vom Bachufer hoch über die Straße. Er habe ein richtiges Massaker veranstaltet. Ein paar Hühner geköpft, ein paar mitgenommen.

»Er muss seine Jungen dabeigehabt haben, um ihnen zu zeigen, wie es geht. Er wohnt auf der anderen Seite der Straße am Bach, ich weiß, wo der Eingang zu seinem Bau ist. Überall Federn und Blut, du hättest das nicht sehen wollen.«

Ein paar Monate, bevor Vater mit seinem besten Freund das Matterhorn besteigen wollte, hatte er den Herzinfarkt.

Sie waren bereits für eine Vorbesprechung nach Zermatt gereist, hatten ein Zimmer im Grand Hotel Mont Cervin gemietet und sich mit dem Bergführer in der Hotellobby getroffen. Sie saßen in den tiefen Sesseln unter dem Kristallkronleuchter und prüften sich gegenseitig. Die beste Zeit sei Mitte September, hatte der Bergführer gesagt, noch vor dem Schnee, aber schon kühl genug, sodass die Gefahr des Steinschlages nicht so hoch sei wie im Sommer. Vater und sein Freund tranken Weißwein, Heida, die beste Traube des Tales, in großen, kühlen Gläsern, der Bergführer trank ein Bier, sie luden ihn dazu ein.

»Am Tag vor der Matterhornbesteigung machen wir den Pollux, damit ich sehen kann, wie trittsicher ihr seid. Und damit ihr euch an die Höhe gewöhnt.«

Der Bergführer sprach starken Dialekt, für Vater und seinen Freund war es Ehrensache, dass sie alles verstanden. Die Höhe sei kein Problem, sie seien schon auf dem Kilimandscharo gewesen.

Man einigte sich, setzte einen Zeitraum fest, die Männer schüttelten sich die Hände.

Ein paar Wochen später rief Mutter an, Vater sei außer Lebensgefahr. Ich stand auf dem Feldweg oberhalb unseres Hauses, um Fotos vom blühenden Birnbaum zu machen. Die Straße war staubig. Ich setzte mich an den Wegrand und sah hinauf in den blauen Frühlingshimmel. Wie immer zogen zwei Rotmilane ihre Kreise über dem Feld, suchten nach Mäusen, irgendwelchem kleinen Getier.

Vaters Kardiologe riet ihm nach dem Herzinfarkt von der Matterhornbesteigung ab, die Belastung für das Organ sei auf 4500 Meter Höhe einfach zu groß, und Mutter drohte ihm mit der Scheidung, falls er es trotzdem täte.

»Letzte Woche sind zwei Engländer am Matterhorn gestorben«, sagte Mutter am Telefon, »hast du davon gelesen? Sie wurden von schlechtem Wetter überrascht, mussten am Berg übernachten und sind erfroren, hast du das gehört?«

Ich sah auf meine Balkonpflanzen, zupfte in Gedanken die vergilbten Blätter vom Oleander, fegte den Boden, die Katzenhaarknäuel der Nachbarn weg.

»Die haben bestimmt nicht auf die Warnung der Einheimischen gehört, waren ohne Bergführer unterwegs, waren bestimmt zu leicht gekleidet.«

»Immer«, antwortete Mutter, »immer bist du auf Vaters Seite.«

Marion hat inzwischen die restlichen Pferde auf die Weide gelassen. Sie hält den Kleinen im Arm und steht am Elektrozaun.

»Hat er dir von seinem Gartenprojekt erzählt?«, fragt sie.

Ich schüttle den Kopf.

»Er will einen Garten aus Steinen anlegen. Auf denen sollen dann so verschiedenfarbige Flechten und Moose wachsen.«

»Aha. Und?«

»Mutter ist total dagegen. Sie sagt, nur über ihre Leiche. Sie sei eine Ästhetin, sie wolle nicht noch mehr Steine in ihrem Garten, sie werde das nicht zulassen! Sie tickt bei dem Thema völlig aus. Als ob es allein ihr Garten wäre! Und außerdem sind es ja nur Steine!«

Wir gehen den schmalen Pfad vom Stall zurück zum Haus, zwischen ihren Tomaten und Salatköpfen wachsen Brennnesseln.

»Und, hast du was gesagt?«

Ich schlüpfe aus den geliehenen Turnschuhen zurück in meine Sandalen. Nils rennt über den Kiesplatz.

»Natürlich nicht«, sagt Marion, »von mir nimmt sie ja nie was an. Aber du könntest was sagen. Dass sie ihm doch mal ein Projekt lassen soll, wenn er schon eine Idee hat. Schließlich beklagt sie sich die ganze Zeit, er sei so passiv seit dem Herzinfarkt. Hier, deine Eier.«

Sie streckt mir eine Papiertüte hin, ich nehme sie vorsichtig an, köstliche, kleine, frische Eier.

Wir umarmen uns.

»Schön, dass du da warst«, sagt sie, »nächstes Mal reden wir von dir.«

Nils baggert neben dem Stall auf dem Kieshaufen, ich winke ihm zu, blicke noch einmal zum Sandplatz. Vater ist jetzt verschwunden, hat das Pferd in den Stall gebracht, mistet die Boxen aus und fährt danach die paar Minuten zurück nach Hause, zu seinem Garten, zu seinen englischen Rosen in allen Farben.

Nachdem er pensioniert wurde, hat er hinter dem Haus die Erde umgegraben und kleine Kräuterbeete angelegt. Hat angefangen, Bohnen und Zucchini zu pflanzen und Rosen zu kaufen. Und ich habe begonnen, bei jedem Besuch nach dem Garten zu fragen. Wir gehen dann gemeinsam zu den Beeten, stehen nebeneinander am Rand, setzen die Füße vorsichtig auf die kleinen Wege, er zeigt mit dem Finger auf die verschiedenen Pflanzen, flüchtig, uninteressiert, als würde er einfach über sie hinwegwischen. Er durchschaut meine Fragen nach den Gemüsesorten, nach dem Umgraben der Erde und dem Ziehen der Setzlinge. Ich interessiere mich nicht wirklich dafür. Ich habe nur ein verkümmertes Blumenbeet zu Hause, dort, wo vor ein paar Jahren der Hasenstall der Kinder stand. Aber ich will Kontakt herstellen, ich will ihm zeigen, dass ich mich für ihn interessiere. Natürlich reicht der Garten nicht aus, egal, wie viel Gemüse er abwirft, wie herrlich die Rosen duften, seine Arbeit bringen sie ihm nicht zurück, seine Stellung in der Gesellschaft, seine Beziehung zu mir.

22

Auf der Nachhausefahrt beginnt es zu regnen. Kleine, perlende Tropfen, die aus dem farblosen Himmel fallen. Ich schalte die Scheibenwischer ein und stelle die Musik aus, um den Regen besser hören zu können. Ich frage mich, wie Marion mit Vater reden wird, wie sie ihm sagen wird, dass sie jetzt die Chefin ist, und dass er sie fragen muss, bevor er eine Entscheidung trifft. Er wird verletzt sein, er wird sie nicht verstehen. Er meint es ja nur gut.

Ich gebe Gas und überhole einen Holztransporter. Marion wird das schon hinkriegen, sie wird es aushalten. Sie ist nicht wie ich, die sich lieber hundert Jahre lang verstecken würde, als Streit mit ihm zu riskieren. Einmal habe ich ihn beleidigt, vor vielen Jahren, als ich noch zu Hause wohnte. Es hat Tage gedauert, bis er wieder mit mir sprach. Dabei hatte ich nur einen Spruch über seine platten Füße gemacht. Hatte gedacht, er könne darüber lachen. Heute ist sein Gehör so schlecht, dass man sich dicht neben ihn setzen muss, wenn man ihm etwas sagen will. Ich habe Marion geraten, ihn zuerst zu loben, ihm zu danken für seine Arbeit, ihm zu sagen, dass sie zu schätzen weiß, wie viel er für sie tue. Denn er wird denken, sie sei undankbar. Das wird er ihr nicht sagen, aber er wird es in sich einschließen wie einen Kiesel, der mit der Haut verwächst und zu einer weiteren Verhärtung wird.

Seit neustem erzählt er manchmal etwas von früher. Er sagt, mein Vater hat mich nicht geliebt, er hat nicht einmal gewusst, dass es mich gibt. Und als er eines Tages auf dem Vorplatz unseres Hauses über meine Holztiere stolperte und der Länge nach hinfiel, verfluchte er mich. Er rappelte sich auf und versuchte mir eine Ohrfeige zu verpassen, aber ich war schneller. Ich rannte über den Hausplatz davon, am Nachbarhaus vorbei und blieb weg, bis Mutter zum Abendessen rief. Da sass er am Ende des Tisches, den Blick in die Zeitung gerichtet und sah mich nicht mehr an.

Auf der anderen Seite des Tunnels hat es aufgehört zu regnen. Ich sehe von Weitem die alte Burg über der Autobahn. Ich wollte da immer mal hin, aber jetzt würden Flynn und Nora nicht mehr mitkommen. Ich könnte es Vater vorschlagen. Ich denke in letzter Zeit oft, wo ich noch mal mit ihm hinkönnte. Es gibt da ein schönes Restaurant, wo man unter Platanen sitzt und über die Stadt blickt. Nichts Fernes, Ausflugsziele in unserer Gegend, die ich noch nicht gesehen habe. Flüsse, Burgen, Juraausläufer. Ich könnte mir sagen, ich hätte es noch einmal versucht. Ich könnte ihn über früher ausfragen, und er würde mir noch einmal Szenen erzählen, die ich schon kenne. Ich könnte ihn fragen, was das Schlimmste daran ist, alt zu werden. Wir würden einen Blick teilen, uns gemeinsam an der Landschaft freuen. Vielleicht würden wir schweigen, aber es wäre ein gutes Schweigen.

Wenn Vater früher mittags von der Arbeit nach Hause kam, musste er uns immer zuerst suchen gehen. Wir stoben in alle Richtungen davon, wenn wir sein Auto auf den Hausplatz fahren hörten, versteckten uns hinter dem Sofa und den Kinderzimmertüren, stritten uns um das beste Versteck. Es war der einzige Moment des Tages, an dem Vater sich Zeit für ein Spiel nahm, er rief unsere Namen und suchte uns an den unmöglichsten Orten, bis Mutter das Essen auf den Tisch stellte.

Nach dem Essen legte er sich jeden Tag für zwanzig Minuten aufs Sofa, schlief schnell und tief, bis er Punkt dreizehn Uhr von selbst wieder aufwachte. Er trank im Stehen einen Espresso und verabschiedete sich mit Küssen von uns allen. Ich sehe ihn noch heute, wie er auf dem braunen Ledersofa mit ausgestreckten Beinen und über der Brust gefalteten Händen liegt und schläft, wie sich sein Bauch dabei leicht hebt und senkt. Manchmal scheuchte Mutter uns weg, damit er sich besser erholen konnte, denn er hatte es schwer im Geschäft, es gab immer wieder Geschichten mit Kunden, die nicht zahlten, oder Arbeitern, die ihn um Geld baten. Einige weinten, sie hatten gewettet oder sich anderweitig verschuldet, sie würden es ihm zurückzahlen, in Raten und so schnell wie möglich. Es gab auch Männer, die Vater zu sich rief, weil sie zu viel tranken, zu oft fehlten, weil er ihnen ein Ultimatum stellen musste. Es gab Unfälle, die er wegstecken musste, abgerissene Finger, zerquetschte Glieder, es gab flehende Ehefrauen, die plötzlich in seinem Büro standen und ihn um eine letzte Chance für ihren Mann baten.

Das waren Geschichten, die Mutter uns erzählte, wenn wir ihn in Ruhe lassen sollten, wenn er wie betäubt vor dem Fernseher saß oder am Wochenende länger auf dem Sofa lag und schlief. Die Arbeits- und Geschäftswelt war ein Universum, welches ihn verschluckte und die meiste Zeit für sich behielt, um ihn dann irgendwann, müde und leer, wieder auszuspucken. »Er macht das für uns, für euch, damit wir es guthaben«, sagte Mutter, »wir haben es ja so gut.«

Ich glaubte ihr, ich glaubte an das Bild, das sie von Vater zeichnete. Ein selbstloser, charakterstarker Held, der sich für die Familie abrackerte. Erst viel später, als er schon lange nicht mehr arbeitete und sich seinen Rosengarten angelegt hatte, als er immer weniger hörte und immer weniger sagte, sah ich, dass er den Weg zu uns zurück nie gefunden hat.

Zu Hause lege ich die Eier in eine Schale und stelle sie auf die Küchenablage. Marion sagt, der Kühlschrank sei zu kalt für Eier. Ich gieße die Pflanzen und überlege, was ich zum Abendessen kochen soll. Ich setze mich mit einem Kaffee an den Küchentisch. Auf der Lampe liegen zwei kleine Mücken im Staub, es ist still im Haus.

Vaters Gesicht wird erstarren. Er wird sich abwenden und nichts mehr sagen. Marion könnte ihm zuliebe schweigen, sie könnte Rücksicht nehmen.

Ich stehe auf und stelle mich ans Fenster, blicke auf den Waldrand in der Ferne, auf dieses kleine Dorf und wie es sich zwischen die Hügel eingebettet hat.

Was ist los mit mir? Jahrelang habe ich gepredigt, jede müsse für sich einstehen, müsse den Mund aufmachen und sagen, was ihr nicht passt. Und jetzt will ich Marion den Mund verbieten, weil Vater damit nicht klarkommen könnte? Jetzt will ich ihn plötzlich schonen?

Ich könnte auch weghören und von allem gar nichts mitbekommen. Unsere Eltern sind diskret, wenn es irgendwie geht, reden sie nicht über die anderen Töchter, erst recht nicht, wenn sie von ihnen verletzt wurden. Man muss schon den richtigen Moment erwischen, muss anrufen, wenn die Wunde noch frisch ist, eben erst geschnitten, dann kann es sein, dass Mutter etwas erzählt, sich den Schmerz von der Seele reden muss.

Ich sollte mich um meinen eigenen Kram kümmern. Aber wo beginnt mein Kram, und wo hört er auf?

Ein paar Tage später erzählt Mutter am Telefon, dass Marion ihre alte Stute einschläfern musste. Ich frage, weshalb, aber sie weiß es nicht.

»Ich habe ihr einen großen Blumenstrauß und frische Erdbeeren mitgebracht, weil sie so traurig ist«, sagt Mutter, und ich lobe sie dafür.

Am Nachmittag rufe ich Marion an. Ich höre die Jungs im Hintergrund spielen, es scheint ein guter Moment zu sein, um zu telefonieren.

»Hey, Mutter hat mir das von Nieve erzählt.«

Marion beginnt sofort zu weinen.

»Es tut mir leid«, sage ich, »entschuldige.«

»Schon gut«, sagt sie, »ich muss ja darüber reden können.«

Aber sie schluchzt immer heftiger, bis sie gar nicht mehr sprechen kann und auch ich fast zu weinen beginne. Schließlich sagt sie noch einmal, es sei schon gut, sie hätte ja die richtige Entscheidung getroffen. Die Stute hätte auch noch eine Weile länger vom Stall auf die Weide und von der Weide zurück in den Stall trotten können, während die Herde an ihr vorbeizog, aber sie habe erste Bisswunden an ihrem Hals entdeckt, und das sei das Zeichen, dass die Herde beginne, die Stute auszuschließen.

Als sie die Stute von der Weide geholt habe, weil die Tierärztin jeden Moment kommen musste, habe Nieve gebockt und sich zum Glück nicht an sie gedrückt, wie sie es befürchtet habe.

»Ich musste richtig streng zu ihr sein, das war gut. Sonst wäre alles noch schwerer geworden.«

Nieve war Marions erstes Pferd gewesen, mit ihr fing sie an zu springen, absolvierte die ersten Prüfungen und gewann die ersten großen Turniere. Zu ihr ging sie jeden Abend nach der Schule und später nach der Arbeit in den Stall, um die Box zu misten, das Pferd zu putzen und auszureiten. Im Winter bei Dunkelheit und Minustemperaturen, und im Sommer durch Wolken aus Bremsen und Fliegen. Nieve war ein Pferd, das schnell durchgehen konnte, aber Marion hatte sie im Griff. Ein Pferd mit einem edlen Gemüt, selbstbewusst, eigenwillig und stur, wenn es sein musste. Wenn Nieve etwas wollte, konnte Marion sie kaum davon abbringen. Es war offensichtlich, wie ähnlich sich die beiden waren.

Einmal setzte mich Marion auf die Stute, während wir eine geteerte Straße hinunterliefen, die aus dem Wald hinausführte. Mit einem kleinen, eleganten Hüpfer warf sie mich ab, und Marion klopfte sich, als sie mich auf dem Boden liegen sah, auf die Schenkel und lachte. Ich hatte immer behauptet, ich könne reiten, mich auf einem Pferd halten, aber Marion hatte nur den Kopf geschüttelt und gesagt: »Nicht auf einem richtigen Pferd.«

Sie erhielt die Stute als Geschenk zu ihrem sechzehnten Geburtstag. Vater war glücklich, dass wenigstens eine der drei Töchter seine Leidenschaft für Pferde teilte. Marion verbrachte jede freie Minute im einzigen Pferdestall des Dorfes, sie freundete sich mit den Leuten dort an, ging mit ihnen Bier trinken und fuhr in den großen Transportern mit auf die Springkonkurrenzen. »Pferdeleute sind keine Weicheier«, sagte sie damals immer, »da geht es etwas grober zu, da flucht man und boxt sich und bumst auch mal mit jemandem, mit dem es sich eigentlich nicht gehört.« Wer so viel mit Geburt und Scheiße, mit Schaum vor dem Mund und Schweiß zu tun habe, der sei auch mit dem eigenen Körper unverkrampft.

Marion fühlte sich wohl in dieser Welt, das sagte sie immer wieder, sie musste nicht viel reden, konnte sich auf die Pferde konzentrieren, wusste, was zu tun war, und wenn es einmal nicht klar war, verschaffte man sich Klarheit. Man lenkte die Welt mit den Fingerspitzen und der Kraft der Schenkel.

Mutter bewunderte sie dafür. Für eine Disziplin und einen Fokus, von denen Jana und ich weit entfernt waren. Wir torkelten damals durch unsere Tage, benebelt oder verloren, ohne Boden, ohne Halt, immerzu auf der Suche.

Marion hat aufgehört zu weinen.

»Aber du hättest sie auch eines natürlichen Todes sterben lassen können, oder?«

Ich verstehe nicht, warum es ausgerechnet gestern sein musste, wie sie dazu kam, den Zeitpunkt festzulegen. Ich höre, wie sie Luft holt.

»Man darf sich, wenn es um den Tod eines Tieres geht, nicht plötzlich von seinen Gefühlen leiten lassen. Die Pferde haben durch den Menschen eine viel größere Lebenserwartung als in freier Wildbahn. In der freien Wildbahn werden sie von der Sippe verstoßen oder von einem Bären gerissen, aber wir lassen sie leiden, bis ihnen auf klägliche Art die Luft ausgeht. Das hätte ich nicht mitansehen können, nicht bei Nieve.«

Sie erzählt, wie sie Nieve in eine separate Box brachte, unten, neben dem Viehstall, und wie die Stute von der Tierärztin sediert wurde. Ich stelle mir vor, wie Marion neben ihr steht, über ihren Hals streicht, leise in ihr Ohr spricht, das alles gut wird, dass sie keine Angst zu haben braucht. Vielleicht verbietet sie sich zu weinen, vielleicht lässt sie die Tränen hemmungslos laufen. Nachdem das Pferd ruhiggestellt ist, erhält es eine Spritze, die bewirkt, dass es sich hinlegt. Dabei hält es die Augen offen, die ganze Zeit. Mit einer dritten Spritze wird der Herzstillstand herbeigeführt.

Einmal habe ich Marion auf eine Springkonkurrenz begleitet. Habe dabei zugesehen, wie sie die Pferde über die Rampe in die Anhänger führte, leise auf sie einsprach und vor den mächtigen Leibern in den kleinen, mit Stroh gefüllten Laster trat, der kaum Platz für sie beide ließ.

Später stand ich am Feldrand und sah sie im weißen Hemd majestätisch auf den Platz hinausreiten, sah, wie sie zur Jury hingewandt den Helm abnahm, ihn vor die Brust hielt und wartete, bis das Zeichen zum Start erging. Wie sie dann losritt, ohne dass man eine Bewegung von ihr sah, als könne sie mit ihren Gedanken das Tier in Bewegung setzen. Wie sie beschleunigten und gemeinsam das erste Hindernis nahmen, Marion tief über den Hals des Pferdes gebeugt. Ich bewunderte sie. Sie sah erhaben aus, edel und überlegen. Ich stieß die Luft mit einem kleinen Pfeifton aus und beneidete meine kleine Schwester um ihre Kraft und die Fähigkeit, zu lenken, diese Art von Beschleunigung zu erfahren, eins zu werden mit dem Moment.

Mit der ersten Schwangerschaft hörte sie auf zu reiten. Sie hätte das Kind fast verloren und musste die letzten drei Monate liegen. Also bestellte sie den Hufschmied, um den Pferden die Eisen abzunehmen, bevor sie sie auf die Weide ließ.

Marion muss langsam Schluss machen, die beiden Jungs werden lauter, rufen nach ihr, beginnen sich zu streiten, ich höre, dass sie mit ihrer Aufmerksamkeit nicht mehr richtig bei unserem Gespräch ist. Ich möchte zum Abschluss gerne etwas Tröstendes sagen.

»Du hast doch diese neue, junge Stute, die du so magst, wie heißt sie nochmal?«

Marion schweigt.

Dann sagt sie: »Crystal. Aber lass gut sein, Larissa. Ich dachte, wenn eine versteht, wie schwer es ist, loszulassen, dann du.«

23

Vor dem Elternhaus meiner Mutter stehen zwei uralte Platanen, sie müssen schon dort gestanden haben, als die Straße nur ein kleiner Weg war, befahren von Pferdekutschen und ersten Fahrrädern. Ihre Kronen reichen bis zu den Zimmern im ersten Stock. Als ich früher bei meinen Großeltern übernachtete, lag ich nachts manchmal wach und sah die Schatten der Blätter an der Zimmerdecke hin und her wandern, beobachtete, wie sie von den Scheinwerfern der Autos und dem gelben Licht der Straßenlampen an die Zimmerwand projiziert wurden.

Wenn Mutter samstags alles eingekauft hatte, fuhren wir noch bei den Großeltern vorbei. Großmutter bestaunte die Kleider, die Mutter für uns genäht hatte, für alle drei dasselbe Muster, Herbströcke aus dickem, wollenem Stoff oder Sommerkleider, Röcke im Seemannsmuster mit aufgesetztem Kragen für speziellere Anlässe, was hatte sie doch für eine tüchtige Tochter, was für hübsche Enkelinnen! Sie schlug die Hände zusammen und drückte uns an ihre Brust.

Nachdem wir etwas zu essen bekommen hatten, aufgebackene Brötchen oder Kuchen, liefen wir in den Garten, spielten Verstecken oder fütterten die Hühner. Im Winter schnüffelten wir in den verlassenen Zimmern der Tanten, spielten mit den vergessenen Wimpernzangen und ausgetrockneten Mascaras und kicherten über Tampons im Badezimmerschrank.

Damals war das Wohnhaus durch einen schmalen, nur von einzelnen Glühbirnen beleuchteten Flur mit dem Stall verbunden, man ging am Schweinekoben vorbei, in dem die Tiere wie verrückt grunzten, wenn sie einen kommen hörten. An der Wand im Flur hingen übereinandergestapelt die Leitern für die Kirschernte. Sie warteten auf den nächsten Sommer, lagen in der Dunkelheit wie gestrandete Wale.

Großvater suchten wir im Stall, wo er in einem dunkelblauen Overall auf einem Melkschemel saß, den er mit einem Ledergürtel um seine Hüften gebunden hatte, die Stirn an den Bauch einer Kuh gelehnt. Er lächelte, wenn er uns sah, und scheuchte uns gleichzeitig wieder weg; wir würden nach Stall riechen, wenn wir zu lange bei ihm blieben, in unseren schönen Kleidern und mit den sauberen Schuhen. Dann zeigte er auf die Schwalbennester oben an der Decke, über den zwischen Holzkolben eingesperrten, kauenden Köpfen der Kühe, er sagte: »Schaut, meine Schwalben«, und sie flogen durch die Stalltüre ein und aus in ihren schnellen Flugbahnen, mit ihren geschwungenen, spitzen Schwanzfedern.

Später wurde der Flur umgebaut, man flieste die Zimmer, in denen das Melkgeschirr gewaschen wurde, man baute Wasserhähne ein und stellte metallene Schränke auf, in die Stallkleidung und Werkzeug versorgt werden konnte. Das alte Hühnerhaus wurde abgerissen, Rasen gesät, und den Stall trennte man endgültig vom Wohnhaus durch eine große, helle Scheune, die mit Traktoren und Maschinen gefüllt wurde.

Heute löst die Klingel an der Haustüre in Großmutters Küche ein rotes Blinken aus, da sie sie nicht mehr hört. Sie strahlt immer, wenn sie mich sieht, verwirft die Hände, als wäre es die größte Überraschung, dass ich vorbeikomme. Während wir uns umarmen, höre ich das Pfeifen ihrer Hörgeräte.

»Dünn bist du geworden, Kind. Du wirst immer dünner, geht es dir gut?«

»Ich bin nicht dünner geworden, Großmutter und mir geht es super.«

Sie hält mich am Kinn fest. Ihre Augen sind klein heute, aber das noch immer gefärbte Haar ist perfekt frisiert. Jeden Morgen toupiert sie es mit einem dünnen Kamm auf.

»Mir geht es nicht gut heute«, sagt sie, »schon seit Wochen ist es gar nicht gut.«

Sie schüttelt den Kopf und geht ins Haus. Ich streife die Schuhe ab und hänge meine Jacke an die Garderobe.

»Ich wache auf und mein Herz rast so komisch. Dann kann ich natürlich nicht mehr einschlafen. Und ich friere seit Tagen. Alois Rickenbach hat zur Kirschenernte immer eine Weste aus Kaninchenfell getragen. Die Männer haben ihn natürlich ausgelacht, aber er hat gesagt, es sei für das Herz, damit es warm bleibe.«

Sie zuckt mit den Schultern und lächelt. Wir umarmen uns noch einmal, ich weiß nicht, was ich sagen soll, also überreiche ich ihr den Dahlienstrauß, den ich für sie auf dem Blumenfeld gepflückt habe. Sie stellt ihn auf das kleine Tischchen in der Stube, auf eine weiß gehäkelte Decke, und wir bewundern gemeinsam die Farben und Formen der Blüten.

»Komm in die Küche, ich habe Suppe für dich gekocht.«

Der Küchentisch ist mit einem Plastiktischtuch bedeckt. Ein Stapel Zeitungen und eine große Lupe liegen an Großmutters Platz.

»Ich habe Mehlsuppe für dich gekocht. Aber sie ist nichts geworden.«

Bei meinem letzten Besuch haben wir darüber gesprochen, dass ich noch nie Mehlsuppe gegessen habe.

»Die ist bestimmt gut geworden!«

Ich muss sie anschreien, und sie starrt auf meinen Mund und manchmal, wie bei einem Glücksrad, wenn es an der richtigen Stelle hält, versteht sie, was ich sage.

»Ich höre einfach nichts mehr«, sagt sie und schüttelt den Kopf.

Ich sehe, wie sie in ihrer umgebundenen Schürze am Herd steht, der gebückte Rücken, ich denke, ihr Gehör zieht sich zurück wie ihr Leben. Noch lebt sie alleine, noch schrubbt sie die Fliesen vor ihrer Gartentüre, auch wenn sie danach eine Nacht nicht schlafen kann, weil ihre Arme schmerzen. Noch kocht sie und bäckt Kuchen und Kekse für die Gefriertruhe, wäscht ihr Geschirr, immer langsamer, aber sie tut es. Einmal in der Woche kommen zwei Frauen, um zu putzen, ihre Schwiegertochter geht für sie einkaufen. Ihre Hände werden immer steifer, in ihren Fingern ist bereits kein Gefühl mehr, ich weiß, dass es nicht mehr lange so gehen wird. Mutter lebt als einzige Tochter im Dorf, und sie ist es, die mit Großmutter zur Gehörkontrolle fährt, ihr die fehlenden Medikamente besorgt oder mit ihr einen neuen Wintermantel kaufen geht, obwohl Großmutter findet, das lohne sich nicht mehr. Jeden Samstag bringt Mutter Blumen vorbei. Sie hält mit dem Auto und den Taschen voller Einkäufe auf dem Vorplatz, klingelt und ruft »Huhu«, während sie die Glastüre aufstößt. Großmutter hört sie nicht, aber sie weiß, dass sie noch vorbeikommen wird. Mutter stellt die Einkäufe auf den Küchentisch, umarmt sie kurz, fragt, wie es ihr geht. Meistens erzählt Großmutter von der Nacht und ihren Träumen, die Morgenstunden sind am schlimmsten, sie liegt wach und das Herz beginnt zu rasen, ihr Blut scheint zu gefrieren und sie denkt: »Kommt er jetzt und holt mich?«

Mutter versucht, sie zu beruhigen.

»Schau, diese schönen Tulpen, die waren Aktion im Coop, ein Drittel reduziert, dabei sind sie doch immer noch wunderbar, nicht?«

Sie wickelt den Blumenstrauß aus dem Papier, füllt eine Vase mit Wasser und stellt sie auf die Häkeldecke in der Stube. Großmutter folgt ihr. Ihre Stirn liegt in Falten, ihre Augen sind klein. Sie ist in Kampflaune. Aber Mutter ignoriert das. Sie plappert fröhlich drauf los.

»Gestern habe ich ein neues Rezept ausprobiert, Fisch in der Salzkruste, ganz einfach, aber wahnsinnig gut.«

»Du hattest also wieder Gäste.«

Mutter sagt nichts und läuft in die Küche.

»Ich hätte die Salbe aus der Apotheke schon gestern gebraucht«, ruft ihr Großmutter nach.

Mutter behauptet, Großmutter sei eifersüchtig. Ihre eigene Mutter sei eifersüchtig auf das volle Leben ihrer Tochter.

»Ich habe dir ja die Salbe jetzt mitgebracht. Und auch noch die restlichen Medikamente. Wo ist deine Tablettendose?«

Großmutter geht ins Schlafzimmer und kommt mit der Plastikschale zurück, in die Mutter für jeden Wochentag die Medikamente verteilt. Dabei erklärt sie Großmutter, welche für was gut ist. Großmutter verwirft einmal mehr die Hände.

»Das kann ich mir nicht merken, das sind zu viele Tabletten!«

Ihr Ton ist frustriert und etwas unwirsch, und Mutter hat jetzt genug von diesem undankbaren Verhalten. Sie wirft die Packungen auf den Tisch und sagt: »Da kann ich doch auch nichts dafür! Das mach' ich ja alles für dich!«

Sie wollte sich Zeit nehmen und auf eine Tasse Tee bleiben, aber sie kämpft mit den Tränen, immer dieser Undank, immer diese Forderungen! Sie räumt die Verpackungen weg und sagt, sie müsse wieder los, die Einkäufe im Auto würden verderben, und sonst habe sie auch noch so viel zu erledigen. Sie komme Anfang der Woche wieder vorbei.

Großmutter verehrt meinen Vater. Sie wird nicht müde, seinen geradlinigen Charakter zu preisen, sein edles Wesen zu loben. Mutter rollt dann immer mit den Augen und sagt: »Ja, ich weiß. Ich habe unendlich viel Glück gehabt, diesen Mann zu bekommen. Wie hält er es nur mit mir aus?«

Einmal habe ich gesehen, wie sie sich vor ihre Mutter hingestellt hat und mit erhobenem Kinn sagte: »Ist dir vielleicht schon einmal in den Sinn gekommen, was für ein Glück er mit mir hatte?«

Großmutter hat darauf nur den Kopf geschüttelt, das tut sie immer, wenn sich die beiden streiten. Alex ist nun mal ihr liebster Schwiegersohn, da kann man nichts machen. Alles, was Alex sagt, hat eine größere Strahlkraft. Wie lange hat sie überlegt, ob sie für tausende von Franken neue Hörgeräte kaufen soll. So viel Geld. In ihrem Alter. Niemand habe ihr sagen können, was sie tun solle, nur Alex. »Mutter, das ist doch Lebensqualität, das musst du tun«, habe er zu ihr gesagt und dann wusste sie, was zu tun war.

»Auf ihn habe ich gehört«, sagt sie jetzt zufrieden, »nur nützen auch die modernsten Hörgeräte nichts bei einem Gehörverlust von hundert Prozent.«

Ich sage: »Dann musst du halt mehr erzählen, ich höre dir gerne zu.«

»Wie bitte?«

Ich wiederhole es, sie nickt. Ich denke, dann müssen wir uns halt aus den Augen lesen, müssen uns auf Zetteln oder Tafeln die wichtigsten Sätze aufschreiben. Aber das sage ich nicht, schon jetzt kürze ich meine Sätze oder schweige.

Wir sitzen uns gegenüber und löffeln die Mehlsuppe. Sie schmeckt scheußlich. Ein dickes, braunes Mus mit undefinierbarem Geschmack. Sie hat sie zu lange eingekocht, obwohl sie ihr früher so gut gelang, das betont sie mehrmals, früher habe sie immer Mehlsuppe für Großvater gekocht.

»Ich verlerne das Kochen«, sagt sie, »wie kann das sein?«

Sie spült die restliche Suppe den Abfluss hinunter.

»Das sagst du aber niemandem, Larissa, ja?«

Gemeinsam räumen wir die Küche auf. Danach frage ich sie, ob wir noch ein bisschen spazieren gehen sollen.

»Ich kann uns mit dem Auto ein Stück aus dem Dorf rausfahren, auf den Feldweg unterhalb eures alten Grundstückes, in der Nähe der Eierfarm, wenn du möchtest.«

Sie freut sich. Sie kann nicht mehr weit gehen ohne Hilfe, und sie liebt diese Gegend, das weiß ich. Sie hat auf diesem Stück Land vor über fünfzig Jahren mit Großvater zusammen Kirschbäume gepflanzt, die sie jahrelang jeden Sommer mit vielen Helfern abgeerntet haben. Am Ende der Ernte gab es ein Fest für alle Helferinnen und Helfer. Poulets wurden über der Feuerstelle gegrillt, und in der kleinen Hütte neben dem Fuchswäldchen aß und trank man bis in die späte Nacht. Es war Großmutters Lieblingszeit, die Kirschenernte, es war die strengste Zeit des Jahres, aber auch die schönste.

Auch die Landwege oberhalb der Eierfarm werden neu gemacht, darum parken wir am Wegrand, direkt neben der Weide, auf der die großen, zerzausten Galloway-Rinder grasen. Sie blicken kurz hoch und grasen dann weiter.

»Das ist die Eierfarm von Lenni und seiner Familie«, sagt Großmutter, und ich sage: »Klar, das weiß ich doch.«

»Die haben gute Eier«, sagt sie, »ich habe welche bestellt für meinen Geburtstag, für die Eiersandwiches. Es müssen ältere Eier sein, die lassen sich besser schälen.«

Ein weißer Lieferwagen mit aufgemalten Hühnern biegt aus der Kurve vor dem Wohnhaus. Lenni sitzt hinter dem Steuer, ich erkenne ihn sofort. Leonard, Eier-Lenni. Sein schwarzes Haar ist inzwischen grau geworden, aber sein runder Kopf, die gutmütigen Gesichtszüge sind auch durch die Windschutzscheibe und vom Feldweg aus zu erkennen. Er muss jetzt um die fünfzig sein.

Er hebt die Hand und ich winke zurück.

»Hat Lenni eigentlich jemals geheiratet?«

Großmutter stützt sich mit ihrer linken Hand auf den Gehstock und klammert sich mit der anderen an meinen Arm fest.

»Nein, der hat keine Frau!«

Sie bleibt bei jedem Satz, den sie sagt, stehen und blickt übers Land. Ich fahre währenddessen mit meiner Schuhspitze im lehmfarbenen Split hin und her. Es ist ein hübscher Weg, sie haben ihn neu gemacht, ab und zu findet man zerbrochene Steine, die wie Kristalle leuchten. Ich hebe einen auf und stecke ihn in meine Jackentasche. Ein Talisman für Flynns Prüfung morgen.

»Warum eigentlich nicht?«, schreie ich ihr ins Ohr.

Seit wir draußen sind, scheint sie mich besser zu verstehen. Der Himmel ist klar und leuchtend blau, keine einzige Wolke ist zu sehen, Novembersonne über den schlafenden Äckern.

»Er hatte doch diese Thailänderin, die wollte er unbedingt heiraten, aber ihr war der Hof zu schmutzig. Sie hat dann seinen besten Freund geheiratet, weißt du, Rolf, der Sohn von Frau Zehnder.«

Darüber hat man sich im Dorf das Maul zerrissen, Lenni wieder, der Arme, der Pechvogel, andererseits, was sollte eine Thailänderin auch auf einer Eierfarm? So redeten sie am Stammtisch im Bären. Über Rolf schien sich niemand zu ärgern, Rolf nahm sich, was er wollte, der hatte seinen festen Platz in der Weltordnung des Dorfes. Sie hätten halt nicht so oft etwas zu dritt unternehmen dürfen, nicht so oft zusammen jassen oder Monopoly spielen unter dem fahlen Licht in der Küche der Eierfarm. Lenni hätte vorsichtiger sein müssen. So könne es dann eben gehen.

Ich drehe mich noch einmal um und blicke zurück zum Wohnhaus, ein dunkelrotes Backsteingebäude inmitten von alten Obstbäumen. Am Haus entlang führt der Kirschbaumweg, den sie inzwischen ausgeschildert haben, und der jeden Mai Wanderer aus dem ganzen Kanton anlockt. Man sieht auf dem großen Platz vor dem Haus die Hühner, ein Feld aus weißen Punkten, das sich leicht bewegt.

»Neulich sind ihm zwei Galloway-Rinder gestohlen worden. Er schläft nach hinten raus, Richtung Feld, aber die Rinder müssen oben auf dem Hügel geweidet haben. Siehst du sie, hat er sie ersetzt?«

»Ich sehe fünf.«

»So. Dann hat er neue gekauft. Die sind teuer.«

Großmutter blickt in die Richtung der Rinder. Die spitzen, geschwungenen Hörner ragen in die Luft, die Stirnfransen fallen ihnen über die Augen. Fremdkörper in der sanften Landschaft, kein Moor, keine Brachflächen. Ich versuche Großmutter zum Weitergehen zu bewegen, indem ich leichten Druck auf ihren Arm ausübe. Sie bleibt stehen und sucht die Weide ab.

»Ich frage mich die ganze Zeit, wem dieses Land hier gehört. Es könnte Kurt Kramer gehören, aber ich bin mir nicht sicher.«

Ich gebe es auf und passe mich ihrem Tempo an. Sie ist stur, sie bestimmt. Ich zeige auf einen Grat in der Ferne.

»Siehst du, wenn man den Weg dort weitergehen würde, käme man irgendwann zu Marions Hof.«

»Oh ja. Aber da müsste man noch ein Stück gehen. Willst du sie besuchen?«

»Nein, nein, jetzt bin ich hier bei dir.« Ich versuche es noch einmal mit einem sanften Ziehen, ich bin sicher, dass sie es bemerkt. Sie ist schwer wie ein Granitblock.

Endlich setzt sie sich in Bewegung. Ich denke an Eier-Lenni und warum es bei ihm nicht geklappt hat.

»Warum, denkst du, hat Lenni nie eine Frau gefunden?«

Sie bleibt wieder stehen.

»Ach, weißt du, die jungen Bauern haben es nicht leicht heutzutage. Die jungen Frauen wollen nicht mehr auf einem Hof wohnen, die interessieren sich nicht mehr für Landwirtschaft, das ist ihnen alles zu schmutzig und zu viel Arbeit. Wie soll man so eine Frau finden?«

Sie seufzt und setzt langsam einen Fuß vor den anderen. Ihre Beine sind in hautfarbene Stützstrümpfe gewickelt, die sie sich noch jeden Morgen selbst anzieht.

Ich erinnere mich, dass ich Lenni früher bei Großmutter traf, wenn er ihr Eier vorbeibrachte. Lenni grinste immer, aber er war zu scheu, um mit mir zu sprechen. Später, als ich um die zwanzig war, traf ich ihn noch einmal auf einem Fest, das zur Feier des neuen Rinderstalles auf dem Hof meiner Großeltern ausgerichtet wurde.

Er stand damals auf der Wiese hinter dem neuen Stall am Grill und kurbelte am Spieß mit den Hühnern. Er trug Jeans und ein weißes T-Shirt, seine schwarzen Haare waren in leichten Wellen nach hinten gekämmt, er hatte sich hübsch gemacht. Er wirkte ein bisschen bullig mit seinen kräftigen Armen und dem runden Kopf, unbeholfen und scheu. Aufmerksam blickte er in die Runde, um zu sehen, wer alles gekommen war, die Familie mit den Schwestern und ihren Kindern, die benachbarten Bauern, gemeinsame Bekannte aus dem Dorf. Als er mich sah, hob er kurz das Kinn, nickte mir zu, so wie man hier alte Bekannte begrüßt, Leute, von denen man weiß, wer sie sind. Ich nickte zurück. Ich hatte schon ziemlich viel von Mutters Erdbeerbowle getrunken und lief zu ihm. Ich wusste um meine Wirkung, ich trug Jeans, mein T-Shirt war eng geschnitten und über den Brüsten stand in großen Leuchtbuchstaben Help Yourself, mein Haar fiel in roten Locken über die Schultern, es glänzte, ich hatte es frisch gewaschen. Ich hatte das letzte Wochenende mit dem Schlagzeuglehrer meiner alten Schule verbracht und war angriffslustig wie ein junger Stier.

»Hallo, Lenni. Wie läuft's mit den Hühnern?« Ich nickte in Richtung Grill.

»Oh, ganz gut, die sind bald so weit. Hallo, Larissa, lange nicht gesehen. Wie geht's?«

Er musterte mich von Kopf bis Fuß. Sein Blick blieb an meinem T-Shirt hängen, ich streckte den Rücken durch und lächelte ihm zu.

»Gut. Ich fliege in zwei Monaten weg. Werde ein Jahr lang verreisen. Endlich raus aus diesem Kaff, diesem Kanton, diesem Land.«

Er runzelte die Stirn, dann räusperte er sich.

»Ein ganzes Jahr?«

»Ja.«

Ich fixierte seinen Blick, während er weiter am Grill drehte. Schließlich schaute er weg. Ich wusste, dass ich ihn in der Tasche hatte, ich atmete diese Möglichkeit tief ein, tief hinunter, warum nicht? Ich könnte mich auch in Lennis Armen wiegen lassen, ihn heiraten und mit ihm die Eierfarm führen, könnte mich in diesem Tal einbetten, im klar strukturierten, vorgegebenen Alltag, in bekannten Abläufen, die man kennt und bei denen man stets weiß, was zu tun ist. Ich hätte Geranien vor den Fenstern, würde Gemüse einmachen und Adventskränze flechten, Vorhänge nähen und Küken züchten. Lenni wäre sicher ein guter Mann, der mich auf Händen trüge. Ich müsste kirchlich heiraten und mich mit seiner Mutter arrangieren, aber das könnte spannend sein, eine echte Aufgabe. Er würde nicht viel sprechen, ich müsste ihm wahrscheinlich ein paar Dinge beibringen, aber noch wäre er offen mit seinen unerfahrenen dreißig Jahren, noch könnte ich ihn beeinflussen. Vielleicht wollte ich ja gar nicht, was ich immer zu wollen geglaubt hatte? Vielleicht lag das, was ich wirklich wollte, direkt vor meinen Füssen? Ich könnte im Dorf bleiben, in der Geborgenheit, dem Altbekannten. Alle würden mich kennen, und ich würde alle kennen. Man ginge an den großen katholischen Feiertagen zur Kirche, zumindest am Anfang, zu den Konzerten der Musikgesellschaft, in der Lenni Trompete spielte, man würde mit Bekannten, deren Großeltern man schon auf dem Kindergartenweg gegrüßt hatte, auf Festbänken sitzen und Wein aus kleinen Flaschen trinken, Bratwürste essen oder gemeinsam ein Fondue teilen, man würde sich gegenseitig zum Geburtstag besuchen, kurz abends mit einer Flasche Wein oder einem Blumenstrauß auftauchen, aus Höflichkeit, weil die anderen ja auch gekommen waren beim eigenen Geburtstag, man nähme dann noch einen letzten Schnaps und würde seinen Mann am Arm stützend nach Hause begleiten. Man wüsste voneinander, von den Geburten und Krankheiten der Kinder, von den Unfällen und Verrücktheiten der Hiergebliebenen. Wie Kramer seinen Hof versoff. Dass der alte Mangold verschwunden war und man ihn in der Güllengrube vermutete, aus dem Weg geschafft von seiner Frau.

Ich ließ Lenni an jenem Nachmittag stehen und setzte mich in den Geländewagen meines Vaters, um mit den Hunden spazieren zu gehen. Ich parkte das Auto am Dorfrand und lief auf den nahen Hügel bis zum Aussichtspunkt, von dem man über das ganze Dorf blicken kann, bis weit in die Ebene hinein. Ich sah das Haus meiner Eltern, den Hof meiner Großeltern und etwas weiter hinten die Eierfarm. Ich sah die Kirschbäume und die Weideflächen, die Silos der Bauernhöfe und die neu gebaute Turnhalle, in der ich mit meinen Kindern ins Mutter-Kind-Turnen gehen würde. Ich fuhr mit dem Finger den Weg ab, den meine Kinder von der Eierfarm bis zum Schulhaus zu gehen hätten. Ich schwor mir im Beisein der beiden deutschen Doggen meiner Eltern, dass ich ein bisschen weiterkommen musste.

Großmutter löst sich von meinem Arm und zeigt auf zwei große Vögel. Sie fliegen direkt über unseren Köpfen, stoßen immer wieder in den Himmel, umkreisen sich, lassen sich fallen, einmal zieht der eine den anderen hoch, dann wechseln sie sich wieder ab.

»Sind das Milane oder Mäusebussarde?«, frage ich.

»Es sind Rotmilane. Von denen gibt es viel zu viele hier, mit all dem Ackerbau, kein Wunder.«

Es ist das Tal, in dem Großmutter ihr ganzes Leben verbracht hat. Ein Tal im Mittelland mit Grenzen, die sich über Jahrhunderte hinweg immer wieder verschoben haben, nachdem immer wieder Armeen durchmarschiert sind.

Heute erzählt sie mir noch einmal, wie sie an jenem Tag, an dem ihre Mutter starb, in der sengenden Septemberhitze Gerste zusammenband. Der Vater zeigte auf das davonfahrende Postauto und sagte: »Schau, Mädchen, dort fährt Mutter zur Kontrolle ins Spital.«

Sie behielten sie dort und operierten noch am selben Tag. Es hieß, sie hätte ein Magengeschwür, aber Großmutter sagt, es müsse Krebs gewesen sein, man habe es damals einfach nicht so genannt.

In der Nacht wurde sie vom Postboten geweckt, der das einzige Telefon im Dorf besaß. Er klopfte ans Küchenfenster, und sie hörte ihn sofort.

Das Spital habe angerufen, sagte der Pöstler, es gehe der Mutter sehr schlecht, sie solle den Vater wecken. Ihr Vater schreckte aus dem Schlaf hoch und starrte sie an, als sei sie ein Gespenst.

Bevor er ging, weckte er auch die anderen Kinder, ein Knäuel aus ineinander verschlungenen Armen und Beinen.

Er sagte: »Wollt ihr mitkommen, Mutter besuchen?«

Die aus dem Schlaf gerissenen Kinder verstanden nicht, blinzelten und wollten nichts weiter, als zurückzufallen in den Schlaf. Auch Großmutter wollte zurück in ihr Bett, sie stand mit nackten Füssen auf dem Boden und fror. An dieser Stelle beginnt ihre Stimme immer zu zittern.

»Ich hätte mitgehen sollen. Ich hätte mich verabschieden können. Ich habe es nicht besser verstanden. Ich war noch ein Kind.«

Von da an erhielt Großmutter einen Tag in der Woche schulfrei, um Brot zu backen, und sie lacht, wenn sie erzählt, wie ihr die erste Ladung verbrannt ist, weil sie noch nicht wusste, wie stark man den Ofen einfeuern muss. Als der Vater wenige Monate später an die Grenze eingezogen wurde, waren sie beim Heuen, die Luft dick und heiß und unter ihrem Kopftuch juckte der Schweiß.

»Ich schwitze viel zu gut für eine Frau«, sagt sie dann immer.

Also kümmerte sie sich um den Haushalt, um die kleinen Geschwister, stellte keine Fragen, überlebte, wurde ohne Mutter groß.

»Man kann es sich nicht vorstellen. Die plötzliche Abwesenheit der Mutter, ihr leerer Platz am Tisch, am Herd, abends vor dem Einschlafen. Sie hat viel mit uns gesungen, wir haben gearbeitet und danach hat sie immer gesagt, kommt, lasst uns noch ein Lied singen. Die Stille danach, die uns umgab, das kann man sich nicht vorstellen.«

Nein, diese Art von Abwesenheit kenne ich nicht, denke ich. Ich kenne nur die Abwesenheit der Anwesenden.

Ihre Stimme wird leiser, aber sie bleibt fest.

»Mein Vater war sehr streng, weißt du«, erzählt sie dann. »Als ich Johann geheiratet habe und zu ihm zog, hat Vater zu mir gesagt, wenn es nicht klappt, bist du schuld.«

24

Kurz vor meinem sechzehnten Geburtstag wurde die Grotte von Chauvet entdeckt. Über vierhundert Zeichnungen von Schneeleoparden, Wildpferden, Bären und Bisons wurden auf Felswänden in einer Höhle gefunden, die im Süden Frankreichs am Fluss Ardèche liegt. Die Höhle entstand als unterirdische Abkürzung des Flusses, aber als der Meeresspiegel anstieg, nahm der Fluss einen anderen Verlauf und so wurden weite Teile der Höhle für Tausende von Jahren verschlossen. Der erforschte Teil besteht aus vier riesigen Sälen, deren Wände mit Malereien bedeckt sind, die umso kunstvoller werden, je tiefer man in die Dunkelheit eindringt. Ich las damals alles, was sich über die Grotte auftreiben ließ, sass stundenlang vor den Artikeln mit Fotos von den Zeichnungen, betrachtete die anmutigen Tiere, Pferdeköpfe, die wie eine Prophezeiung ihre Köpfe neigen, Bären, die nebeneinander über die Felswände stürmen. Urwesen, die uns etwas erzählen sollen, das konnte ich erkennen, ihr Blick immer in dieselbe Richtung gewandt.

Ich würde hinfahren und mir alles ansehen, wenn ich das Abitur in der Tasche hätte, das war der einzige Plan, den ich für meine Zukunft fasste.

Aber die Höhle wurde nie für die Öffentlichkeit zugänglich gemacht.

Inzwischen gibt es eine identisch nachgebaute Grotte ein paar Kilometer von der echten entfernt. Ich bin immer noch nicht hingefahren, obwohl mich die rot umrandeten Hände verfolgen, seit ich das erste Mal ein Bild von ihnen sah. Hände, als Schablonen auf den Felsen gelegt und mit roten Pigmenten besprüht, roter Ocker, der mit Speichel vermengt direkt aus dem Mund oder durch ein Schilfrohr gepustet über die Hände gesprüht worden sein muss. An einem Ort, an den kein einziger Lichtstrahl mehr eindringt, haben Menschen ihre Welt in vollkommener Finsternis festgehalten. Was wollten sie sagen? Ich war hier. Ich lege Zeugnis ab. Ich habe mich in die Dunkelheit gewagt, ich habe das Licht gekannt. Ich habe mich mir zugewandt?

Nach dem Abitur flog ich nach Kanada. Ich hatte jede freie Minute in einer Kneipe gearbeitet und mir mit dem Geld Flug, Rucksack, Schlafsack und ein kleines Zelt gekauft, ich wollte ein Jahr unterwegs sein, herausfinden, was ich danach machen würde, ich musste vorher etwas von der Welt sehen.

Für ein paar Monate lebte ich in Kanada auf einer Austernfarm in einer kleinen Hütte im Wald. Seit der Farmer Hendrik mit der letzten Hilfskraft ins Bett gestiegen war, duldete seine Frau keine weiblichen Rucksacktouristinnen mehr im Haus. Aber sie waren auf billige Arbeitskräfte angewiesen, Reisende, die für Essen und einen Platz zum Schlafen auf der Farm mitarbeiteten.

Also gaben sie mir einen kleinen Schuppen, etwa zehn Minuten vom Haus entfernt, mitten im Wald. Mir gefiel es, einen Ort für mich allein zu haben, den ich mir mit meinen wenigen Dingen so einrichten konnte, wie ich wollte. Ich schlief in meinem Schlafsack auf einem Brett, das ich auf zwei Holzblöcke genagelt hatte. Es gab einen kleinen Tisch, den ich ans Fenster stellte. Ich putzte die Scheiben, fegte Spinnweben und Mäusekot weg und stellte Blumen oder ein paar Zweige Farn in eine Blechbüchse. An die Wände pinnte ich meine Zeichnungen von sich aufbäumenden Pferden, Bisons und Löwen. Ich bildete die Höhle von Chauvet nach und schuf mir in diesem kleinen Schuppen im Wald, auf einer Insel im Meer, ein erstes eigenes Zuhause.

Hendrik gab mir eine Taschenlampe und sagte, ich müsse nachts auf dem Weg zu meiner Hütte laut singen, um die Bären zu vertreiben. Er streute weiße Muschelschalen an den Wegrand, damit ich mich nicht verirrte. Ich fürchtete mich vor der Dunkelheit und den Bären, aber dazu war diese Reise schließlich auch da, um mir Mut anzutrainieren, um Dinge zu tun, die ich vorher noch nie getan hatte. Also beobachtete ich angestrengt die dunklen Umrisse der Bäume, streifte mit meinen Fingern den Farn und sang mit lauter Stimme Lieder, die ich früher in meinem Zimmer zu Hause übersetzt hatte und von denen ich noch jedes Wort auswendig konnte. Ab und zu blickte ich in den Himmel, der voller leuchtender Sterne war. Ich fühlte mich allein und mutig und frei.

Auf der Farm konnte ich so lange bleiben, wie ich wollte. Ich mochte die Arbeit. Wir fuhren in den frühen Morgenstunden mit Booten an der Küste entlang, um Babyaustern an blauen Schnüren zu befestigen und sie dann zurück ins Meer fallen zu lassen, damit sie sich in der Tiefe vermehrten. Nachmittags holten wir Körbe voller Krabben ein und schrubbten auf dem Bootssteg Arbeitsgeräte.

Hendrik war ein vierzigjähriger Belgier, der sich im Westen Kanadas vor zehn Jahren eine neue Existenz aufgebaut hatte. Er war ein Aussteiger. Sein blondes Haar trug er zu einem dünnen Pferdeschwanz gebunden, er hatte ein zerfurchtes Gesicht und strahlend blaue Augen. Mit seiner Frau Mareike hatte er zwei kleine Kinder, der zweijährige Sohn war auf der Austernfarm zur Welt gekommen und Mareike war schwanger mit dem dritten. Sie war allein für die Hausarbeit und das Essen zuständig und sie kochte hervorragend, ich freute mich immer auf ihr Essen, wenn ich durchgefroren den Weg zurück zum Haus lief, aber ich fürchtete mich auch vor den Mahlzeiten. Sie sprach kaum mit mir und herrschte mich an, wenn ich am falschen Ort stand oder mich zu oft bedankte.

An meinem freien Tag fuhr ich mit dem Kanu aus der Bucht ins offene Meer. Oft tauchten Seehunde auf, begleiteten mich ein Stück, schienen mir zuzuzwinkern, fröhlich und verspielt. Ich war glücklich in dieser Zeit, füllte mein Tagebuch mit Landschaftsbeschreibungen und Träumen, zeichnete weiter Bilder von Meerestieren und galoppierenden Pferden und rauchte abends vor meiner Hütte eine selbstgedrehte Zigarette, während ich die Dunkelheit beobachtete. Ich dachte nicht oft an zu Hause. Manchmal stellte ich mir vor, dass meine Eltern mich vermissten oder wie sie sich bei meiner Heimkehr freuen würden, aber meistens vergass ich sie und meine Schwestern. Ich hatte noch keine Ahnung, wohin ich als nächstes ziehen würde, wahrscheinlich südwärts, Richtung Kalifornien. Dass ich es nicht wusste, war das, was mich am allerglücklichsten machte.

Mit der Zeit gab es immer öfter Streit zwischen Mareike und Hendrik. Mareike war inzwischen hochschwanger und konnte sich nur noch sehr langsam bewegen. Sie bereitete sich auf eine Hausgeburt vor, aber falls es Komplikationen geben würde, müsste Hendrik sie mit dem Boot aufs Festland fahren. Ihre Stimme überschlug sich, wenn sie schrie und oft warf sie mit Küchengeräten nach Hendrik, der mit eingezogenem Kopf in den Wald lief.

An einem Abend verließ ich die Küche, als es beim Abendessen wieder losging, und setzte mich unten beim Bootshaus ans Wasser. Wenn das Wasser sich bewegte leuchteten die Algen in der Dunkelheit und erzeugten kleine Explosionen von Funken.

Nach einer Weile sah ich, wie Hendrik über die schaukelnden Bretter zum Steg herüberkam.

»Darf ich mich neben dich setzen?«

»Klar.«

»Wir sind schrecklich, nicht wahr?«

Ich zuckte mit den Schultern.

»Weißt du, wenn man eine Weile verheiratet ist, wird es schwierig. Wir hassen uns, aber wir lieben uns auch.«

Ich sagte nichts. Ich hatte noch keine Ahnung, wovon er sprach.

Eine Weile saßen wir so nebeneinander.

Dann fragte Hendrik:

»Darf ich dich küssen?«

Er schien so verzweifelt, so traurig, ich dachte, warum nicht.

Aber es war kein richtiger Kuss. Er drückte seine Lippen auf meinen Mund und presste mich an sich, bis wir beide keine Luft mehr bekamen. Dann stand er auf.

»Entschuldige.«

Während er über den Steg zurücklief, brachte er das Plankton wieder in Bewegung. Lichtfunken schossen durch das schwarze Wasser hinter ihm, zerstoben und verlöschten wie im All.

Am nächsten Tag packte ich meine Sachen. Ich nahm die Zeichnungen und ein paar Muscheln mit, die ich später auf der Überfahrt mit der Fähre wieder ins Wasser warf. Mareike stand am Küchenfenster. Ich konnte sehen, wie müde sie war, wie ausgelaugt. Sie fuhr sich mit einer Hand durch die Haare, dann legte sie sie auf dem Bauch ab. Ich winkte ihr kurz zu, aber sie bewegte sich nicht. Hendrik brachte mich mit dem Boot zum Hafen, er wünschte mir Glück für meine Reise und ich wünschte ihm und Mareike Glück für die Geburt. Nebel zog zwischen den Holzstämmen auf und ein paar Vögel landeten auf dem Bootshaus.

Später stand ich auf der Fähre und sah dem Wasser zu, wie es sich teilte und schäumte, während ich immer weiter von der Insel wegfuhr.

Es war nicht Mareike und Hendriks Ehekrise, vor der ich damals flüchtete, oder mein schlechtes Gewissen, auch wenn ich das lange Zeit dachte. Ich flüchtete vor dem Bild der Mutter, das ich gesehen hatte: Eine unglückliche Frau auf einer Insel, von der sie alleine nicht mehr wegkommt.

25

Es gab eine Zeit, in der Flynn Naturforscher werden wollte, er war besessen davon, die Tiere in unserer Umgebung zu studieren. Einmal versuchte er auf der Wiese neben unserem Haus eine seltene Grille zu fangen, er hatte von einem Trick gelesen: Man steckt Grashalme in die kleinen Erdlöcher, bis die Grille sich so gestört fühlt, dass sie sich am Halm festbeißt und man sie herausziehen kann. Man muss einfach lange genug warten.

Wir begannen all die vielen kleinen Erdlöcher auf der Wiese abzuklopfen. Es schien mir ziemlich aussichtslos, aber ich sagte mir, dass ich es genießen sollte, das gemeinsame Projekt, die Zeit, die Flynn noch mit mir verbringen wollte, bevor er ganze Wochenenden weg sein würde, um an Handballturnieren teilzunehmen, mit seinen Kollegen in der Stadt rumzuhängen und Döner zu essen. Aber es half nichts. Bald verlor ich die Geduld und ließ ihn alleine mit den Grashalmen und den Löchern zurück. Es dauerte nicht lange, bis auch er aufgab. Es habe keinen Sinn, sagte er, da wären zu viele Löcher in der Wiese, er würde niemals einen Treffer landen.

Ich fuhr mit den Kindern damals oft in den Wald. Wir machten ein Feuer oder spazierten an einen abgelegenen Weiher, in dem im Frühling Wolken von Froschlaich schwebten, kleine schwarze Punkte in schlabbrigen Hüllen. Immer nahmen wir etwas von dem Laich mit nach Hause, aber keine der Kaulquappen, die wir in Gläser einschlossen, hat je überlebt.

Am Weiher skizzierte ich Gräser, während Flynn damit beschäftigt war, aus Ästen eine Brücke über den Bach zu bauen. Manchmal begleitete uns Noras Freundin Lena. Die Mädchen streiften durchs Gehölz, sie kannten sich seit dem Kindergarten und waren ständig zusammen, aber als sie in unterschiedliche Schulen kamen, hat das ihre Freundschaft nicht überlebt.

Lena war ein ängstliches, zögerliches Kind. Sie erinnerte mich an Ivo. Einmal wollte Nora einen neuen Weg über den Bach ausprobieren, aber Lena weigerte sich, mitzukommen.

»Warum machst du nie was, warum traust du dich nie?«

Nora trat ungeduldig von einem Fuß auf den anderen.

Lena dachte einen Moment nach, bevor sie antwortete.

»Bei mir kann eben sehr viel schiefgehen. Bei mir kann alles ständig schiefgehen.«

So blieb sie stehen und Nora ging alleine weiter. Sie konnte Lena nicht verstehen. Für sie war das Leben immer schon leicht, es floss ihr zu. Dinge und Menschen, Freude und Sonnenschein. Sie kannte keine Widerstände, hüpfte auf und ab wie ein kleiner, bunter Gummiball.

Ich habe ihr das auszutreiben versucht. Ich dachte, ich müsse sie wissen lassen, dass es auch hart auf hart kommen kann. Dass nichts selbstverständlich ist. Aber das ist falsch, denke ich jetzt, während ich in meiner Erinnerung Lena zusehe, wie sie verloren zwischen den Butterblumen steht und wartet, bis Nora zurückkommt. Nora wusste schon mit zwölf, welche Automarke sie einmal fahren wollte. Ich dachte immer, es sei meine Pflicht, meine Tochter zu bremsen und zu ermahnen, ihr beizubringen, dass Autos schädlich für die Umwelt sind, traurige Statussymbole, die zu viel kosten. Aber wenn ich sie in meiner Erinnerung so sehe, wie sie einen neuen Weg über den Bach sucht, wie sie sich nach Lena umsieht und dann unbeirrt weitergeht, denke ich, ich sollte sie einfach in Ruhe lassen. Sie kommt bestens zurecht.

Flynns Leben als Naturforscher hörte an dem Tag auf, als er es das letzte Mal mit dem Froschlaich versuchte. Er hatte zu Hause die Tüte mit dem Laich in die große Salatschüssel geschüttet, Wasser dazu gelassen und nachdenklich sein Werk betrachtet.

»Da fehlt die Pumpe«, sagte er schließlich, »das Wasser steht, und der Sauerstoff geht weg.«

Endlich war das Rätsel gelöst. Wir liefen aufgeregt zu Nico in die Werkstatt, der dabei war, sein Fahrrad zu reparieren. Wie immer stand er in seinem dunkelblauen Arbeitskittel mit Werkzeug in der Hand da und hörte einen französischen Radiosender. Er liebt es, Fahrräder zu reparieren. Das Beste sei das richtige Zusammensetzen des Tretlagers, hatte er mir einmal erzählt. Die Kügelchen können einem dabei in alle Richtungen davonspringen und die Gewinde in verschiedene Richtungen drehen. Diese Herausforderung zu meistern, sei das eigentliche Kernstück.

»Wir brauchen eine Pumpe«, sagte Flynn.

Nico hielt ihm die Fahrradpumpe hin. Flynn lachte.

»Eine Pumpe wie fürs Aquarium.«

Er begann, in den Kästen und Schachteln seines Vaters zu wühlen.

»Flynn, lass das, wir haben keine solche Pumpe.«

Flynn sah ihn lange an, dann drehte er sich um und verließ die Werkstatt.

Ich war es, die dann den Froschlaich die Toilette herunterspülte.

Als Nico am Abend neben mir die Zähne putzte, sagte er, es komme ihm vor wie ein Marathon, alles, ein Marathon, der einfach nicht aufhört.

»Wie wäre es wohl, in einer Gegend wie Palo Alto oder Menlo Park zu leben? Wo mit Altbackenem aufgeräumt wird, wo man niemals sagt, hier geht es nicht weiter.«

Ich legte meine Pinzette zurück und schloss das Spiegelkästchen.

»Ich dachte, das sei das Problem: Dass es immer weitergeht.«

Aber er hörte mich nicht.

»Dort bauen sie Elektromotoren in alte Porsches, die dann innerhalb von vier Sekunden auf hundert km/h beschleunigen, ist das nicht toll?«

Ich schaute ihn fragend an. Meine Füsse waren kalt, und ich wollte unter die Bettdecke.

»Dort könnte ich ein Ersterfinder sein, einer, der sich den Stromgenerator auf seinen Anhänger baut und die Küste entlang von San Francisco nach L.A fährt. Stell dir vor, Larissa, dort könnte ich Neuland betreten.«

Ich dachte an Flynn und die heruntergespülten, unentwickelten Frösche.

»Komm ins Bett.«

Ich nahm seine Hand und zog ihn ins Schlafzimmer. Er legte sich neben mich, die Arme hielt er unter dem Kopf verschränkt und blickte an die Decke.

»Aber hier? Hier wird man doch sofort bestraft, wenn man etwas wagt.«

Direkt über unseren Köpfen sass eine Mücke an der Decke. Sie war zu weit weg, als dass einer von uns sie hätte erwischen können.

Ich drehte mich zu ihm.

»Du hast doch immer gesagt, dass es woanders auch nicht besser ist. Dass man den Marathon mitnimmt, sich selbst, überall hin.«

Er seufzte. Seine Lider wurden schwer. Gleich würde er einschlafen, ich sah es in seinem Gesicht, gleich würde er vor Erschöpfung mitten im Satz einfach weg sein.

26

Das Dorf sieht am Tag aus, als würde es schlafen. Nichts bewegt sich, nicht einmal weißer Rauch, der sonst aus den Häusern in den Himmel steigt. Am Waldrand haben sie eine neue Holzbank aufgestellt, 50 Jahre Erika und Bruno steht auf der Rückenlehne eingraviert.

Sie haben auch die Waldwege frisch aufgeschüttet. Ein paar Tage lang waren sie abgesperrt, damit sich der Belag setzen konnte, aber die Spaziergänger kümmerten sich nicht darum, und auch die Mountainbiker hoben ihre Räder einfach über die rot-weißen Absperrbänder und fuhren weiter.

Es gibt Stimmen im Dorf, die meinen, man solle statt der Feldwege die Asylunterkünfte besser pflegen, es gibt Menschen, die sich schämen für die Prioritäten, die bei der Gemeindeversammlung gesetzt werden.

Es sind viele Feldwege, die zum Dorf gehören, mit vielen Bänken, die so positioniert sind, dass man den ganzen Morgen in der Sonne und später im Schatten des Waldrandes sitzen kann. Auf jeder Bank stehen Namen. Für Claudia. Urs und Heidi mit Sven und Yannick. Reto Burger, Gemeindeammann von 2000–2010. Ich stelle mir vor, wie sie alle auf ihrer Bank sitzen und auf das Dorf blicken. Wie Dinge ausgesprochen werden, die man nur dort sagen kann. Vielleicht ruhen sie sich kurz aus, blicken über die Landschaft, vielleicht treffen sie eine Entscheidung oder denken an etwas, das es schon lange nicht mehr gibt.

Auf so einer Bank beschließe ich, Tante Esther anzurufen, um mich für ihre Geburtstagskarte zu bedanken. Noch immer schickt sie mir jedes Jahr zum Geburtstag eine Karte, obwohl wir sonst keinen Kontakt haben. Dieses Jahr kam ein Teich mit Seerosen von Monet. Auf der Wasseroberfläche spiegelt sich der Himmel zwischen den tellergroßen Blättern und Blüten in einem diffusen, nebligen Licht, als läge der Teich zwischen zwei Welten. Esther muss jetzt etwas über sechzig sein, aber sie hat ihren Sechzigsten nicht gefeiert. Anders als Mutter, die in ein nobles Restaurant einlud und ihre Gäste mit Champagner und edlen Häppchen verwöhnte, hat man in der Familie nicht gemerkt, dass Esther sechzig geworden ist. Natürlich fuhr Mutter mit Tante Katja zu ihr, sie brachten eine Torte von der besten Konditorei in Basel mit, und Esther deckte den Tisch mit Servietten und Porzellangeschirr, mehr wollte sie nicht.

»Nur unter uns sein.«

Das war immer schon ihr Lieblingssatz.

»Lasst uns nur unter uns bleiben.«

Dann stört uns keiner, keiner tritt über den unsichtbaren, schützenden Kreis, der um die Kernfamilie gezogen ist. Wir haben uns, mehr brauchen wir nicht. Für die anderen spannen wir ein Absperrband, die haben hier nichts verloren.

Ich weiß von Mutter, dass Esther täglich mit ihrem dreißigjährigen Sohn telefoniert. Mutter spottet, wenn sie es erzählt. Das würde sie nie wollen, diesen engen Kontakt, aber Esther habe nur diesen einen Sohn, der nur zehn Minuten von ihr entfernt wohnt und sie samstags auf den Markt begleitet.

»Es ist der beste Sohn der Welt«, sagt Esther, »ohne ihn wäre ich verloren.«

Sie erzählt ihm alles aus ihrem Leben. Wie viel die neue Regenjacke gekostet und für welche Farbe sie sich nach langem Hin und Her entschieden hat, dass sie – ein paar Wochen später – beim Spazieren mit dieser Regenjacke an einem Dornengebüsch hängen geblieben ist und dass sie sich fragt, ob man das noch reparieren kann. Sie sprechen über die Baustelle am Ende der Schmittengasse, und dass man da jetzt mit dem Auto nicht mehr vorbeikommt, über die Qualität des Blumenkohls in der Migros, dass der vom Coop besser sei, kleiner und nicht so verwässert, und sie erzählt ihm auch, was Frau Stählin gestern im Treppenhaus zu ihr gesagt hat. Irgendwann räuspert er sich und sagt, dass er jetzt noch ein bisschen arbeiten muss, dass er sie morgen wieder anrufen wird. So erzählt mir das Mutter, so stelle ich es mir vor.

Ich verbiete mir, über diese Gespräche zu urteilen. Ich kann sie verstehen, manchmal sehne ich mich nach jemandem, der sich für jedes Detail meines Lebens interessiert und alles über mich weiß. Vielleicht würde sich das anfühlen wie ein warmes Tuch, das man mir um die Schultern legt, vielleicht fühlte ich mich weniger allein. Ich kann verstehen, dass Esthers Sohn glaubt, für seine Mutter verantwortlich zu sein. Esther verlässt ihr Haus kaum noch. Sie fürchtet sich vor dem Verkehr, vor der Unberechenbarkeit des Wetters, vor den vielen Menschen, all den unzähligen Gefahren, die da draußen auf sie lauern. Sie fährt kaum noch Auto, und wenn sie Großmutter besuchen will, muss ihr Sohn sie begleiten. Sie planen alles sehr sorgfältig, melden sich mindestens eine Woche vorher an und bringen das Essen mit. Esther macht den besten Nudelauflauf und den besten Hühnersalat und die beste Apfeltarte. Sie putzt täglich ihr Haus, und seit sie vor ein paar Jahren ihre Stelle im Reisebüro verloren hat, hat sie nichts Neues mehr gesucht. Sie bleibt lieber zu Hause und schaut dort nach dem Rechten.

Mutter sagt, sie könne ihr nicht helfen, Esther ließe sich nicht helfen, sie sagt, es gäbe da nichts zu verändern.

Ich muss es lange klingeln lassen, bis Esther den Hörer abnimmt.

»Hallo?«

Sie spricht leise, ihre Stimme kommt von weit her. Vielleicht lallt sie auch ein bisschen, vielleicht war die Dosierung des Beruhigungsmittels an diesem Morgen etwas hoch. Aber sie hat das Telefon abgenommen.

Ich sehe sie vor mir, wie sie an ihrem Holzbuffet steht und mit den Fingerspitzen über die polierte Oberfläche fährt, wie sie die Bücherrücken der Fotobände gerade-rückt, die Decke auf dem Sessel nach vorne zieht.

Ich habe in ihrem Haus als Kind zwei Mal Ferien gemacht. Ich schlief im Gästezimmer im ersten Stock, eine Wendeltreppe führte nach oben, ich erinnere mich an den Duft der frisch gewaschenen Bettdecke, den glänzenden Laminatfussboden, den kleinen, von einer zwei Meter hohen Thuja-Hecke umgebenen Garten, in dem ein roter und ein blauer Liegestuhl standen. Der rote war für Esthers Mann reserviert, ich durfte mich auf den blauen legen. Dort las ich im Halbschatten die Bücher von Federica de Cesco. Ich erinnere mich, wie Esther meinen Teller überwachte und den Umfang meines Bauches taxierte, wenn wir im Seebad aus dem Wasser stiegen, wie sehr ich mich beobachtet fühlte und dass ich mich beim Essen schämte, mir Nachschub zu nehmen. Ich tröstete mich damit, dass ich unter der strengen Aufsicht in diesen Ferien etwas Gewicht verlieren würde. Trotzdem suchte ich heimlich nach Süßigkeiten in den Schränken, wenn Esther unten in der Waschküche war. Einmal fand sie ein Stück Bonbonpapier im Abfalleimer. Sie sagte: »Larissa, wirklich. Musst du dir immer etwas in den Mund stecken?«

»Larissa! Du bist es! Wie geht es dir?«

Sie klingt erfreut.

Noch immer ist sie sehr gepflegt, trägt Lippenstift und die kurz geschnittenen, grauen Haare top frisiert, das weiß ich von Mutters Fotos, die sie mir auf ihrem Handy zeigt.

Früher ist Esther eine andere gewesen. Mit achtzehn trampte sie trotz des Verbots ihrer Eltern durch Indien, schickte Fotos von sich nach Hause, auf denen sie mit staubigem Rucksack und langen, ungekämmten Haaren am Straßenrand hockte. Sie war neugierig und eigenwillig.

»Es geht mir gut, danke! Und dir?«, sage ich.

»Oh, das ist schön. Mir geht es auch gut, ja, danke.«

Ach, wirklich? Warum höre ich dann deine Stimme kaum? Warum klingst du wie weggetreten und verlässt dein Haus nicht mehr? Und wann haben wir vereinbart, dass wir darüber schweigen?

»Ich rufe an, weil ich mich für die Geburtstagskarte bedanken möchte, ich habe mich sehr gefreut.«

»Das ist recht so. Es ist ja nichts, nur ein kleines Drandenken.«

Ich möchte so gerne wissen, wovor du solche Angst hast, Esther. Ich möchte dir sagen, lass uns aufhören, darüber zu schweigen. Lass uns aufhören, so zu tun, als gäbe es keinen Schmerz.

»Ja, aber ich freue mich jedes Mal sehr, dass du an meinem Geburtstag immer noch an mich denkst.«

»Schön. Und, wie geht es deinen Kindern?«

Meinen Kindern? Ach, Esther, ich bin auch nur eine Mutter, die Angst hat, zu viel falsch zu machen. Das kennst du, oder? Bestimmt willst du auch ständig alles wieder gut machen und ausgleichen. Als wärst du an allem schuld.

»Denen geht es gut. Flynn spielt leidenschaftlich Handball und Nora reitet. Wir haben große Freude an ihnen.«

Wir haben große Freude an ihnen. Was rede ich da?

»Schön. Also, Larissa, dann richte ihnen liebe Grüße aus, ja? Und macht's gut und habt's schön.«

Ja, mach' es auch gut, hab' es auch schön. Darum geht es ja, da bin ich ganz mit dir. Schön und gut. Gut und schön. Und was nicht schön und gut ist, was aus dem Rahmen fällt oder unangenehm ist, das ignorieren wir so lange, bis es sich von selbst auflöst. Das haben wir so gelernt, das ist eine Verteidigung der alten Ordnung, nicht wahr? Die werfen wir heute nicht über den Haufen, nein, nein, heute nicht.

»Danke, Esther, du auch. Mach's auch gut.«

Ich lege auf und gehe nach Hause. Ich mache den Abwasch, reibe die Küchenablage trocken, damit keine Streifen auf dem schwarzen Stein zurückbleiben, bringe den Kompost raus und spüle den Behälter aus. Ich blicke aus dem Fenster. Soll ich Mutter erzählen, wie sediert Tante Esther heute am Telefon geklungen hat? Soll ich sie noch einmal fragen, was mit Esther passiert ist? Sie könnte mir auch keine Antworten geben, sie weiß auch nicht mehr. Mutter erzählt seit Jahren, wie sehr sie das Älterwerden genießt, weil man immer besser versteht, was man braucht. Hat Esther nicht rechtzeitig verstanden, was sie braucht?

Am Abend rufe ich Mutter an. Ich erzähle ihr, dass ich mit Esther gesprochen habe, dass ich das Gefühl habe, es gehe ihr nicht gut. Mutter seufzt. Natürlich hätte Esther noch mal zu diesem Therapeuten gehen müssen, den sie ihr empfohlen habe, sie hätte sie auch begleitet, aber Esther weigere sich. Mehr könne sie nicht tun.

»Wie kann man nur so stur sein?«, frage ich Mutter, »Warum kämpft sie nicht für eine Veränderung? Wann hat das angefangen? Wird es mich auch eines Tages erwischen? Was sind die Anzeichen, was kann man dagegen tun?«

»Larissa, jetzt hör aber auf. Freu dich am Leben, an allem, was schön ist, an den kleinen Dingen und daran, dass du gesund bist.«

»Hat das Esther etwa nicht getan? Ist sie deshalb krank geworden?«

Am anderen Ende ist es still. Ich kann vor mir sehen, wie Mutter die Augen verdreht, ich kann sehen, wie sie die Lippen aufeinanderpresst.

»Was willst du von mir, Larissa?«

Ja, was will ich denn? Ich will gewappnet sein. Ich will daran glauben, dass man sich wappnen kann. Die Zeichen erkennen, sich vor Unheil bewahren. Mutter? Hörst du mir zu? Wie machst du es denn?

Sie klingt müde und ich bin plötzlich auch müde, furchtbar müde bin ich.

»Nichts. Ich hab‘ mir nur Sorgen um Esther gemacht. Wie geht es eigentlich Katja?«

27

Am Erntedankfest auf dem Hof meines Onkels sitze ich auf einer Festbank in der Scheune und blicke zu meinen Tanten und ihren Ehemännern. Ich erinnere mich, wie sie an Silvester in unserer neuen Stube getanzt haben, damals, als das Haus doppelt so groß geworden war. Wir legten Platten mit Hits aus den 1970er Jahren auf, und die Erwachsenen begannen sich zu bewegen, sie fassten sich an den Händen, und die Männer drehten die Frauen im Kreis, nicht nur ihre eigenen Frauen, auch die der anderen Männer, sie hielten sie um die Taillen und zogen sie an sich, und meine Mutter und ihre Schwestern lachten und warfen ihre Köpfe zurück. Sie hatten Spaß. Sie waren damals etwa so alt, wie ich heute bin.

Heute stehen sie etwas abseits, kleine Teller mit Häppchen in der Hand, Mürbeteigförmchen, mit Thonmousse gefüllt und mit Kressesprossen dekoriert, geschnittene Toastscheiben, mit Eiersalat oder Camembert belegt. Ich habe mich möglichst weit weg von ihnen an den Tisch gesetzt. Ich mache um meine Tanten noch genauso einen Bogen wie damals, als ich zwölf war. Ich fürchte ihre Beleidigungen noch immer, obwohl ich mich jedes Mal wappne, ich werde ihnen keine Grenzüberschreitungen mehr durchgehen lassen, sage ich mir, ich werde sie darauf hinweisen. Wenn Esther noch einmal sagt, wie schön es sei, dass ich so viel abgenommen habe, werde ich antworten, mein Gewicht gehe sie nichts an. Und wenn Katja mich noch einmal auf die Pigmentflecken in meinem Gesicht anspricht, dass ich die behandeln lassen sollte, dass es doch schade sei, bei so einer hübschen jungen Frau, dann werde ich ihr sagen, dass sie sich um ihre eigenen Störungen und ihren eigenen Scheiß kümmern soll.

Aber heute redet Katja nicht mit mir und auch Esther nicht, heute sind sie ganz mit sich beschäftigt. Manchmal schaue ich zu ihnen herüber, sehe, wie sie ihre Gläser mit Weißwein an die Lippen führen, wie sie lachen und reden, wie ihre Stimmen immer lauter werden, gelöster. Sie fühlen sich wohl und vereint in ihrer Schwesternschaft, in der Scheune ihres Elternhauses.

Auch Beat ist mitgekommen. Er ist ein alter Mann geworden und erscheint mir viel kleiner als früher. Er ist krank, irgendetwas mit dem Herz, Mutter hat es mir erzählt, aber ich habe es wieder vergessen und nun sehe ich es mit eigenen Augen.

Er habe sich ganz gut erholt, sagte Mutter, aber er sei natürlich nicht mehr derselbe. Ich erkenne ihn trotzdem noch und halte mich von ihm fern, begrüße ihn mit ausgestrecktem Arm. Vor Jahren schon habe ich aufgehört, ihm drei Küsschen auf die Wangen zu geben, habe mich steif gemacht wie ein Brett, den Kopf zurückgezogen, mit meinem Arm den Abstand festgelegt. Niemand hat es bemerkt, und er hat sich nichts anmerken lassen. Inzwischen versucht er gar nicht mehr, mich an sich zu ziehen, es sieht auch nicht aus, als habe er noch die Kraft dazu. Er trägt noch immer dieselbe Art getönte Brille, obwohl inzwischen mehr als dreißig Jahre vergangen sind. Sein Hemd ist zugeknöpft, ich kann nicht erkennen, ob er auch die Goldkette, in die Katjas Name eingraviert ist, noch trägt. Wir sagen uns kurz Hallo, dann gehe ich weiter. Ich meine, in seinem Blick ein kurzes Aufflackern zu sehen, eine stumme Bitte um Mitleid. Aber möglicherweise täusche ich mich auch.

Beat sei viel sanfter geworden mit dem Alter, hat Mutter erzählt, ruhiger. Er habe aufgehört zu rauchen, man stelle sich das vor, nach all diesen Jahren.

Ich habe ihr geantwortet, dass ich trotzdem nicht verstehen kann, wie Katja es all die Jahre mit ihm ausgehalten hat.

Sie kenne keine loyalere Person als Katja, hat Mutter dazu mit andächtiger Stimme gesagt. Katja habe so einen geradlinigen Charakter. Nie höre man auch nur ein schlechtes Wort über ihre Lippen kommen, niemals.

Ich habe darauf nichts geantwortet, bin weggegangen, um den Hund zu kraulen oder eine neue Flasche Mineralwasser aus dem Keller zu holen. Ich dachte, ja, klar. Katja hat nichts gesagt, als Beat unseren Arsch getätschelt hat, als seine Finger über meine Schultern fuhren, den Oberarm entlang bis zum Ellenbogen. Über Katjas Lippen ist nie ein böses Wort gekommen, niemals. Zutiefst loyal. Ein geradliniger Charakter. Nicht wie ich. Ich würde am liebsten ununterbrochen über andere reden. Über Beat und Katja und all die Leute, die sich so verhalten, wie ich es nicht verstehen kann, bei denen es mir Kraft abverlangt, nichts zu sagen, wegzuschauen. Ich würde der ganzen Familie am liebsten die Kleider vom Leib reißen mit meinen Worten und Analysen, sie nackt um sich selber drehen lassen wie Kreisel, bis alle Masken von ihnen abfallen. Ich will keine Geheimnisse wahren. Ich verstehe Schweigen nicht als eine Form des Respekts. Aber vielleicht habe ich auch einfach kein edles Gemüt. Bin nicht so vornehm, nicht annähernd so großmütig.

Nach dem Essen verteilen wir uns im Garten. Nico spielt mit Flynn Tischtennis, Nora sitzt mit Jana und Marion auf der Holzbank in der Sonne, im Gegensatz zu mir mag sie ihre Tanten. Mutter steht für einen Moment alleine unter dem Nussbaum. Es ist der Baum, den Großmutter auf keinen Fall gefällt haben will, obwohl sich ihre Nachbarin ständig über zu viel Schatten beklagt. Ich betrachte Mutter, sie hält den Dessertteller in der einen Hand, mit der anderen spießt sie ein Stückchen Kuchen auf eine silberne Gabel, die im Sonnenlicht blitzt. Ich gehe zu ihr, so lange sie noch alleine dasteht, und umarme sie.

»Ich bin froh, dass du meine Mutter bist.«

Sie zieht den Kopf etwas zurück, hebt eine Augenbraue.

»Wirklich?«

Sie lächelt etwas schief, ein Mundwinkel geht dabei leicht nach unten.

»Ich habe doch so viel falsch gemacht.«

Ich schüttle den Kopf.

»Sag das nicht.«

Sie setzt ihren Kopf wieder gerade, streckt das Kinn ein bisschen vor.

»Weißt du, Larissa, ich habe mir immer eine gesunde Portion Egoismus bewahrt. Ich habe immer geschaut, dass es mir gut ging.«

Ja, denke ich, ich weiß. Das weiß ich.

»Ich genüge mir. Ich und meine Welt genügen mir.«

Ich blicke zu Großmutter, die etwas entfernt am Kopf der langen Tafel sitzt. Tante Katja bringt ihr ein Stück Kuchen und setzt sich neben sie.

Ich will sagen, das ist schön für dich, das freut mich. Aber ich sage:

»Ich bin da wohl einfach anders als du. Ich will immerzu wissen, was Flynn und Nora beschäftigt.«

Mutter macht einen Schritt von mir weg.

»Und wenn es ihnen nicht gut geht, was machst du dann?«

Ich schaue sie ungläubig an.

»Stellst du etwa keine Fragen, weil du dich vor den Antworten fürchtest?«

Sie nickt, hebt die Schultern kurz an, als ob sie sagen wollte, dafür kann ich nichts. Dann zeigt sie zur Scheune.

»Hast du die Quarktorte schon probiert? Es ist ein neues Rezept. Ich gebe es dir mit, wenn du gehst.«

Während ich Mutter zusehe, wie sie sich über die Wiese Richtung Scheune bewegt, muss ich an Tante Béatrice denken, die ältere Schwester meines Vaters. Eine Zeit lang besuchte ich sie nach der Schule regelmäßig, sie wohnte damals mit ihrem Mann und den beiden Kindern nicht weit von uns entfernt. Ihre Kinder sind über zehn Jahre älter als ich, ihre Zimmertüren blieben für mich immer verschlossen, aber ich wollte sowieso zu Béatrice. Das Haus war ganz in Weiß gehalten, alles, von den Bodenplatten bis zu den Orchideen, Mutter betonte gerne, wie unpraktisch das sei, aber mir gefiel das damals sehr.

Ich besuchte Béatrice, weil es leicht mit ihr war. Es gab keinen Streit, ich sagte nie etwas Falsches, und manchmal stellte ich mir vor, sie wäre meine Mutter. Wir konnten über alles Mögliche reden, ich stand in der Küche und sah ihr beim Gemüseschneiden und beim Fleischanbraten zu, studierte den Kalender mit Küchenkräutern, bei dem man mit einem kleinen Rad das Bild für den Monat verschieben konnte, und erzählte etwas von der Schule. Manchmal fragte Béatrice nach Mutter und Vater, wo sie denn gewesen seien letzten Samstag, wem das große Auto gehöre oder wie lange die Gäste geblieben seien. Ich wusste, dass Mutter auf keinen Fall wollte, dass ich Béatrice etwas aus ihrem Leben erzählte, aber ich tat es trotzdem. Béatrice hörte mir zu, während sich ihre eigenen Kinder in ihren Zimmern verschanzten. Sie lächelte mich an.

»Was machst du da immer?«, fragte Mutter oft, wenn ich nach Hause kam, und ich wusste, dass sie eifersüchtig war, dass es ihr kleine Stiche versetzte, über die sie niemals sprechen würde, die sie sich vielleicht nicht einmal selbst eingestand.

»Nichts. Ich rede mit ihr und schaue ihr beim Kochen zu.«

»Stellt sie dir Fragen über uns?«

Ich log sie jedes Mal an.

»Sie kann nicht kochen«, sagte Mutter, »sie taut den Fisch auf und schmeißt ein paar Küchenkräuter darauf, das ist alles. Nicht wahr, Larissa, so ist es doch?«

Das alles fällt mir jetzt wieder ein, während ich auf dem Rasen stehe, auf dem meine Mutter als Kind gespielt hat. Ich blicke mich um und sehe Katja, wie sie Großmutter noch einen Kaffee bringt, sie sitzt genau dort, wo früher der Hühnerstall war, das weiß ich aus Erzählungen. Ich sehe Nora und Shirin, wie sie versuchen, über die im Garten aufgespannte Slackline zu balancieren. Meine beiden Schwestern, die jetzt auf dem Brunnenrand sitzen und reden. Mutter, wie sie Tante Esther zum Dessertbuffet begleitet. Ich sehe deutlich das Gefängnis und den Garten, einen Ort des Reichtums und der Entbehrung zugleich. Ich sehe Blumen und Unkraut,

Regenwürmer und dicke, weiße Engerlinge, die die Wurzeln anfressen. Ich sehe all diese Mütter und Töchter und ihre Ringmauern, die den inneren Bereich perfekt schützen. Ihn verteidigen vor der großen Sehnsucht, vor diesem Missverständnis und der Lüge, welche erzählen, dass es einen Menschen gibt, der alles für uns sein kann.

28

Ein paar Wochen nach ihrem Geburtstag fliegt Jana für zwei Wochen nach London, um endlich diese Ausbildung in Klangschalentherapie zu machen. Sie hat Mutter und mich gefragt, ob jede von uns eine Woche nach Shirin sehen könne: sie rechtzeitig wecken, Frühstück machen, in die Schule schicken oder irgendwohin fahren, mit ihr auf Prüfungen lernen, falls sie das brauche. Boris müsse arbeiten. Erst wollte ich antworten, dass Boris sich auch mal frei nehmen könne, Shirin sei schließlich auch seine Tochter, aber ich sagte nichts: Jana hat mich noch nie um einen Gefallen gebeten, also fahre ich.

Ich sitze auf Janas Fenstersims und versuche zu lesen. Die Septembersonne scheint noch immer kräftig und ich muss mein Gesicht eincremen, sonst breiten sich die Altersflecken weiter aus. Neben mir fährt der kleine, selbst steuernde Rasenmäher gegen ein Hindernis, dreht ab und fährt weiter, bis er wieder an etwas anderes stößt. Er fährt durch den ganzen Garten, stößt an die Lounge, an die alten Obstbäume, an die Setzsteine, die Boris verlegt hat, an den Buddha im tiefen Gras. Ich bin fasziniert von diesem eifrigen Ding, mit dem ich mich gemeinsam um Haus und Garten kümmere.

»Na, Kleiner, machst du nie Pause?«

Der Garten ist groß. Ich frage mich, ob ich den Rasenmäher bald auf eine Ladestation setzen muss, bevor er in irgendeinem Gebüsch den Geist aufgibt.

Ich hatte nicht erwartet, dass mich Janas Abwesenheit traurig machen würde. Es muss an den Gegenständen liegen. An der Sammlung von Steinen, die auf der Fensterbank in der Sonne liegen, an den verdorrten Blüten der Orchidee, die sich langsam lösen und abfallen, den bestickten Kissen, ihrem Geschirr, diesem Stapel von zu kleinen Schüsseln, kann es denn sein, dass sie keine einzige große Schüssel besitzt? Ich denke an sie, wenn ich die Schublade mit den sauber geputzten Besteckfächern öffne und den Schrank mit dem Durcheinander von Tupperware. Jana ist in allen Dingen, in der Art von Ordnung, in ihrer Sauberkeit. Ich sehe das alles, schaue dem Rasenmäher zu und vermisse sie.

Als Boris anruft, um zu fragen, wie es läuft, erklärt er mir, dass der Rasenmäher von selbst auflädt, und tatsächlich sehe ich etwas später, wie er bei der Ladestation andockt.

Boris erklärt mir auch, wo sich der Handmäher befindet, falls ich die kleinen Büschel Gras an den Setzsteinen, die der Roboter nicht erreicht, abschneiden will. Er lacht und sagt: »Tschüss Magd«, und ich öffne den Mund, aber er hat schon aufgelegt.

Am Nachmittag, als Shirin wieder in der Schule ist, fahre ich mit Janas Fahrrad in die Stadt und schlendere durch den Drogeriemarkt. Während ich die unterschiedlichen Marken studiere und die Tester aufschraube, ruft Mutter an. Ich denke, dass das bestimmt ein Kontrollanruf ist. Erst erzählen wir uns gegenseitig, wie schön es hier ist, ja, die Berge, und wie groß und selbstständig Shirin geworden ist. Dann gibt mir Mutter Tipps, wo ich das beste Vermicelles finde, aber nur das mit Vanillecrème, bloß keine Meringues, die mag Shirin nicht, und dass es bei der Waschmaschine auch ein Sportprogramm gibt. Ich laufe noch immer zwischen den Regalen hin und her, drehe die Kajal- und Lippenstifte einmal um und lege sie wieder an ihren Platz.

»Und wie läuft's bei dir so?«, frage ich, während ich überlege, einen blauen Nagellack für Shirin zu kaufen.

Mutter erzählt, wie viel sie zu tun habe und wie anstrengend es mit Großmutter geworden sei. Dass sie immer fordernder und unverschämter werde. Dass sie Dinge behaupte, um sie zu manipulieren, und manchmal lüge sie sogar.

Ich gehe inzwischen zum dritten Mal dieselben Regale entlang, eigentlich müsste ich den Laden langsam verlassen, aber ich will ja noch etwas kaufen, und Mutter hört nicht auf zu erzählen.

»Es ist wirklich nicht schön, wenn man die eigene Mutter im hohen Alter ablehnen muss, das kannst du mir glauben, Larissa.«

Darauf weiß ich nicht, was ich sagen soll.

»Aber gut, so habe ich mit meiner Mutter wohl auch

noch ein, zwei Lektionen zu lernen. Sonst wird mir am Ende noch langweilig!«

Sie lacht nervös. Ich stehe vor den Artikeln einer Biokosmetik-Marke und erinnere mich, dass Jana mir die einmal empfohlen hat.

»Es verletzt mich, weißt du, ihre Art. Sie ist so undankbar und unzufrieden«, sagt sie. »Dabei mache ich doch alles für sie.«

Ich könnte ihr sagen, dass sie ihrer Mutter nicht so viel Macht geben soll. Dass sie lernen muss, sich nicht mehr verletzen zu lassen. Dass man den Ball irgendwann kommen sieht, nachdem man eine Weile Völkerball gespielt hat, dass man sich abhärten muss. Ich könnte sagen: Hör endlich auf, etwas von ihr zu wollen, was sie dir nicht geben kann.

Aber ich sage: »Ja, das verstehe ich. Das ist nicht schön.«

Und dann: »Also, ich muss jetzt mal los, muss ja wieder rechtzeitig zu Hause sein für Shirin. Grüss' Vater von mir.«

An Mutters Tonfall, an der Art, wie sie meinen Namen sagt, und wie oft sie sich von mir verabschiedet, höre ich, ob sie mir nach einem Gespräch nahe ist. Ob ich mich so verhalten habe, dass sie sich mir nahe fühlen kann. Heute ist das nicht so.

Als ich mit ein paar Kajalstiften und anderen Dingen, die ich nicht brauche, zur Kasse gehe, erinnere ich mich an die Fasnacht, an der Mutter beschloss, uns drei als

Clowns zu verkleiden. Sie nähte die Kostüme selber, saß abends in ihrem Nähzimmer, hörte Mireille Mathieu und schnitt die bunten Stoffe zu. Über meinem Bett hing zu der Zeit ein Poster von Pierrot, mit dem weißem Gesicht und der großen, schwarzen Träne auf der Wange. Er saß in seiner Mondsichel, zart, erhaben und sehr ernst. Das war der Clown, der ich sein wollte. Aber Mutter nähte mir ein Kostüm aus blauem Stoff mit roten Punkten, dazu kaufte sie einen melonenförmigen schwarzen Hut, an dem eine Plastikblume steckte. Ich sagte nichts, ich hatte ja gesehen, wie sehr sie sich ins Zeug gelegt, wie viel Mühe sie sich gegeben hatte, ich wollte nicht undankbar sein. Aber als ich mich im Spiegel sah, brach ich in Tränen aus. Sie hatte meinen Mund mit einem roten Stift übermalt, es sah aus, als sei ich in Tomatensauce gefallen. Marion und Jana waren zwei niedliche kleine Clownskinder geworden – nur mich hatte Mutter zu diesem Monster gemacht, mit dickem Bauch und bösem Mund. Ich weigerte mich, zum Umzug zu gehen. Mutter sagte, ich sähe toll aus, wie ein richtiger Clown. Nach einer Weile wurde sie wütend, nie könne man es mir recht machen, immer hätte ich etwas auszusetzen. Schließlich ging ich mit. Mit mürrischem Gesicht und verschränkten Armen blickte ich in die Kamera. Danach verschenkte Mutter die Kostüme an eine Nachbarin.

Warum waren wir nicht auf die Idee gekommen, alles abzuwischen und mich noch einmal neu zu schminken?

Die Tage hier vergehen langsam. Ich habe nicht viel zu tun. Shirin ist in der Schule, und während der ersten Hälfte des Morgens lese ich auf der Fensterbank im Septemberlicht in einem Buch über die Natur der Farben.

Das kleine Zwetschgenbäumchen, das ich Shirin zur Geburt geschenkt habe, hängt voller Früchte, die ich jeden Tag auf ihren Reifegrad prüfe. Im Laufe des Vormittags überlege ich, was es zum Mittagessen geben soll. Dann spaziere ich in den Dorfladen, um Fischstäbchen oder Pizzateig zu holen. Shirin ist eine lustlose Esserin, sie stochert auf ihrem Teller herum, egal, was darauf liegt.

»Iss doch noch ein bisschen, Schatz, komm schon«, sagt Mutter immer zu ihr oder: »Was soll ich dir kochen, Shirin, du kannst was auswählen«, Sätze, auf die Shirin nur kurz mit den Schultern zuckt, um sich gleich wieder dem Display ihres Handys zu widmen. Sie kommuniziert mit ihren Freundinnen, schaut sich auf Instagram die neusten Posts an und auf YouTube irgendwelche Channels mit Mädchen, die Schminktipps geben oder Popsongs auf ihrer Ukulele nachspielen und hoffen, entdeckt zu werden. Ich habe Jana im Vorfeld gefragt, wie ich das mit der Medienzeit machen soll, ob es da Regeln gibt.

»Lass Shirin machen«, meinte sie nur, »die hat das schon im Griff.«

Heute habe ich aus der Bäckerei zwei Vermicelles geholt, die ich nach dem Mittagessen auf zwei kleine Teller stelle. Shirin löffelt die Füllung aus, isst das Kastanienpüree und die Vanillecrème, dann steht sie auf und wirft den Mürbeteigboden in den Müll. Ich würde gerne etwas sagen, zumindest »Hey« rufen, aber ich weiß nicht, wie ich sie erreichen kann. Ihre Hecke ist dicht und scheint undurchdringbar. Und was will ich überhaupt? Ihr Anstand und Wertschätzung beibringen? Will ich ihr sagen, dass man dankbar zu sein hat, auch wenn man sich allein fühlt?

Am Nachmittag reche ich Laub auf dem kleinen Kiesplatz vor dem Haus, jäte einzelne Grasbüschel, die sich den Sommer über versamt haben, und scheuche Wespen weg. Irgendwo in der Nähe muss ein Nest sein, aber ich finde es nicht. Ich wüsste auch nicht, was damit zu tun wäre. Boris will ich auf keinen Fall fragen.

Jana hat gestern Abend angerufen, als wir auf dem Sofa fernsahen. Shirin hatte sich an mich gelehnt und mir endlich das Gefühl gegeben, doch zu etwas nutze zu sein. Ich hatte eine Decke über uns ausgebreitet und versucht mich zu entspannen, während wir eine Folge ihrer Lieblingsserie sahen.

Sie wechselte ein paar Worte mit Jana und reichte mir dann den Hörer, ihren Blick immer weiter auf den Bildschirm gerichtet. Als ich am ersten Tag ankam, fragte ich sie, ob sie ihre Mutter vermisse. Sie zuckte mit den Schultern und sagte: »Nein, wieso?«

Jana klang müde, es sei anstrengend, und sie erlebe so viel. Gestern habe sie an einer schamanischen Zeremonie teilgenommen, davon müsse sie mir dann erzählen, sie sei so was von stoned gewesen. Aber sie habe sich entscheiden können, ob sie in Panik verfalle oder sich einfach in ihre Angst hinein entspanne. Und sie habe sich entspannt. Ein richtiger kleiner Sieg sei das gewesen.

Nach einer Woche fahre ich wieder nach Hause. Ich habe den Kiesplatz gejätet und Shirins Bettwäsche gewechselt, den Kühlschrank mit Gemüse für Jana und Desertträumen für Shirin gefüllt. Boris und sie werden Jana am Sonntag gemeinsam vom Flughafen abholen.

Boris kommt nach dem Mittagessen kurz vorbei. Sein Bauch ist noch einmal dicker geworden, und die Sonnenbrille nimmt er gar nicht erst ab. Er zündet sich eine Zigarette an und lehnt lässig an Janas Auto, mit dem ich die ganze Woche nicht gefahren bin, weil ich ihr Hollandrad so gerne mag. Ich biete ihm einen Kaffee an, aber er winkt ab und sagt, er müsse gleich wieder los. In Wahrheit will er mit mir über Jana sprechen.

»Mit was für Ideen sie wohl zurückkommt? Bestimmt will sie ihr Leben total umkrempeln. Mit Shirin auf eine Weltreise gehen oder nach England ziehen.«

Ich werfe einen Blick auf Shirin, die auf dem Liegestuhl liegt, den ich für sie aus dem Schuppen geholt habe. Sie hat Stöpsel in den Ohren und die Augen geschlossen. Ich will auf keinen Fall, dass Shirin ihn so über ihre Mutter reden hört – und ich will ihn auch nicht so reden hören. Aber ich bleibe höflich und spiele mit.

»Sie wird sich freuen, nach Hause zu kommen. Wird ein paar Tage brauchen, bis sie wieder in ihrem Alltag angekommen ist, das ist klar.«

»Ja, kann sein. Aber ich sage dir, wenn sie ihren Lebensunterhalt mit dieser Klangschalensache verdienen müsste, dann hätte sie nicht mehr halb so viel Spaß daran.«

Er zieht an seiner Zigarette und sieht mich herausfordernd an.

»Zum Glück hat sie ja dich, Boris«, sage ich, »ihren Ernährer. Du passt schon auf, dass sie nicht auf falsche Gedanken kommt.«

Ich verschränke die Arme vor der Brust, kampfbereit. So geht das immer mit Boris und mir: Zuerst versuche ich, das Gespräch in einem höflichen Geplänkel zu halten, mich nicht von ihm provozieren zu lassen, und dann sagt er einen Satz und ich gehe ihm in die Falle.

29

Mit dem Herbst kommen die Motten. Sie kriechen aus den Spalten zwischen den Küchenschränken und der Decke, flattern aufgeregt über dem Tisch, warten mit eingeklappten Flügeln an der Wand. Die Maden, gelb, wie die Bärte alter Säufer, kriechen an der Decke entlang, bis ich sie mit einem Küchenpapier in den Fingern zerquetsche. Ich denke, es hört bestimmt bald auf, irgendwann sind alle hervorgekrochen, bald werde ich alle zerquetscht haben. Aber jeden Morgen, wenn ich in die Küche komme, sehe ich neue, die nachts aus den Spalten kriechen und sich überall verteilen. Ich überlege, ob ich sie ignorieren soll. Sie könnten einfach wieder weggehen. Aber im Grunde weiß ich, dass ich das Übel an der Wurzel packen und die Quelle finden muss.

»Du musst alles wegschmeißen, es hilft nichts. Alles wegschmeißen, die Schränke rausputzen, dann hast du Ruhe.«

Das sagt Doris, eine Nachbarin, während sie mir einen Strauß Astern aus ihrem Garten entgegenstreckt, den sie eben für mich abgeschnitten hat.

»Du musst es tun«, sagt sie, »sonst hört das nie auf. Dann verlierst du halt einen Hunderter, aber danach hast du wieder Ruhe.«

Ich vertraue ihr. Sie ist sehr pragmatisch und führt einen großen Haushalt mit fünf Söhnen, sie versorgt Tiere und arbeitet nebenbei als Physiotherapeutin. Sie weiß, wovon sie spricht. Also gehe ich in die Küche und werfe alle offenen Tüten weg. Alle aufgerissenen Packungen, die ich in den Schränken aufbewahrt habe, um sie irgendwann zu verwenden. Es sind sehr viele, bei einigen ist das Datum bereits seit mehr als einem Jahr abgelaufen. Jahre vergehen, und ich koche keine Polenta, keine Gerste, und niemand isst getrocknete Aprikosen. Ich denke an Mutter und ihre Küchenschränke, in denen sich die Dosen und Gläser stapeln, in denen man keine Übersicht hat und nie weiß, was alles vorhanden ist. Sie häuft Vorräte an, dabei ist Mutter keine ängstliche Frau. Sie malt sich niemals düstere Szenen aus, noch nie habe ich sie von einer dunklen Vorahnung sprechen hören. Sie glaubt an die Kraft der positiven Gedanken, das hält sie gesund, sagt sie. Nur einmal im Jahr wird sie schwach, dann verliert diese Kraft, verliert ihre Stimme und liegt für einige Tage im Bett. Danach steht sie wie neugeboren und voller Tatendrang wieder auf.

Ich denke an Mutters übervolle Schränke und dass die Lebensmittel im Supermarkt vielleicht zu ihr sprechen, sie verführen, bis sie vergisst, was sie schon alles zu Hause hat. Vielleicht denkt sie, sie brauche diese neue Getreidesorte, diese bestimmte Sorte Senf, diesen Vorrat an Pflaumen, um gut für ihre Familie zu sorgen. Ich kenne diese Verheißungen: Möglichkeiten, die ich nicht umsetze, die in meinen Schränken warten, bis sie von Motten befallen werden.

Die Abfalltüte mit den aussortierten Lebensmitteln ist schwer, und ich bringe sie schnell weg. Es ist mir unangenehm, ihr Gewicht zu spüren, sie könnten eine große Gruppe von Menschen ernähren.

Doris behält Recht: Schon am nächsten Morgen kriechen keine Maden mehr über die Decke. Mehrmals am Tag öffne ich die frisch geputzten Schränke, weil ich nicht glauben kann, dass alles vorbei ist. Ich bestaune die neue Ordnung, freue mich über die Sauberkeit. Nach ein paar Tagen habe ich die Motten vergessen.

Endlich wird das Gerüst abgebaut, das seit Anfang Sommer die alte Fabrik umfasst wie eine Zahnspange. Ich glaube, die Arbeiter sprechen Portugiesisch, aber ich höre sie nicht gut, höre nur, dass sie sich immer wieder etwas zurufen, zwischen das Scheppern der Metallgestelle, auf denen sie stehen. Als ich am frühen Abend die Werkstatt verlasse, ist das Gerüst schon fast verschwunden. Ich sehe jetzt die Schatten der Gerüstbauer auf dem Boden, sehe, wie sie hin und her laufen, höre, wie einer dabei ein Lied singt.

Zu Hause wartet Flynn auf mich. Er ist nach ein paar

Probetrainings in eine bessere Mannschaft aufgenommen worden, das hat er sich gewünscht, aber er hat nicht vor Weihnachten damit gerechnet. Er steht mit leuchtendem Gesicht da und will mir jedes Detail erzählen, aber mein Blick schweift zu den Küchenschränken und ich sehe sie bereits von Weitem, sehe schon von der Türe aus die kleinen, dunklen Flecken an der Decke, mindestens zehn müssen es sein. Da sitzen sie und warten, bis ich sie zerquetsche. Das geht ganz leicht, sie bewegen sich nicht, sie bleiben einfach sitzen und lassen alles mit sich machen.

Flynn erzählt, während ich mich noch in den Schuhen auf einen Stuhl stelle. Ich verschmiere die Motte zu silbrigem Staub an der Decke. Gleichzeitig versuche ich, Flynn zu zeigen, dass ich zuhöre, aber ich kann kaum aufnehmen, was er sagt, ich kann ein, zwei Fragen stellen, aber es sind die falschen. Ich bin ganz damit beschäftigt, die neue Invasion abzuwehren. Schließlich drehe ich mich zu ihm um.

»Flynn, es tut mir leid, dass die Motten so wichtig sind.«

»Ich versteh' schon«, sagt er und lächelt mich an. »Aber sieh mal, Mama, du machst es falsch.«

Und dann zeigt er mir, wie man sie zerquetscht, ohne dass ein Fleck zurückbleibt.

30

Bald sind alle Felder abgeerntet und die Blumen blühen nur noch kurz in ihren Lila- und Rottönen. Ich bringe einen letzten Strauß vom Blumenfeld in die Werkstatt und stelle ihn auf den kleinen Tisch, an dem ich esse.

Auf der großen Arbeitsfläche habe ich die Gläser mit Pigmenten nach Farbgruppen sortiert. Ich fahre mit meinem Finger über eine kleine Fläche Kobaltblau. Das Pulver ist weich wie Samt, es erinnert mich an den Flügel eines Schmetterlings oder an das Fell eines jungen Kaninchens. Ich suche die Dose mit dem Ultramarin, wie eine Süchtige ihren Stoff. Ultramarin ist mein liebstes Pigment, ich spüre seine Wirkung immer sofort. Die Geschichte von Ultramarin beginnt tief in der Erde, in einem Bergwerk im Norden von Afghanistan, wo es eines der einzigen Lapislazuli-Vorkommen auf der Welt gibt. Je tiefer man über die Jahrhunderte hinweg in das Bergwerk eindrang, desto reinere, blauere Steine konnten gebrochen werden. Ich stelle mir vor, wie das Blau eine Schwingung in der Luft verursacht hat, wenn sich das Licht darin brach.

Am Abend hole ich die letzten drei Rosen aus dem Garten, ich schneide die Himbeeren und versuche ein paar Ranken aus dem Blumenbeet zu ziehen. Unter dem Balkon finde ich zwei Handbälle von Flynn, geduldig und in leuchtenden Farben scheinen sie hier auf ihn zu warten. Wo bleibt er?, rufen sie mir zu, während ich sie hervorhole, wo ist er hin?

Raubvögel kreisen in Scharen über dem frisch gepflügten Acker. Man riecht das letzte Gras des Jahres, die abgemähten Büschel auf den Feldern. Auf dem Weg zum Friedhof liegen jetzt Baumnüsse am Boden. Großmutter würde sich darüber beklagen, dass niemand sie aufliest, würde mir sagen, dass man sie erst trocknen muss, bevor man sie essen kann. Mit einer Stofftasche in der Hand würde sie so lange Nüsse sammeln, bis keine mehr auf der Straße liegen und sie vor Rückenschmerzen nicht mehr schlafen kann. Bestimmt würde sie eine Menge dieser Nüsse an Mutter verschenken, die mit ihr schimpfen müsste, weil sie sich wieder überanstrengt habe, und Mutter würde die Nüsse zur Dekoration in einer Schale auf ihren Ofen stellen.

Mutter hat schon oft zu mir gesagt, ich solle versöhnlicher werden und nicht immer alles in diesem schonungslosen Licht sehen. Es sei zu grell, das würde man auf die Dauer nicht aushalten, ohne verbittert und böse zu werden.

Vielleicht hat sie recht. Seit Neustem ziehe ich in Erwägung, dass sie recht haben könnte. Ich könnte versuchen, mich an Mutters Sonnenseite zu orientieren. Ich stelle mir vor, wie sie sich mit ihrer achtzigjährigen Freundin Helène in Basel zum Mittagessen trifft, wie sie

Champagner auf der Terrasse des Hotels Les Trois Rois trinken und sagen: »Wie haben wir es gut.« Der Rhein zieht vorbei in seiner herrlichen Breite, mit seinen Strudeln und Strömungen, sie betrachten ihn schwärmerisch und lächeln sich durch ihre großen Sonnenbrillen zu.

Seit Neustem spüre ich so etwas wie Wärme, wenn ich mir vorstelle, wie Mutter in ihrer Küche steht und für Gäste Petit Fours in den Zuckerguss taucht, dabei lächelt und denkt, dass sie ihr Leben genießt.

Als Mutter so alt war, wie ich es heute bin, wurde sie krank. Es war Herbst, und wir dachten erst, sie habe sich eine Grippe eingefangen. Sie lag in ihrem abgedunkelten Zimmer und konnte nicht aufstehen. Also brauchte sie jemanden, der nach ihr sah.

Ich war zwanzig und von der langen Reise zurück, besuchte ein paar Vorlesungen an der Uni, aber es konnte gut sein, dass ich bald wieder losziehen würde, weiter nach Südamerika. Ich hatte aus Mexiko Taschen voller bunter Holzfiguren und aus Blech gestanzte Skelette mitgebracht, die ich auf verschiedenen Märkten verkaufen wollte. Ich wohnte bei einer Freundin, die in Zürich Psychologie studierte, in einem kleinen Zimmer in einem alten Schindelhaus, das mit Holz geheizt wurde.

Ich hatte Zeit.

Also fuhr ich zu Mutter, um für sie zu sorgen, so lange, bis es ihr wieder besser gehen würde, bis sie ihren Alltag wieder aufnehmen könnte.

Ich kochte Bouillon und Haferbrei, saß neben ihrem Bett und löffelte ihr lauwarmen Tee in den Mund.

»Du musst trinken«, flüsterte ich, aber sie schüttelte nur den Kopf.

Sie schlief die meiste Zeit in ihrem abgedunkelten Zimmer und sagte kein Wort. Ich fragte sie immer wieder, ob ich ihr vielleicht vorlesen solle, aber jedes Mal schüttelte sie den Kopf. Sie brauche Ruhe, sagte sie, nur Ruhe, als wäre diese Ruhe das Kostbarste auf der Welt, die einzige Medizin. Also schüttelte ich ihre Kissen und Decken auf, zog leise die Türe hinter mir zu, füllte ihren Kühlschrank und ging mit dem Hund spazieren. Ich kochte für Vater, wenn er mittags nach Hause kam, und wir aßen zusammen am kleinen Esstisch neben der Küche. Wenn wir fertig waren, lasen wir die Zeitung, reichten uns die verschiedenen Bünde über den Tisch. Ich brachte ihm einen Espresso, den er im Stehen trank, bevor er zu Mutter ging, um sich von ihr zu verabschieden. Mutter hatte kein Fieber und auch keine Erkältung, nur diese abgrundtiefe Erschöpfung, die so tief und dunkel war, dass sie nicht aufstehen konnte. Der Arzt sagte, sie habe eine schwere Grippe. Er war ein guter Freund von meinen Eltern, und wenn er spät nachmittags auf seinem täglichen Hausbesuch vorbeikam, zog er ihre Zimmertüre hinter sich ins Schloss. Ich stand im Flur und wartete noch einen Moment, dann ging ich zurück in die Küche oder setzte mich auf den Ofen. Ich wusste, dass das keine Grippe war. Aber ich wusste auch, dass niemand ihrer Krankheit einen anderen Namen geben würde. Wir würden es weiterhin die schwere Grippe nennen, und Mutter würde sich irgendwann davon erholt haben, in ein paar Wochen, Monaten vielleicht. Irgendwann würde sie zurückblicken, mich anlächeln und sagen: »Weißt du noch, als du für mich gesorgt hast? Als ich so schwach war, dass du mich auf die Toilette begleiten musstest?«

31

In den Herbstferien werden wir mit den Kindern nach Ibiza fliegen. Es könnte der letzte Familienurlaub sein, in den Nora noch mitkommt, also buche ich ein Hotel mit Infinity Pool in der Nähe von Strandbars mit bunten Sitzsäcken, in denen man zum Sonnenuntergang Piña Coladas schlürft. Wir werden zum Discobeat einschlafen müssen, aber Nora ist außer sich vor Freude. Sie hat sich eine Auswahl an Bikinis nach Hause bestellt, die in buntem Chaos auf ihrem Zimmerboden liegen, bis sie einen Teil davon wieder zurückschickt. Ich fahre nach Zürich, um mich in einem Fachgeschäft beraten zu lassen, vielleicht ist es an der Zeit, den Bikini gegen einen Einteiler zu tauschen oder zumindest einen Kaftan auszuwählen, der in seinen Farben zum neuen Bikini passt. Schließlich entscheide ich mich für einen dunkelblauen Bikini im Fünfziger-Jahre-Look, der mit einer gerafften Stoffbahn Bauch und Hüften umschmeicheln und gleichzeitig kaschieren soll. Die Verkäuferin nickt begeistert, während ich mich zweifelnd um mich selbst drehe, als müsste ich nur den richtigen Winkel finden, damit mir das, was ich sehe, gefällt.

Bevor wir fliegen, laden unsere Eltern alle Töchter mit ihren Familien zu einem frühen Sonntagabendessen ein. Wir sitzen in Korbstühlen auf dem Rasen, Insekten flirren im Herbstsonnenlicht und die Kinder plantschen im Pool. Vater reicht uns in großen Gläsern Champagner, während Mutter in der Küche mit Marion zusammen die Häppchen richtet.

Nora und ich haben unsere neuen Bikinis dabei, aber ich bin nicht sicher, ob ich heute ins Wasser gehen werde. Nora zieht sich vor dem Essen noch schnell um. Als ich sie sehe, stockt mir der Atem. Ihr Höschen besteht aus einem kleinen Stoffdreieck und einer Schnur, die zwischen den Pobacken verschwindet. Das Oberteil bedeckt knapp die Brustwarzen. Ich blicke entsetzt in die Runde, prüfe die Blicke der anwesenden Männer, doch meine beiden Schwager spielen inzwischen eine Runde Tischtennis, Vater hilft Marions Jüngstem in die Schwimmhilfen und Nico sitzt in Mutters Büro, um einen neuen Drucker anzuschließen. Noch hat keiner Noras Hintern gesehen, außer Jana, die mit dem Kinn in Noras Richtung zeigt und anerkennend die Augenbrauen in die Höhe zieht. Nora springt mit dem Kopf voran ins Wasser, und ich denke, das muss ihr das Stofffetzchen vom Leib reißen.

Jana lächelt und beginnt, sich eine Zigarette zu drehen.

Ich vergrabe mein Gesicht in den Händen.

»Hast du dieses Höschen gesehen?«

»Ja, klar. Erstaunlich, da es quasi nicht vorhanden ist.«

Sie grinst. Ich schaue sie böse an.

»Das kann ich nicht tolerieren!«

Jetzt lacht Jana laut auf.

»Larissa! Du kannst ihr nichts mehr verbieten! Sie ist bald achtzehn, und überhaupt, was ist genau dein Problem?«

»Das fragst du mich ernsthaft?«

Gleich werde ich beginnen, mich mit ihr zu streiten, aber Jana bläst in aller Ruhe den Rauch aus. Ich meine, einen schadenfrohen Zug um ihren Mund zu sehen.

»Sie kann doch nicht so … so rumlaufen, wie eine … Eine, die sich anbietet, die den Strand entlanggeht und ruft, schaut her, schaut mich an, bei meinem Anblick soll euch das Wasser im Mund zusammenlaufen, ihr sollt mich begehren, ich bin ein Objekt, das eure Fantasien bedient!«

»Mensch, Larissa, jetzt krieg dich wieder ein. Du redest ja wie eine katholische Nonne!«

Jana blickt zu Nora. Die zieht ihre quietschenden Cousins in einem Plastikschiff durch den Pool. Flynn und Shirin üben, wer länger unter Wasser bleiben kann. Der Pool ist so weit weg, dass sie uns nicht hören können, selbst wenn wir uns anzuschreien beginnen. Die Küche, in der Mireille Matthieu singt, ist wesentlich näher, aber das ist mir egal.

»Willst du wirklich wissen, was mein Problem ist? Dass meine Tochter sich durch ihren Arsch bestätigen lässt, sich mit dem Begehren anderer aufwertet! DAS ist mein Problem!«

Vater schaut von der anderen Seite des Pools zu uns herüber, zum Glück hört er zu schlecht, um uns zu verstehen.

Jana bleibt ruhig. Sie bläst den Rauch an ihrer Schulter vorbei und blickt immer noch zum Pool.

»Unsinn. Soll ich dir sagen, was dein Problem ist? Du willst nicht wahrhaben, dass dein kleines, süßes Mädchen Sex hat.«

»Ach, hör doch auf. Ich will, dass sie reflektiert, dass sie sich Gedanken macht, wie sie rumläuft, was für eine Botschaft sie damit aussendet. Das ist ja wohl nicht zu viel verlangt, oder?«

Jana verdreht die Augen.

»Okay. Jetzt fehlt nur noch, dass du sagst, alle Frauen, die vergewaltigt werden, sind selbst schuld, ja?«

»Ich wusste, dass du damit kommen würdest!«

»Wer kommt womit?« Marion balanciert eine Platte mit belegten Crackern über den Sitzplatz.

Jana drückt ihre Zigarette aus.

»Larissa hat ein Problem, wenn sich Frauen zu sexuell kleiden, vor allem, wenn es sich dabei um ihre Tochter handelt.«

Marion blickt mich fragend an. Ich öffne den Mund, aber in dem Moment steigt Nora aus dem Wasser und bückt sich nach einem der großen, flauschigen Badetücher, die meine Mutter neben dem Pool bereitgelegt hat. Wie starren sie alle drei an. Ihre Formen sind perfekt, wohlgeformt, straff, beneidenswert.

Ich blicke zu Marion, die leise durch die Lippen pfeift, während Nora strahlend auf uns zukommt. Tropfend bleibt sie vor uns stehen, schnappt sich einen Cracker mit Thunfischmousse und sagt: »Alles gut bei euch?«

32

Als ich am zweiten Abend am Strand sitze und auf den Sonnenuntergang warte, bin ich alleine. Ich kann nicht glauben, dass mir das noch immer passiert. Heute fürchte ich mich nicht mehr vor den Blicken fremder Menschen, ich habe gelernt, Nein zu sagen. Ich beklage mich im Hotel über die schmutzige Bettwäsche, ich lache dem Taxifahrer ins Gesicht, wenn er mehr als drei Mal so viel verlangt, wie im Reiseführer angegeben, und schüttle dabei sanft den Kopf. Heute spreche ich mit jedem, dem ich begegne, die beiden jungen Typen neben mir bitte ich um eine Zigarette, man könnte sagen, ich bewege mich sicher in der Welt.

Aber nicht so sicher, dass ich nicht mehr die Haltung verliere. Nicht so sicher, dass ich meine Familie nicht an einem Tisch am Hafen zurücklasse, noch bevor unser Essen kommt. Nicht so sicher, dass ich nicht mehr weinend die Serviette auf den Tisch knalle, den Stuhl so heftig zurückschiebe, dass er umfällt, und bis ans andere Ende der Insel renne, wo ich jetzt sitze und aufs Meer blicke, um den vielgepriesenen Sonnenuntergang zu genießen. Ich bin weggerannt, wie ich als Dreizehnjährige von meinen Eltern weg in mein Zimmer gerannt bin, ein Bündel unkontrollierter Gefühle. Ich versuche Halt zu finden, aber da ist nichts, keine Einsicht, kein Entkommen. Meine Hände fassen ins Leere.

In der Ferne sehe ich die letzten Surfer, die noch auf ihren Brettern schaukeln und auf die perfekte Welle warten. Einer steht am Strand, zögert kurz, wirft sich dann auf sein Brett und paddelt hinaus, fast bis zum Horizont, dort, wo sich die Wellen brechen. Er bleibt eine Weile liegen, dann paddelt er los, wirbelt mit den Armen, gibt seinem Körper einen Ruck, springt auf das Brett und reitet die Welle, bis sie über ihm zusammenschlägt und er irgendwann wieder hochgespült wird.

Ich hoffe, Nico wird mich hier finden. Mich zurückholen in das Restaurant am Hafen, berühmt für die Cocktails und das außergewöhnlich gute Essen. Ein Ort, an dem Nico es tatsächlich fertigbringt, nichts zu bestellen.

Er sei nicht hungrig, hat er gesagt.

Ich hatte seit dem späten Frühstück nichts mehr gegessen. Ich hatte großen Hunger, ich freute mich auf ein Essen, das aus mindestens drei Gängen bestehen würde.

»Willst du abnehmen?«, fragte Nora ihn, halb im Witz und halb ernst.

»Natürlich nicht«, sagte er. Er habe diese Völlerei nur so satt. Dieses ständige Zuviel von allem. Wir würden alle immer zu viel essen, zu viel konsumieren, zu viel wollen, wo wir doch immer weniger bräuchten im Alter.

Er blickte uns alle drei an, die Hände nach oben geöffnet, als warte er auf Beifall. Die Kinder zuckten nur mit den Schultern, aber mir schossen Tränen in die Augen. Ich stieß den Stuhl zurück, sah Nicos entgeistertes

Gesicht, den fragenden Blick von Nora, aber ich war schon weg. Zwängte mich zwischen den Tischen hindurch, hastete durch die Gassen, wich den Motorrädern aus, den weißgekleideten und braungebrannten Menschen, die sich aufgekratzt zum Abendessen begaben.

Die Sitzsäcke füllen sich langsam mit Leuten, die den Sonnenuntergang nicht verpassen wollen. Neben mir knabbert eine Japanerin an einem Stück Pizza. Sie wischt immer wieder den Sand von den Fußsohlen ihres Babys, während ihr Mann in sein Handy schaut und geistesabwesend nach der Pizza greift. Die Japanerin isst so langsam, als sei jeder Bissen eine große Anstrengung, die sie zu bewältigen hat. So müsste ich essen. So zaghaft, so genusslos, dann könnte ich mit Nico das Abendessen ausfallen lassen, genügsam und gesund mit ihm ins Alter spazieren. Aber ich bin noch immer unersättlich. Ich esse noch immer mit gierigen, hastigen Bissen, als hinge mein Leben davon ab.

Ich blicke auf meine Oberschenkel, sehe ein paar blaue Streifen, ein paar Adern, die noch einmal stärker hervorgetreten sind. Ich ziehe mein Kleid nach unten. Es ist aus Seide, noch habe ich mich nicht im Bikini gezeigt.

Als ich heute Nachmittag aus unserem Bungalow trat, sah ich, wie die junge Frau von nebenan ihr Strandtuch an die Wäscheleine hängte, wie sie sich streckte und dabei ein Stück verbrannte, rote Haut mit tiefen

Dellen auf der Seite ihrer Oberschenkel preisgab. Für einen kurzen Moment spürte ich so etwas wie Schadenfreude, aber sogleich schämte ich mich, ihren Körper auf diese Weise zu betrachten. Es beginnt immer bei mir, dachte ich, mit meinem Blick auf mich.

Ich ziehe an meiner Zigarette. Irgendwo in der Ferne lässt jemand einen Drachen steigen, ein großes, schaukelndes Schiff in den Wolken.

Ich bin jetzt in einem Alter, in dem ich unsichtbar geworden bin für die jungen, durchtrainierten Männer am Strand. Ihre Blicke gleiten über mich hinweg, sie scheinen kein konkretes Ziel zu verfolgen, sind aber jederzeit bereit, zu reagieren, wenn ihnen etwas unterkommt, das sie für gut genug befinden. Ich kann es nicht fassen, dass ich immer noch automatisch den Bauch einziehe, die schlaffen Brüste mit einer Hand bedecke, sobald ich in die Nähe dieser Männer komme. Ich habe Nora gar nichts zu sagen.

Mein Handy vibriert. Es ist eine Nachricht von Nico. Sie spielen Karten im Bungalow und würden sich freuen, wenn ich dazu käme.

Das klingt wie ein Vorschlag, über meinen Aussetzer hinwegzusehen, so zu tun, als hätte es ihn nie gegeben. Wir könnten ihn abhaken, keine große Geschichte daraus machen. Das Leben locker nehmen.

Aber das werde ich nicht tun. Ich werde mich zu ihnen setzen und ihnen erzählen, warum ich weggerannt bin. Ich werde über meine Gefühle sprechen, ich werde mich ihnen zeigen, ich werde sie hinter die Hecke sehen lassen.

Und morgen, bevor wir zum Strand gehen, werde ich mir in der Boutique am Hafen einen neuen Bikini kaufen, ein knappes Teil, das wenig verhüllt. Ich werde meinen Bauch und meine Oberschenkel allen Blicken aussetzen, werde die warme Luft an meiner weißen, weichen Haut spüren und tief in die Wölbung des Bauches atmen. Ich werde mich wie eine Meeresschildkröte treiben lassen, ein großes, schweres Tier in der Tiefe, dessen Körper von einem Bauch- und Rückenpanzer geschützt bleibt, mit einem Blick, der gleichmütig über die Menge gleitet, während sie sich von den Wellen an den Strand spülen lässt.

33

Zwei Wochen ist Pippa dieses Mal bei uns zu Besuch, während meine Eltern den Süden Italiens bereisen. Die Hündin ist klein und verspielt und sehr sensibel. Wenn sie glaubt, alleine gelassen zu werden, beginnt sie zu zittern. In der Werkstatt habe ich für sie einen Platz eingerichtet, von wo aus sie mir zuschaut, nachdem sie alles beschnüffelt hat. Zu Hause folgt sie mir auf Schritt und Tritt oder setzt sich wartend neben die Haustür. Sie vermisst Mutter.

Zwei Mal im Jahr ist sie läufig, ausgerechnet jetzt, hat Mutter mit schlechtem Gewissen gesagt, als sie sie hergebracht hat.

»Aber du kannst ihr sagen, dass sie das Blut weglecken soll. Solange es noch nicht getrocknet ist, geht das gut«, sagt sie.

Ich habe es ausprobiert, es klappt tatsächlich, die Hündin leckt die kleinen Tröpfchen Blut, die sie hinterlässt, auf.

Morgens ist es jetzt länger dunkel, das Licht über dem Esstisch brennt noch, obwohl es draußen langsam hell wird. Flynn ist mit seinen weißen Stöpseln im Ohr losgezogen, und Nora ist gestern für ihren Sprachaufenthalt nach Montpellier gefahren. Die Rosen von ihrem achtzehnten Geburtstag welken langsam, neigen die Köpfe in Richtung Tischplatte. Ich will sie stehen lassen, bis jedes einzelne Blütenblatt abgefallen und die Farbe der Blütenblätter vollkommen verblichen ist. Mein Job ist gemacht. Mit achtzehn ist das Kind offiziell erwachsen, es kann wählen gehen und kommt ohne gefälschten Ausweis in die Clubs.

»Ach, komm, jetzt übertreib mal nicht«, hat Marion zu mir gesagt, »die braucht dich schon noch, ganz ohne dich geht es noch nicht.«

Aber ich will, dass es ohne mich geht. Ich will die Verantwortung abgeben, das wollte ich schon vom ersten Moment an, als Nora geboren wurde. Ich will Nora vom Rand her zuschauen und ausatmen. Ich will für sie da sein, wenn sie das braucht, will zuhören, wenn sie erzählen muss, ihr dabei sanft über den Kopf streichen, einen heißen Kakao machen oder, etwas aufwändiger, ihre geliebten Zimtschnecken für sie backen. Aber dann ist es gut. Dann soll sie wieder gehen und ihr eigenes Leben füllen, so wie ich dafür sorgen muss, dass meines gefüllt bleibt. Sie soll gehen und zurückkommen, gehen und zurückkommen, nicht zu lange bleiben, damit wir einander immer wieder aufs Neue treffen, uns aufeinander freuen können. Wir werden nicht mehr der Nabel der Welt füreinander sein, und das stelle ich mir als eine große Befreiung vor.

Am Samstag hat Nico eine Flasche Wodka in ihrer großen Handtasche gesehen, als sie sich auf den Weg zum Club machte. Er hat nichts zu ihr gesagt, aber er hat es mir später erzählt.

Ich drehe die Stühle und lege sie über die Tischkante, um den Boden zu wischen.

Ich muss an Noras Freundinnen denken, die sich in der dunklen Ecke hinter dem Club, im letzten Bus nach Hause, im Bad der Eltern erbrechen. Ich stelle mir vor, wie die Eltern sich im Bett umdrehen und so tun, als würden sie diese Geräusche nicht hören, nicht hören, wie ihren Kindern Dinge aus den Händen fallen, wie sie irgendwo anstoßen, den Klodeckel zuschlagen. Ich habe Nora gefragt, und sie hat mir erzählt, dass jede ihrer Freudinnen schon mal gekotzt hat, das sei ganz normal, ich solle mich nicht so anstellen.

»Ich kenne meine Grenzen, Mama«, sagt sie, »ich passe auf, ich weiß genau, wieviel ich vertrage, ich hatte noch nie einen Kater.«

Und ich glaube ihr, auch wenn ich sie immer wieder fragen muss.

»Wieviel hast du getrunken? Wer hat sich erbrochen? Wann seid ihr nach Hause gegangen?«

Ich lasse heißes Wasser in den Eimer laufen, tauche den Wischmopp hinein. Er grinst mich höhnisch an, während ich ihn durch die Kinderzimmer trage, über den Badezimmerfußboden ziehe, wieder ins Wasser tauche. Er sagt: »Hier bist du also. Hier stehst du und ziehst mich durch ein Zimmer nach dem anderen, während deine Tochter durch die Straßen Montpelliers schlendert, die Meeresbrise im frisch gewaschenen, langen Haar, mit federndem Schritt und viel zu großer Sonnenbrille alles zum ersten Mal erlebt. Wie sie spielt, sie sei erwachsen, wenn sie mit ihren Freundinnen am Straßenrand in einem Café sitzt, spielt, sie sei erfahren, wenn sie abends am Strand die Flasche Schnaps an ihre Lippen führt und sich unters T-Shirt fassen lässt.«

»Ja, hier bin ich«, keuche ich, während ich den Mopp in die Ecken schleudere und unter die Betten ziehe, »daran ist nichts falsch. Ich lag auch an Frankreichs Stränden und habe mich über den Jeans irgendwelcher Jungs auf und ab bewegt. Auch ich habe aus einer Flasche Schnaps getrunken und dabei zu den Sternen geschielt, weil ich dachte, dass man das so macht. Ich habe auch alles einmal zum ersten Mal erlebt, das ist nicht das Problem.«

Das Wischwasser wird dunkel, das Haus ist immer schmutzig, wenn Pippa da ist. Ich gehe in die Küche und fülle den Eimer noch einmal neu. Ich wische den Küchenboden ein zweites Mal, überall dort, wo doch noch Blut der Hündin klebt, schrubbe ich besonders lange.

»Was grinst du so blöd«, schreie ich den Wischmopp an, »ich weiß, dass ich alt werde, das musst du mir nicht sagen! Ich weiß, dass ich nicht weiß, was meine Tochter treibt, aber ich weiß, dass sich Männer in meinem Alter hypnotisiert nach ihr umdrehen und dabei vergessen, den Mund zu schließen!«

Erschöpft lasse ich mich aufs Sofa sinken. Am liebsten würde ich mit der Hündin jetzt eine Runde in den Wald gehen. Frische Luft und Tannenspitzen, kleine Vögel, die aus dem Dickicht auffliegen. Ich blicke zum Waldrand, sehe die Zickzacklinie der Bäume am Horizont. Aber ich habe Mutter versprochen, dass ich bei Großmutter vorbeischaue, während sie weg ist. Also hole ich Pippa, die ich in die Waschküche gesperrt habe, während ich putzte, und mache mich auf den Weg.

Ich muss geschmeidig bleiben, denke ich, muss zusehen, dass ich nicht übersäuere.

34

In der Nacht träume ich, dass ich wochenlang vergessen habe, die Hündin zu füttern. Abgemagert und kraftlos legt sie sich mit halb geschlossenen Augen vor mir auf den Boden. Panik befällt mich, als ich sehe, was ich getan habe. Ich habe vergessen sie zu füttern, weil ich damit beschäftigt war, das Haus zu putzen. Hastig suche ich die Packung Hundefutter, aber es ist nichts mehr da. Ich gieße Wasser in eine Schale und schütte Cornflakes dazu. Sie schwimmen obenauf, wie Blütenblätter. Die Hündin sinkt noch tiefer auf den Boden, schließt die Augen, hört auf zu atmen.

Als ich aufwache, ist mein Gesicht nass, ich muss im Schlaf geweint haben. Die Haut unter meinen Augen brennt.

Ich drehe mich zu Nico, der neben mir langsam die Augen öffnet.

»Nico«, flüstere ich.

»Hmmm …«

»Sag mir, dass da niemand ist, der mich beobachtet. Sag, dass mir niemand zuschaut und beurteilt, wie ich es mache.«

Er streckt seine Hand nach mir aus, fährt mit einem Finger sanft über die rote Haut unter meinen Augen und nickt.

»Da ist niemand, Larissa. Niemand schaut zu.«

Seit ein paar Tagen habe ich diesen roten Hautausschlag um die Augen. Er verändert sich ständig, manchmal leuchtet er flammend rot auf, manchmal juckt er oder schuppt leicht. Nora sagt, ich soll endlich zu einem Arzt gehen, aber wegen so etwas gehe ich nicht zum Arzt. Ich sage mir, dass der Ausschlag weggehen wird, wenn ich ihn ignoriere oder wenn ich verschiedene Salben ausprobiert habe. Aber der Ausschlag wird stärker. Und langsam frage ich mich, was er mir mitteilen will.

Ich lasse mir ein Bad ein. Jetzt, mit Mitte vierzig, werden die Menstruationskrämpfe mit jedem Monat stärker. Ich habe es wie jedes Mal zuerst mit Magnesium versucht, mit ein paar Dehnübungen, habe versucht, die Beine warm zu halten, den Unterleib. Schließlich gebe ich auf. Ich werfe zwei Tabletten ein und warte in der Wanne, bis sie wirken. Jedes Mal hoffe ich, dass es ohne Chemie geht, jedes Mal gebe ich auf. Seit den Geburten meiner Kinder halte ich Schmerzen nur schlecht aus, fürchte ich mich vor ihnen. Ich weine vor Wut, ich glaube, dass diese Schmerzen ein Versagen sind, ein Zeichen. Dass ich nicht anders bin als Tante Esther.

Flynn kommt nach Hause und ruft nach mir. Ich wische mir die Tränen weg und rufe zurück, dass ich in der Wanne liege. Als er ins Bad kommt, um mir Hallo zu sagen, ziehe ich die Beine an und halte meine Arme vor die Brüste. Dabei verliere ich das Gleichgewicht, fange an zu zappeln und die Bücher, die ich auf den Wannenrand gelegt habe, fallen ins Wasser.

Flynn fischt sie aus dem Wasser, legt sie auf ein Tuch und trocknet sie sorgfältig ab.

»Das ist mir peinlich«, sage ich.

»Hmm«, antwortet er.

In zwei Monaten wird er fünfzehn. Abends stehe ich noch kurz neben seinem Bett, fahre ihm durch die Haare und wünsche ihm eine gute Nacht. Er dreht sich weg und murmelt: »Ich dir auch.«

Ich muss daran denken, wie er mir einmal die Arme um den Hals schlang, er war fünf oder sechs, und sagte: »Du bist so nett.«

»Nett?«, fragte ich.

»Ja«, sagte er, »wenn du in einen Raum kommst, wird es hell.«

Er legt die Bücher zurück auf den Wannenrand, dabei schaut er diskret an mir vorbei.

»Brauchst du noch was, Mama?«

Ich schüttle den Kopf.

Er zieht langsam die Badezimmertüre zu und ich höre, wie er in seinem Zimmer den Verstärker anmacht, die Gitarre stimmt. Er spielt immer dieselben Riffs. Es sei eine neue Art von Riffs, hat er mir gestern erklärt, ihren Namen habe ich schon wieder vergessen, weil ich mich beim Zuhören nicht genug konzentrierte.

Ich staune immer wieder, wie zuverlässig er morgens aufsteht, seinen Fensterladen zurückschiebt, das Licht im Flur anmacht. Dabei ist er mindestens so ungeduldig wie ich, aber er nimmt die Dinge genauer in die Hand, er behandelt sie vorsichtiger. Resultate sind ihm wichtig. Manchmal denke ich, dass ihm ein inniger Freund fehlt, aber er streitet das ab, darüber will er nicht sprechen.

Gestern fragte er mich, ob ich ihn in der Dämmerung dabei fotografiere, wie er auf dem Trampolin Back-Flips macht. Immer und immer wieder warf er sich in der Luft nach hinten. Die Bilder zeigen nur eine verwischte Bewegung, seine Silhouette, festgehalten in der Luft. Hinter seinem Rücken Schatten, die sich ausbreiten. Ich sehe ihn, wie er niemals durch die Kamera sichtbar wird, für immer festgehalten nur in mir.

35

Jedes Jahr schenkt uns Großmutter zu Weihnachten einen Mondkalender. Heute haben wir zunehmenden Mond im Zeichen des Zwillings, ein Lichttag, Eingriffe an der Lunge oder anderen Atemorganen sollten, sofern von ärztlicher Seite nichts entgegensteht, auf den nächsten Tag verschoben werden.

Gestern hat es in den frühen Morgenstunden zu schneien begonnen und erst im Dämmerlicht wieder aufgehört. Die Nachbarkinder jauchzten und schlittelten neben unserem Haus den Hügel hinunter, bis es dunkel wurde. Heute schneit es weiter und auf den Straßen schleichen die Autos langsam voran. Ich stelle den Mondkalender zurück und beschließe, spazieren zu gehen.

Die Schafe sehe ich nicht sofort. Sie stehen auf der Wiese etwas oberhalb unseres Hauses, verstreut wie Flocken, eine ganze Herde, mehrere hundert, schätze ich. Ein Esel, dick beladen mit Taschen und anderem Material, grast mitten unter ihnen. Ich muss daran denken, wie einst Lapislazuli-Brocken auf Kamel- und Eselsrücken über die Seidenstraße transportiert wurden. Das Pigment war damals so teuer und kostbar wie Gold. Es war nur göttlichen Wesen erlaubt, dieses Blau zu tragen, der Mutter Gottes zum Beispiel, oder den grössten Buddha-Statuen der Welt im Bamiyan-Tal, in der Nähe des Bergwerkes in Afghanistan. Ihre Kleider sollen von weit her geleuchtet haben, tief aus den Felswänden heraus, in die sie gemeißelt waren.

Auf YouTube kann man sich die Sprengung der Statuen ansehen, als sie 2001 von den Taliban in die Luft gejagt wurden, aber ich werde es mir niemals ansehen. Nur daran zu denken verursacht mir körperlichen Schmerz.

Die Tiere bemerken mich nicht, als ich an ihnen vorbei gehe, keines hebt den Kopf. Sie stecken ihre Schnauzen tief in die Erde, als gäbe es unter der dicken Schicht Schnee fettes, grünes Gras zu finden. Ich suche nach dem Schäfer. Er steht etwas weiter oben am Wegrand neben dem Birnbaum und blickt auf die Herde. Ein schwarzer Hut mit breiter Krempe schützt sein Gesicht vor dem Wetter. Ich erinnere mich sofort, wie uns Mutter früher immer losschickte, um den Schäfern, die für ein, zwei Tage auf der großen Wiese neben der Fabrik mit ihrer Herde weideten, Kaffee und Kuchen zu bringen. Sie legte alles in einen kleinen geflochtenen Korb, den irgendwann einer unserer Hunde zerkaute, bis nur noch Splitter auf dem Orientteppich übrigblieben.

Ich gehe auf den Mann zu.

»Hallo. Guten Tag. Ich wohne gleich da unten. Hätten Sie vielleicht gerne einen Kaffee oder einen Tee?«

Er blickt mich an und sagt nichts. Ich suche in seinem Gesicht nach einem Zeichen.

»Bitte?«, sagt er.

Ich trete von einem Bein aufs andere. So habe ich mir das nicht vorgestellt.

»Ob Sie vielleicht Kaffee oder Tee möchten. Bei diesem Wetter? Ich ...«

»Nein, danke. Ich habe selber welchen dabei.«

Er deutet mit dem Kinn in Richtung Straßenrand, wo ein alter VW-Bus geparkt steht.

Das Blau seiner Augen ist kräftig, die Haut ledrig und vergerbt, genauso wie man es sich vorstellt bei jemandem, der die meiste Zeit draußen lebt. Seine Lippen sind dünn und verschlossen. Mit einer Hand fährt er sich übers Kinn, und ich erkenne die schwieligen Hände und dicken Finger der Landarbeiter. Ich beschließe, noch ein wenig stehen zu bleiben, obwohl er nur widerwillig mit mir spricht. Ich frage ihn, wie lange er schon als Hirte arbeitet.

Er scheint eine Weile nachzudenken.

»Über vierzig Jahre.«

Er nickt mit dem Kinn in Richtung Waldrand.

»Früher habe ich draußen geschlafen. Habe mir im Wald ein Lager gebaut, immer ein großes Feuer gemacht.«

Er deutet ein Lächeln an, dann dreht er sich weg.

»Aber das muss jetzt nicht mehr sein. Das wird zu hart auf die Dauer und ich habe gelernt, etwas besser zu mir zu schauen, mein Körper macht nicht mehr alles mit.«

Er dreht sich wieder zu mir. Seine Augen sind von einem so tiefen Blau, dass ich wieder an Lapislazuli denken muss. Eine der frühesten Darstellungen einer sumerischen Armee zeigt die Krieger vor einem Hintergrund, der aus Lapislazuli-Steinen gelegt wurde. Die Armee galoppiert durch eine von einem fernen, überirdischen Blau erleuchtete Nacht.

Wir schweigen beide. Dann sagt er:

»Ich überlege jedes Jahr aufzuhören. Schließlich gehe ich auf die sechzig zu. Aber was soll ich machen, ich habe nichts anderes.«

Sein Hund rennt los, um eines der Schafe einzutreiben. Der Hirte steckt zwei Finger in den Mund und pfeift den Hund zurück. Als er neben ihm Platz nimmt, streichelt er über seinen Kopf.

»Gut gemacht. So ist brav.«

Ich frage ihn, ob er im Bus übernachtet. Er schüttelt den Kopf. Heute fährt er abends, wenn er die Schafe eingezäunt hat, mit dem Auto nach Hause in die kleine Wohnung, die er im Nachbarsdorf gemietet hat. Und im nächsten Tal mietet er ein Zimmer bei einem Bauern. Er habe da seine Verbindungen.

Er sieht mich an und kneift dabei ein Auge etwas zu.

»Du denkst, das sei alles sehr romantisch, nicht? Aber es ist hart. Du bist jedem Wetter ausgesetzt, tagelang allein mit den Tieren unterwegs und verdienst fast nichts. Niemand von euch würde das aushalten«, er nickt Richtung Dorf, »Tag für Tag draußen zu leben.«

Ich sage, da habe er bestimmt recht.

»Aber weißt du, was noch viel härter ist?«

Ich schüttle den Kopf. Sag es mir, denke ich, was ist noch viel härter?

»Wenn ich in meine Wohnung komme, ist es dunkel und kalt. Es ist still, wenn ich die Türe öffne. Da ist keine Frau mehr, die Kinder sind groß. Da gibt es niemanden, der auf mich wartet.«

36

Es gibt Champagner und Cracker mit Frischkäse. Mutter sitzt unter den kleinen Geweihen zweier Rehböcke, die Vater vor vielen Jahren geschossen hat. Sie hängen nebeneinander an der grüngestrichenen Wand und Mutter sitzt etwas erhöht, wie auf einem Thron. Es ist ihr Geburtstag. Sie hält ihr Champagnerglas in die Luft und strahlt.

Wir sitzen alle im Kreis um sie herum.

Jana steht auf und schlägt mit einem Löffel an das leere Glas in ihrer Hand. Vor ein paar Tagen rief sie mich an und sagte, sie wolle eine Wertschätzungsrunde für Mutter machen, wir sollten uns vorbereiten.

Ich habe es vergessen, aber mir wird schon irgendetwas einfallen.

Nach Jana ist Nico an der Reihe. Er räuspert sich kurz, dann sagt er: »Wären wir zu zweit in der Wüste gestrandet, Paulina, ich bin sicher, du würdest mir deine Wasserflasche geben.«

Mutter wackelt leicht mit dem Zeigefinger: »Teilen würde ich mit dir, aber die Hälfte der Flasche würde ich trinken.«

Alle lachen. Ich beobachte Mutter, während sie sich anhört, wie sich alle bei ihr willkommen fühlen, wie großzügig sie ist, ich sehe, wie es in ihren Augen blitzt, wie schwer es ihr fällt, nur zuzuhören, still zu sitzen. Ich glaube, nichts von all dem, was gesagt wird, überrascht sie und doch scheint es mir, als würden die Sätze an ihr abprallen.

Zum Schluss singen wir für sie, wir singen falsch, zu hoch und zu tief, zu schnell und zu langsam, aber sie sitzt da und strahlt weiter, und ich glaube, sie ist glücklich, ich glaube, sie feiert einen Geburtstag, an den sie sich gerne erinnern wird, der ihr ein weiteres Mal beweist, wie gut ihr Leben ist, wie es sie beschenkt und beschenkt.

Nach dem Essen sitzen Jana und ich einen Moment lang alleine an der großen Tafel. Mutter hat die weißen Stofftischtücher aufgelegt, die sie selbst genäht hat und zum Bügeln in die Wäscherei bringt. Wir trinken Espresso und Jana wickelt einen Schokoladestern aus dem goldenen Papier. In einem Monat ist Weihnachten und wir werden hier wieder beisammensitzen.

»Wie geht es dir?« Sie blinzelt mir zu.

»Gut. Ich bin entspannt. Irgendetwas hat sich verändert. Ich muss nicht mehr ständig auf der Hut sein.«

Sie wickelt noch einen Stern aus, was mich erstaunt, normalerweise isst sie keine Süßigkeiten.

»Warst du denn immer auf der Hut?«

»Das weißt du doch.«

Sie nickt. Ich sehe, wie Mutter anfängt, das Dessertbuffet aufzubauen.

»Ich gehe mal zu ihr, Jana, ich will nicht, dass sie die ganze Arbeit alleine machen muss.«

Jana dreht sich um und ruft: »Komm, Mam, setz dich für einen Espresso zu uns. Wir machen das nachher gemeinsam.«

Mutter trägt einen schwarzen Lederjupe und ein schief geschnittenes Seidentop. Ihre Gesichtszüge sind heute weich, sie lächelt oft. Sie setzt sich neben mich. Die anderen sind alle irgendwo im Haus, Nico und Flynn reparieren den Drucker, Boris raucht auf dem Sitzplatz, Marion kümmert sich mit ihren Jungs um den neuen Chemiebaukasten, Stefan ist auf dem Sofa eingeschlafen, die grösseren Kinder sitzen vor den Handys.

Ich schiebe Mutter die Zuckerdose zu.

»Wie geht es eigentlich Großmutter?«

Mutter seufzt.

»Sie war wieder schrecklich böse zu mir. Sie gönnt mir einfach nicht, dass ich es einfacher habe, als sie es gehabt hat.«

Jana schaut mich kurz an, dann sagt sie: »Neulich sass ich mit ein paar Frauen zusammen. Und alle erzählten davon, wie sehr sie sich wünschen, dass ihre Mütter sich mehr für sie und ihre Leben interessieren.«

Jana schaut von mir zu Mutter und wieder zurück.

»Ich meine, das ist doch interessant, nicht? Dass so viele Töchter dieses Gefühl haben.«

Durch die Balkontüre sehe ich, wie auf dem Rasen eine Amsel ihren orangefarbenen Schnabel in einen der alten Äpfel versenkt, die Vater im Winter für die Tiere in den Garten wirft. Immer und immer wieder schlägt sie ihren Schnabel ins Fruchtfleisch.

Mutters Stimme klingt heiser, als sie sagt: »Immer sind es die Mütter. Alle hacken immer auf den Müttern rum. Warum sind die Mütter an allem schuld?«

Ich blicke hin und her, von meiner Mutter zu meiner Schwester. Ich frage mich, ob ich etwas sagen muss, ich weiß nicht, was ich sagen soll.

Jana verdreht die Augen.

»Jetzt fühlst du dich wieder angegriffen. Aber ich greife dich nicht an, ich …«

»Ich habe ein volles Leben. Ich habe eine Mutter, die noch lebt, eine große Familie, einen Freundeskreis, dieses Haus und ich versuche, allem gerecht zu werden, siehst du das nicht, Jana?«

Mutters Augen füllen sich mit Tränen.

»Ich habe dich nicht angegriffen, ich habe dir nur sagen wollen, dass ich es…«

»Jede muss selbst …«

»Mutter, du unterbrichst mich ständig.«

»Nein, du unterbrichst mich.«

Jana steht auf. Sie wird laut.

»Ich unterbreche dich, weil ich jetzt rede. Ich sage nur, es ist interessant, dass alle Töchter unter demselben Mangel zu leiden scheinen.«

Sie verschränkt die Arme und sieht mich dabei nicht an, aber ich denke noch immer, sie wartet auf meine Unterstützung. Dieses Gespräch ist vollkommen sinnlos, das ist es, was ich sagen sollte: Lass es gut sein, Jana.

Mit einem Schnauben pustet Jana sich die Haare aus dem Gesicht. Ihr Gesicht ist hart geworden, sie will die Fassung auf keinen Fall verlieren.

»Aber ja, klar. Ich bin eine erwachsene Frau«, sie wartet kurz, ihre Stimme wird leiser, »ich habe nichts mehr von dir zu erwarten.«

Mutter schnäuzt sich, dann trocknet sie ihre Tränen mit der Stoffserviette.

Jana löst ihre Arme aus der Verschränkung und fährt sich mit einer Hand übers Gesicht.

»Ihr habt mit euren Eltern ja gar nie richtig gesprochen.«

»Was denkst du denn?« Mutter trinkt einen Schluck Wasser.

Marions Ältester kommt an den Tisch gerannt.

»Oma, Oma, wir brauchen eine Brausetablette für unser Experiment, hast du eine?«

Schnell steht sie auf, nimmt ihre Tasse und schiebt den Stuhl zurück.

»Bleib doch hier, bestimmt kann jemand anders aushelfen«, sagt Jana.

»Nein. Ich gehe jetzt und helfe ihm.«

Jana setzt sich wieder. Sie stützt ihre Ellbogen auf den Tisch, legt den Kopf in die Hände. Ich warte auf einen Vorwurf, weil ich nichts gesagt habe, aber sie hebt den Kopf und lächelt mich an. Ich überlege, ob ich ihr sagen soll, dass wir Mutter endlich in Ruhe lassen müssen, dass wir endlich aufhören müssen, uns mit diesen klumpigen, alten Bettdecken zudecken zu wollen. Sie geben nicht mehr warm.

»Ich geh eine rauchen. Kommst du auch?«

Ich schüttle den Kopf.

Sie geht durch die Balkontür auf den Sitzplatz zu Boris, der ihr Feuer gibt. Ich sehe, wie sie mit ihm spricht, wie sie die Arme wieder verschränkt, den Kopf schüttelt.

Vor mir liegen haufenweise winzige, silberne Sterne, mit denen Mutter jedes Jahr die Weihnachtstafel dekoriert. Ich fahre mit meinen Fingerspitzen hinein, verteile die Sterne auf dem Tisch, bringe sie wieder zu einem Haufen zusammen, fasse erneut hinein und lasse sie wie Schneeflocken auf die Espressotassen rieseln.

37

Bevor Nora weg geht, will ich sie noch einmal für mich haben, ich will sie ansehen und beobachten, mir einen Vorrat an Erinnerungen anlegen, will ihr einen Vorrat mitgeben, bevor ich das nicht mehr kann. Also fahren wir zu zweit für ein verlängertes Wochenende in die Berge. Wir dürfen die Ferienwohnung meiner Eltern benutzen, und wie immer haben sie überall Schälchen mit Pralinen aus Jennys Delikatessenladen zurückgelassen, angebrochene Packungen gewürzter Nüsse, und im Kühlschrank stehen zwei Flaschen Champagner.

Nora bekommt das Ehebett. Nicht aus Großzügigkeit, sondern weil ich in der Stube besser schlafen kann. Ich lege eine Matratze neben das Holzbuffet auf den Boden und erinnere mich, wie ich früher auf allen möglichen Böden geschlafen habe, irgendwo in irgendwelchen Wohnungen bei irgendwelchen Leuten, am liebsten in der Nähe eines Fensters.

Nora bezieht zwei große Kissen mit der Seidenbettwäsche ihrer Großmutter. Ich stehe im Türrahmen und beobachte sie. Zuerst will ich es ihr verbieten, denke, wozu braucht sie zwei Kissen, aber dann lasse ich es bleiben und halte den Mund. Soll sie es genießen, ganz ohne Ermahnung. Ich bin die, die daran denken muss, dass jeder Genuss mit Arbeit verbunden ist, dass man jetzt zwei statt nur einen Kissenbezug waschen muss.

Sie strahlt mich an, lässt sich aufs Bett fallen und stellt den Fernseher an. Es ist für uns beide klar, dass ich mich nicht dazu legen werde. Wir haben nicht mehr das Verhältnis, in dem körperliche Nähe leicht und selbstverständlich ist. Ich erinnere mich an Noras dicke, kleine Oberschenkel, in die ich immer hineingeprustet habe, wenn sie auf dem Wickeltisch lag. Diese herrlichen Röllchen aus Speck, ihr ekstatisches Quietschen. Jahrelang ist Nora noch zu mir auf den Schoß gekrochen, wenn wir nach den Mahlzeiten am Tisch saßen, am Wochenende legte sie sich zwischen uns ins Bett. Dann hat es aufgehört, wie es aufhören muss, wenn die Körper der Kinder wachsen und beginnen, sich von den Körpern der Eltern wegzubewegen. Irgendwann wollte Nora nicht mehr aus demselben Glas trinken oder geküsst werden. Wenn Nico vom Joggen zurückkam oder wir aus irgendeinem Grund zu sehr schwitzten, wich sie mit erhobenen Händen ein paar Schritte zurück. Ich habe Noras Körper seit mindestens drei Jahren nicht mehr nackt gesehen, und ich frage mich manchmal, was ich falsch gemacht habe, warum alles so verkrampft und so geheim geworden ist. Ich lege mich nie zu ihr aufs Bett, unsere Umarmungen bleiben steif, als müsse jede von uns ihre Brüste einziehen, damit sie auf keinen Fall die der anderen berühren. Wir haben nie mehr zu unverkrampfter, körperlicher Nähe gefunden. Und das will ich auch gar nicht, denke ich jetzt, ich habe kein Bedürfnis danach und doch spüre ich einen kleinen

Stich, jetzt, wo die Gelegenheit da wäre, muss das Bild wegwischen von Mutter und Tochter, die wie zwei Freundinnen im Bett liegen, aneinander gekuschelt, Pralinen futternd, sich gegenseitig wärmend und tief verbunden.

»Schlaf schön, mein Schatz.«

Ich küsse Nora auf die Stirn, scanne dabei ihre Haut, registriere die kleinen, roten Pickel auf der Nase, ihre Augenbrauen, die sie sich seit vielen Jahren zupft.

Nora lächelt mir abwesend zu. »Ja, Mama, du auch.«

Sie ist schon ganz in den Actionthriller vertieft, der im Fernseher vor dem Bett läuft.

Ich gehe in die Stube, lasse die Jalousien runter, zappe noch eine Weile herum, es läuft die Verfilmung eines Romans, den ich kenne, ich erinnere mich an Sexszenen und an ein Paar, das in Swingerklubs geht, was mich damals erregt und fasziniert hat. Die Verfilmung ist zum Glück harmlos, denn Nora kommt, um sich ein Glas Wasser zu holen. Sie stellt sich neben mein Bett und schaut auf den Bildschirm.

»Ich bin vernünftiger als du, ich hab' den Fernseher schon ausgemacht.«

Ich schicke ihr ein paar Küsse durch die Luft und scheuche sie davon. Auch ich sollte schlafen, ich bin noch müde von gestern, weil ich bis zwei Uhr morgens bei meiner Freundin Alexa blieb. Wir tranken Schnaps und ich streichelte ihren fetten Kater, der sich auf meinen Schoß legte und schnurrte. Heute Morgen bin ich mit Kopfschmerzen aufgewacht und diesem dumpfen Gefühl, dass ich aus der Reihe getanzt bin, abgewichen von den festen Bahnen meines Alltaglebens. Irgendwann waren Alexa und ich so betrunken, dass wir nur noch über das schöne Gesicht, das weiche Fell und den edlen Charakter des Katers sprechen konnten. Er wohnte nur vorübergehend bei ihr, und es beunruhigte sie, dass er entweder von seinem Besitzer zurückgeholt oder bei ihr sterben würde. Der Kater hatte sich den ganzen Abend immer wieder auf meinen Schoß gesetzt, sich darin eingebettet, als sei ich ein warmer Ofen, und sein Fell war so weich, meine Finger fassten wie von selbst hinein. Ich konnte mich nicht von ihm lösen, er erinnerte mich an etwas, das vorbei war.

Ich schalte den Fernseher aus, überlege kurz, ob ich Nico anrufen soll, aber er hat am Bahnhof gesagt, er würde früh schlafen gehen, vernünftig wie immer.

In der Nacht wälze ich mich hin und her, werfe mich auf die eine Seite, dann wieder auf die andere, streiche mir die Haare aus dem Gesicht und klopfe das Kissen zurecht. Ich stelle mir wieder vor, wie wir bei strömendem Regen an einem warmen Feuer in einer Höhle kauern. Oder ich versuche in das Auge eines Walfischs zu blicken, der ganz langsam an mir vorbei schwimmt. Aber immer schweife ich ab, denke an Gesprächsfetzen, die Bahnfahrt, Bilder des Tages. Irgendwann schlafe ich endlich ein, schlafe einen leichten, gejagten Schlaf, den auch der Luftbefeuchter nicht entspannt.

Am Morgen ist der Himmel verhangen, es schneit leicht. Wir gehen zum Bioladen. Die Stimmung ist angespannt, ich muss den Impuls unterdrücken, an Nora herumzunörgeln. Sei vorsichtig, nicht den Salat zuerst, magst du das wirklich essen, das ist aber teuer, seit wann magst du Grapefruits? Ich muss damit aufhören, sofort. Als Gegenleistung muss sich das Kind erwachsener benehmen.

Beim Frühstück spreche ich das Thema an.

»Hör mal. Ich werde damit aufhören, dich zu erziehen und zu ermahnen, du bist jetzt erwachsen. Dafür wäschst du auch mal von selbst ab und fragst mich nicht, ob du Vanillejoghurt kaufen darfst. Okay?«

»Klar.«

Nora zuckt nicht mal mit der Wimper.

Am nächsten Tag kommt Marion zu Besuch. Sie hat sich für eine Nacht angemeldet, weil sie eine Pause von zu Hause braucht, von den beiden kleinen Kindern, sie ist mit dem dritten schwanger und braucht eine Luftveränderung.

»Klar, kannst du kommen«, habe ich am Telefon gesagt, »jederzeit«, obwohl ich in Wahrheit lieber mit Nora allein geblieben wäre.

Ich hole Marion am Bahnhof ab, wir umarmen uns lange. Marions Umarmungen erinnern mich an den schwarzen Espresso, den man an einer Bar in Italien stehend runterkippt, um den Tag zu überstehen. Wir laufen den See entlang zur Wohnung. Sie trägt einen kleinen Rucksack, bleibt nur anderthalb Tage, sie kann Stefan mit den beiden Jungs nicht länger allein lassen. Sie schüttelt die Arme aus und sagt, es sei seltsam, nichts dabei zu haben, und ich höre, dass sie ihre Kinder schon jetzt vermisst.

Fremd sind wir uns, denke ich, während ich sie beobachte, wie sie ihren Rucksack ausräumt, dann unschlüssig neben dem Tisch stehen bleibt, nicht recht weiß, wohin mit sich. Nora sitzt am Tisch und blickt in ihr Handy. Noch ist niemand hungrig, also mache ich Tee. Endlich setzt sich Marion zu Nora, die ihr freundlich und unverkrampft antwortet. Wer bist du, denke ich, und: Weil du meine Schwester bist, müsste ich dich doch kennen. Aber ich weiß nicht, was in dir vorgeht, versuche deine Körpersprache zu lesen. Entspann dich doch endlich, sonst kann ich mich auch nicht entspannen. Ich möchte Marion zeigen, wie schön man es hier haben kann, wie friedlich es sein kann, in die Atmosphäre der Berge einzutauchen, wie inspirierend und nährend es ist, mit mir zusammen zu sein – aber Marion scheint unempfänglich und nervös. Endlich ist es Zeit, Mittagessen vorzubereiten. Ich will keine Hilfe, die Küche ist zu klein, also drehe ich den beiden den Rücken zu und beginne, Salat zu waschen. Marion steht auf und ruft kurz zu Hause an, erzählt von der Reise, dass sie gut angekommen sei, dass es schneie und die Leute Schlittschuh liefen. Sie hat sich etwas abseits ans

Fenster gestellt und lässt sich erzählen, was die Jungs heute Morgen gespielt haben, das war vor vier Stunden, sie ist seit vier Stunden weg. Ich bitte Nora, den Tisch zu decken.

Marion lobt meinen Salat, sie habe ganz vergessen, dass man so viel verschiedenes Gemüse reinschneiden könne, sogar Früchte, das werde sie Stefan erzählen, das müsse sie zu Hause ausprobieren, vielleicht äßen die Jungs dann mehr Salat. Sie erzählt von Joscha und Nils, von ihren Vorlieben und Eigenarten, den Tagesabläufen und Ritualen und wie sie die Wohnung verbarrikadierten, sodass sie manchmal nicht mehr in die Küche hineinkomme oder aus der Küche ins Wohnzimmer.

Ich muss daran denken, wie ich damals von der Verantwortung überrollt wurde, wie ich dachte, wenn ich mein Baby nie aus den Augen lasse, kann ihm auch nichts geschehen. Wie eine Löwin wachte ich nach der Geburt über jede Handbewegung der Hebamme, während sie die Routineuntersuchungen an Nora durchführte. Später dachte ich, ich müsste für jeden Fehler bezahlen, dass meine Kinder mir eines Tages eine Liste mit allem, was ich an ihnen verbrochen habe vors Gesicht halten würden.

Vor dem Fenster fliegt eine schwarze Schar Bergdohlen auf, setzt sich auf das Dach des Nachbarhauses. Marion blickt ihnen nach und sagt: »Ich will meine Kinder sehen, mit all ihren Wünschen und Eigenarten. Ich will ihnen das Gefühl geben, dass ich sie erkenne und dass sie so sein dürfen, wie sie sind. Dass sie keine Vorstellungen von mir zu erfüllen brauchen.«

Ich erinnere mich, wie sie sich als Kind in ihrem Zimmer einschloss, wie sie mit T-Shirts und Strümpfen ein Seil knüpfte, um damit die Türe abzusperren. Sie wollte allein gelassen werden in ihrem Reich, wo sie Dinge anstellen konnte, von denen niemand etwas zu wissen brauchte, Dinge, die sie selbst erforschen konnte und die ihr niemand ausreden würde.

»Ja, aber sie müssen doch auch lernen, dass nicht immer alles nach ihrem Kopf geht. Oder? Ich meine, sie müssen sich ja später irgendwie eingliedern können.«

Marion schaut mich ernst an. Durch die neue Schwangerschaft haben sich die Pigmentflecken auf der Stirn zu einer großen Fläche ausgeweitet. Das war bei mir auch so, nach ein paar Jahren werden sie wieder verschwunden sein.

»Müssen sie das, Larissa?«

Sie legt den Kopf schief.

»Weißt du, während dieser Schwangerschaft denke ich sehr viel darüber nach, was ich alles einfach übernommen habe, ohne es zu wollen.« Sie macht eine Pause, dann sagt sie: »So viele von Mutters Vorstellungen habe ich nie hinterfragt.«

Nora steht auf.

»Ich lege mich ein bisschen hin und höre Musik.«

Nora hasst solche Gespräche, und sie hasst es, wenn ihre Großmutter dabei schlecht wegkommt.

Ich nicke.

»Neulich hat mich eine Freundin gefragt, wofür ich meiner Mutter dankbar bin, was sie mir alles beigebracht hat.«

Marion hebt die Brauen.

»Und?«

»Ich konnte so schnell alles aufzählen, was ich schlecht finde. Woran ich jahrelang festgehalten habe. Alles, was ich anders machen wollte, was mich heute noch irritiert. Aber was ich gut finde, habe ich nicht sagen können. Das scheint mir plötzlich falsch. Wenn ich darüber nachdenke, finde ich bestimmte Dinge unvergleichlich gut, sie ist eigentlich unglaublich.«

Ich denke, dass sich vielleicht langsam ein Schleier hebt. Dass sich meine Sicht auf die Dinge verändert.

Marion nimmt einen langen Schluck aus ihrem Wasserglas, dann sagt sie:

»Ich will auf jeden Fall nicht über meine Jungs hinweggehen. Ich will auf sie eingehen, will verstehen, was sie brauchen.«

Etwas in mir zieht sich zusammen, wie immer, wenn Mütter ihre Kinder bedingungslos in den Mittelpunkt stellen. Es ist eine Mischung aus Wut und Eifersucht. Ich finde es ungesund und ungerecht.

»Aber du darfst sie nicht nur schonen, du musst deinen Kindern auch was zutrauen.«

»Ja, aber nicht, wenn sie erst drei und fünf Jahre alt sind.«

Marion steht auf, das war ihr Schlusswort. Sie lässt sich nicht in ihre Erziehung hineinreden, von niemandem, auch nicht von mir. Ich hätte noch ein paar Fragen, würde gerne genauer wissen, was für eine Mutter sie sein will, ob sie denkt, sie hätte eine Wahl, an wem sie sich da orientiert. Gleichzeitig verspüre ich einen Fluchtimpuls, möchte mir die Ohren zuhalten, Marion anschreien: »Hör auf, erzähl endlich mal was anderes als immer nur von deinen beiden Jungs, wo bist du eigentlich, und wieso fragst du mich nie was?« Aber das tue ich natürlich nicht. Ich verstehe ja nur zu gut, wie sehr die beiden Jungs und das ungeborene Kind alle Fäden von Marions Leben in ihren kleinen Händen halten, wie sich Marions Tage und Nächte nach ihnen ausrichten.

»Lass uns rausgehen«, schlage ich vor. »Lass uns einen schönen Spaziergang im Schnee machen. Ich weiß da einen Weg entlang des Baches, danach trinken wir Kaffee im Grandhotel, oben auf dem Hügel. Nora kommt bestimmt auch mit.«

Ein steiles Stück des Weges müssen wir auf der Skipiste gehen, und es ist eigentlich zu steil für Marions Zustand, sie muss immer wieder stehen bleiben, um Atem zu holen.

»Das ist typisch für dich, Larissa. Warum kannst du nie den normalen Weg nehmen?«

Nora und ich stützen sie, aber wir rutschen immer wieder weg.

Ich versuche, allen Mut zu machen, es sei nicht mehr weit und einmal am Tag den Puls hochzujagen sei wichtig, danach könne man klarer denken, und dann dieses schöne Gefühl, auf der Bergspitze zu stehen und das Herz rasen und die Lunge sich ausdehnen spüren –

»Achtung«, schreit ein Skifahrer, der über die Hügelkuppe fegt, und Marion sagt: »Die denken bestimmt, was sind das bloß für Spinner, die hier mitten auf der Skipiste spazieren, schwanger noch dazu.«

»Diesen Teil des Weges hatte ich vergessen«, sage ich leise, »tut mir leid. Mir war nicht klar, dass man dabei über die Skipiste geht.«

Nora sagt nichts, und Marion gibt ein verächtliches Zischen von sich. Ich gehe mit eiligen Schritten voraus, um uns alle schnell aus der Gefahrenzone zu bringen.

Im Hotelfoyer bestelle ich einen Kaffee mit Schnaps, Marion und Nora trinken heiße Schokolade. Es brennt schon ein kleines Feuer im Cheminée, die ersten Gäste kommen vom Skifahren zurück, schälen sich aus ihren Anzügen und Jacken und beginnen, Zeitung zu lesen oder mit ihren Kindern Schach zu spielen.

Als Nora, Flynn und Shirin noch klein waren, übernachteten unsere Eltern manchmal auch für ein paar Tage in diesem Hotel, während sie uns ihre Ferienwohnung überließen. Mutter genoss das, sie könne, sagte sie, sich nirgends so gut erholen wie in Fünfsternehotels. Tagsüber spazierten sie den Winterwanderwegen entlang und wir brachten den Kindern das Skifahren bei. Jeden Abend lud sie uns zum Essen in den Speisesaal ein.

Ich sehe uns hier sitzen, wie wir einen Platz direkt am Cheminée ergattern, in dem pünktlich zur Cocktailstunde ein Feuer brennt. Durch die Drehtüre strömt Winterluft, an den Wänden hängen gerahmte Schwarzweißfotos von Gästen aus den Zwanzigerjahren, auf dem Boden liegen edle Teppiche, die Kellner tragen Fliegen zu ihren Jacketts. Etwas später wird der Pianist mit einer leichten Melodie beginnen, die nur den Hintergrund zu den Gesprächen bilden soll, ein Klimpern, bis er zu anspruchsvollerer Musik übergeht, ein paar Jazzstücke, alte Klassiker, denen die Gäste schweigend und mit halb geschlossenen Augen lauschen.

»Freust du dich?«

Mutter blickt mich mit großen Augen an. Sie trägt eine enge Lederhose, es sieht gut aus, auch wenn sie bald sechzig wird, sie kann das tragen. Sie wird immer diesen mädchenhaften Charme behalten, ihre natürliche Eleganz. Ich stelle sie mir als junge Frau vor, sehe sie mit Vater in den ersten teuren Hotels übernachten, und ich weiß, sie hat von Anfang an dorthin gehört. Sie hat sich nie wie ein Fremdkörper gefühlt, deplatziert und unzulänglich. Ich würde auch gern in diese Umgebung passen, gelassen und selbstverständlich an meinem Amaretto Sour nippen und die Kulisse durch meine

Anwesenheit bereichern. Aber meine Hose ist nicht gebügelt, und der neue Pullover hat bereits ein Loch. Ich bin angespannt, kriege zu wenig Luft, die Tore, die den restlichen Körper mit Sauerstoff versorgen, scheinen verengt. Mein Körper ist müde, ich weiß nicht, wer ich sein will.

Ich blicke zu Nico, der mit seinem verwaschenen Pullover einen großen Schluck Bier trinkt und versucht, das Gespräch mit Vater am Laufen zu halten. Nico bräuchte dringend einen Haarschnitt.

»Wir essen heute im Bistro, das weißt du, oder?«

Mutter greift in das Schälchen mit den Erdnüssen. Sie trägt das Armband, welches Vater ihr letztes Jahr beim Hoteljuwelier gekauft hat.

»Ja, das hast du schon gesagt.«

»Die haben da herrlichen Fisch.«

Ich winke dem Kellner und zeige auf mein Glas.

»Freust du dich?«

»Ja, Mama, ich freu mich sehr.«

Ich wiederhole das jetzt schon zum fünften Mal, und ich gebe mir wirklich Mühe, ihr zu zeigen, wie toll alles ist. Sie glaubt es mir nicht. Was braucht es nur, damit sie aufhört zu fragen?

Der Kellner kommt und bringt meinen Drink.

»Ein herrliches Feuer, findest du nicht auch?«

»Ja, das ist ein sehr schönes Feuer. Wer das wohl immer anzündet?«

Alle wollen noch einmal anstoßen, auf die schönen

Ferientage. Nora setzt sich auf die Armlehne meines Sessels und schlägt mir dabei ihre Zöpfe ins Gesicht.

»Nora, pass doch auf!«

Ich schubse sie runter.

»Hey!!« Sie blickt mich entsetzt an.

Ich presse meinen Finger an die Lippen.

»Psst, nicht so laut!«

Wie ich mich dafür hasse, nicht auf der Seite meiner Kinder zu sein, aber ich kann nicht anders. Nora fasst Flynn an der Hand und rennt mit ihm zur unterirdischen Bowlingbahn, wo sie so lange spielen, bis wir sie zum Essen rufen.

Auf den weißen, gestärkten Tischtüchern stehen Blumenbouquets, ihre Gräser spreizen sich auf den Tisch wie Antennen. Wir essen mehrere Gänge und trinken Wein, den Vater ausgesucht hat, und Vater ist es, der wie immer die Rechnung bezahlt, eine astronomische Summe, aber er lässt es sich nicht nehmen, obwohl er kurz die Augenbrauen zusammenzieht, während er seine Kreditkarte auf die kleine silberne Platte in einen Papierbogen legt. Beide, Vater und Mutter, würden es niemals zulassen, dass jemand anderer diese Rechnung bezahlt.

Als Marion zur Toilette geht, fragt Nora, was mit mir los sei.

»Du bist schlecht gelaunt, seit Marion hier ist. Gefällt es dir nicht, dass sie da ist?«

»Doch, doch, alles gut.«

Ich schlecke den letzten Rest Sahne von meinem Zeigefinger.

Nora lässt nicht locker.

»Ich sehe ja, dass nicht alles gut ist.«

»Ich weiß nicht, sie ist mir so fremd.«

Nora schaut mich erstaunt an. Sie versteht mich nicht.

Dann sagt sie: »Psst, Mama, sie kommt.«

Marion strahlt.

»Lasst uns für morgen eine Massage buchen! Ich werde mir die Füße massieren lassen, ah, das würde uns bestimmt so richtig guttun.«

Nora zuckt mit den Schultern. »Ja, bestimmt, aber das sprengt leider mein Budget.«

»Ich schenke es dir nachträglich zum Geburtstag«, strahlt Marion weiter.

Schon gut, schon gut, denke ich, jetzt sei mal nicht so erleichtert, dass du eine Beschäftigung für uns gefunden hast. Und ich dachte, ihr müsst auf euer Geld achten, jetzt, mit dem Anbau der Pferdeboxen und dem großen Stall und dem dritten Kind.

»Ich frage gleich nach einem Termin!«

Marion ist schon wieder aufgestanden. Sie wirkt plötzlich leichtfüßig und beschwingt. Ich schaue ihr nach, bis Nora mich am Arm fasst und sagt: »Das wird bestimmt toll, Mama, komm, entspann dich.«

Ich erinnere mich daran, was ich als Kind für Marion gefühlt habe, wie wir uns nicht gemocht haben. Sie ließ sich nicht von mir herumkommandieren, und das nahm ich ihr übel. Wir hatten uns nie etwas zu sagen. Ich mochte dich nicht, denke ich, das ist es. Warum sollte das heute anders sein?

Aber natürlich ist es anders, wir sind jetzt erwachsen, wir spielen nicht mehr miteinander. Wir reden oder eben nicht, wir umarmen uns, wenn wir uns sehen, wir erzählen uns aus unserem Leben. Obwohl du mir noch keine einzige Frage gestellt hast, aber egal, ich kann dir ja auch einfach so etwas erzählen.

»Morgen früh um neun, die letzten drei Termine haben wir gekriegt, wir alle drei zusammen!«

Marion lässt sich ins Sofa fallen, faltet die Hände über dem Bauch. Nora und sie zeigen sich, wo sie eine Massage besonders nötig haben, dann nimmt Nora den Bus zurück zur Wohnung, und Marion schlägt vor, dass wir noch ein Stück gehen, aber auf dem normalen Weg diesmal, auf dem Trottoir.

Sie hakt sich bei mir unter, es hat wieder angefangen zu schneien.

Ich muss an Mutter denken, wie sie einmal auf diesem Weg von einem Snowboarder umgefahren wurde. Er fuhr auf dem Trottoir, konnte nicht bremsen und fuhr einfach von hinten in sie hinein. Auch diese Wege können gefährlich sein, aber ich sage nichts, ich muss nicht immer das letzte Wort haben.

Marion erzählt von dem Mann einer Freundin, der heimlich eine Kamera im Schlafzimmer installiert hat, um sie mit seinem besten Freund im Ehebett zu erwischen.

»Dass es das tatsächlich gibt«, sage ich, »ich habe bei solchen Geschichten immer das Gefühl, die Leute spielen was aus Filmen nach.«

Marion bleibt stehen.

»Ich weiß schon, dass du denkst, bei uns sei nichts los. Dass das Leben woanders stattfindet. Warum bist du eigentlich nie weggezogen?«

Ich antworte nicht sofort. Sie hat Recht und auch wieder nicht. Ich bin froh, lebe ich in unserer ländlichen Idylle, und gleichzeitig wünschte ich mir, ich hätte mehr gesehen von der Welt. Aber mein Fluchtimpuls hat nicht gereicht. Heute weiß ich, dass mein Leben genau dort stattfindet, wo ich bin, und dass die Träume von New York und Shanghai nichts anderes sind als Projektionen und Ablenkung.

Als wir zurück in der Wohnung sind, ruft Marion zu Hause an. Ich gehe ins Schlafzimmer, aber ich kann sie trotzdem noch hören, sie hatte schon immer eine sehr laute Stimme, schon immer hat Mutter sie ermahnt, nicht so laut zu sprechen. Nacheinander bekommt Marion ihre Jungs ans Telefon, fragt, was sie gemacht haben, wiederholt noch einmal, was sie ihr erzählen.

Auf dem Balkon liegt haufenweise Schnee, man sieht die Spuren der Bergdohlen, kleine, hingekritzelte Striche, fast wie ein Alphabet. Die Berge im Hintergrund werden von einer weißen Nebelwand verschluckt.

Ich denke daran, wie es früher war, als ich noch keine

Kinder hatte. An diesen Raum, der nur mir allein gehörte. Er beginnt sich langsam wieder zu öffnen, jetzt, da die Kinder grösser sind. Um ihn wieder zu füllen, muss ich erst üben, nicht mehr an die Kinder zu denken, daran, was sie wohl gerade machen, mit wem sie zusammen sind, wie es dort aussieht und was sie dabei fühlen. Ich kann es nicht wissen, werde es mir immer weniger vorstellen können. Ich werde lernen müssen, nicht an sie zu denken, ich werde ihnen gegenüber gleichgültiger werden müssen.

Ich höre, wie Marion lacht und in einem kindlichen Singsang von den Eichhörnchen erzählt, die hier so zahm sind, dass man sie füttern kann. Ich sehe Flynn vor mir, wie er in seinem roten Skianzug am Wegrand steht, ein bisschen ängstlich, und mit angehaltenem Atem seine Hand ausstreckt. Wie alles in ihm ganz ausgerichtet ist auf diesen einen Moment, wenn das Eichhörnchen auf seinen Handteller springt und sich die Nuss schnappt. Ich höre Marion im anderen Zimmer und erinnere mich, wie ich früher ausgefüllt war mit Handgriffen und Worten für die Kinder, sodass fast kein Platz mehr für etwas anderes war. Marion steckt da noch mittendrin, wird aufgesogen, bewohnt, kann sich gar nicht vorstellen, dass sich da einmal etwas zurückbilden und verschieben muss, diese Antennen, dieses gebündelte Zentrum.

38

Nico und ich stehen an der Küchenablage, essen Toast und trinken Kaffee aus Keramikbechern, die Jana mir von ihrer Zeit in London mitgebracht hat.

Über Nacht hat es geschneit, eine weiche Schicht liegt auf den Blumentöpfen. Die Sonne scheint. Alles glitzert. Nora kommt ungeschminkt und verschlafen in die Küche. Sie dreht sich einmal im Kreis.

»Noch einen Tag, dann bin ich frei, dann beginnt ein anderes Leben!«

Ja, denke ich. Und dass ich mir nie vorgestellt habe, wie Nico und ich einmal neben unserer Tochter stehen würden, früh morgens an einem herrlichen Wintertag, bevor wir sie zum Flughafen fahren, bevor sie für eine unbestimmte Zeit verreisen würde, so lange, wie das Geld reichte, genau so, wie ich das einmal gemacht habe. Wie wir im Sonnenlicht an der Küchenablage stehen und lachen und irgendwelche Sätze hin und her werfen würden, wie glücklich sie dabei sein würde mit ihren leuchtenden Augen, so glücklich, dass ich denke, sie ist ein Magnet für das Glück.

Nico umarmt sie lange und sagt, er vermisse sie jetzt schon. Nora lacht und schüttelt den Kopf.

»Ich bin doch noch hier.«

Dann rennt sie die Treppe hoch, um sich fertig zu machen, und ich denke, ich vermisse dich auch jetzt schon, obwohl ich mich freue, dass du gehst, dass es weitergeht, das alles immer weitergeht. Und gleichzeitig finde ich es schrecklich und komme kaum darüber hinweg.

In den letzten Stunden, bevor wir zum Flughafen aufbrechen, will ich noch eine Runde spazieren gehen. Es regnet in Strömen, der Schnee ist inzwischen geschmolzen. Ich gehe die schmale Straße zum Friedhof hoch und beschließe, mich kurz unter dem Vordach der kleinen Abdankungshalle unterzustellen. Der Regen fällt unablässig auf die Steinplatten, das Wasser läuft über die Betonmauer, hinterlässt dunkle Spuren, Rinnsale wie Risse. Ich muss an das Wochenende mit meinen Eltern in Rom denken, als sie mir zum Abschluss meiner Ausbildung einen Städtetrip geschenkt hatten. Auch damals regnete es am Tag unserer Abreise, die Straßenverkäufer, die am Tag zuvor noch Spielzeug und Schmuck verkauft hatten, standen an den Straßenecken und boten Regenschirme und Regenhüte an. Ein paar Stunden, bevor wir zum Flughafen fuhren, kaufte ich beim ersten Verkäufer einen Schirm und zog noch einmal durch das Quartier. Ich kam zu einer Kirche, die ich mir schon die ganze Zeit hatte ansehen wollen. Sie war überfüllt und laut, voller nasser Touristen und Statuen aus Gold. Ich setzte mich an den Rand und sah, wie ein kleiner, gebückter Mönch aus einem Seitengang trat, sich vor dem Altar verneigte und an einem Tischchen neben der Eingangstür Platz nahm. Er nickte mir zu, dann schlug er ein Buch auf und begann zu lesen. Er sah asiatisch aus, das weiß ich noch, weil ich dachte, dass ich noch nie einen katholischen Mönch asiatischer Abstammung gesehen hatte.

Plötzlich stand er neben mir.

»Are you a christian?«

Ich wusste nicht, was ich sagen sollte, aber dann antwortete ich mit Ja, schließlich war ich vor langer Zeit einmal getauft worden.

Er hielt mir auf seiner ausgestreckten Hand einen Rosenkranz mit dunklen Holzperlen entgegen.

Ich schüttelte den Kopf.

Schnell schloss er seine Faust um den Rosenkranz und zog die ausgestreckte Hand wieder zurück.

Das alles fällt mir jetzt wieder ein, während ich hier stehe und dem Regen zuhöre. Ich erinnere mich, dass Vater damals nicht schlafen konnte, dass er nachts mehrere Stunden auf dem Hotelbalkon über der Via Nazionale saß und ins Licht der gelben Straßenlaternen blickte, dem Verkehr zusah, der nie ganz verebbte. Beim Frühstück erzählte er, er sitze einfach da und blicke in die Dunkelheit. Ich weiß noch, dass ich ihn gefragt habe, was er so denkt, wenn er nachts allein auf dem Balkon sitzt, und wie er antwortete, das würde er niemandem erzählen.

Mutter indessen legte sich auf das weiße Laken, um in kürzester Zeit leise zu schnarchen. Sie schlief hervorragend und war stolz darauf, sie hielt es für eine reine Einstellungssache. Nur einmal gab sie zu, dass es vielleicht auch eine Gabe sei.

Ich wählte Rom, weil es dieses eine Foto von Vater gibt. Er steht vor dem Fontana di Trevi, er ist nicht viel älter als zwanzig, blickt in die Kamera und lacht, einen Fuß hat er auf den ersten Tritt, der zum Brunnen führt, gestützt. Er sieht glücklich aus, so als könnte er es kaum erwarten, loszuziehen, die Welt kennenzulernen.

Vom Balkon seines Hotelzimmers sah man in der Ferne ein angeleuchtetes, weißes Gebäude mit Säulen und einem riesigen Denkmal, ein Reiter auf einem sich aufbäumenden Pferd.

Mein Handy vibriert. Es ist Nora, die fragt, wo ich bleibe. Ich stoße mich von der Wand ab und nehme die Abkürzung über das Feld. Auf dem alten Birnbaum sitzen zwei Rotmilane, die in unterschiedliche Richtungen blicken. Ich kann ihr Nest erkennen. Rotmilane schmücken ihre Nester aus, sie tragen Ziegelstücke, Früchte oder Aluminiumfolien heran und nicht selten hängen bunte Lumpen in den Baumwipfeln.

Als sie auffliegen, sehe ich, wie sie sich von der Thermik in die Höhe schrauben lassen, um dann gleitend eine größere Strecke zurückzulegen. Das ist der eigentliche Suchflug.